岁月与旅行

（第一辑）

同程百旅会《岁月与旅行》编辑部编

中国旅游出版社

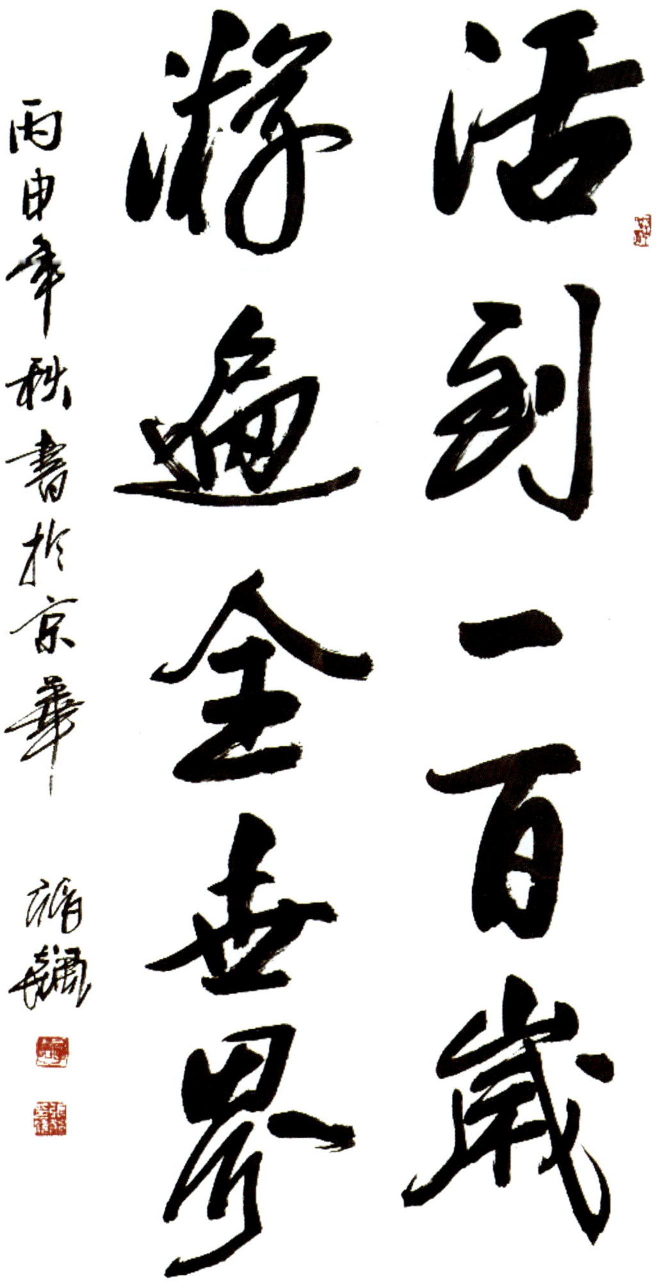

中国书法家协会前副主席、党组书记张飙

为百旅会和同程百旅会《岁月与旅行》丛书题词：活到一百岁 游遍全世界

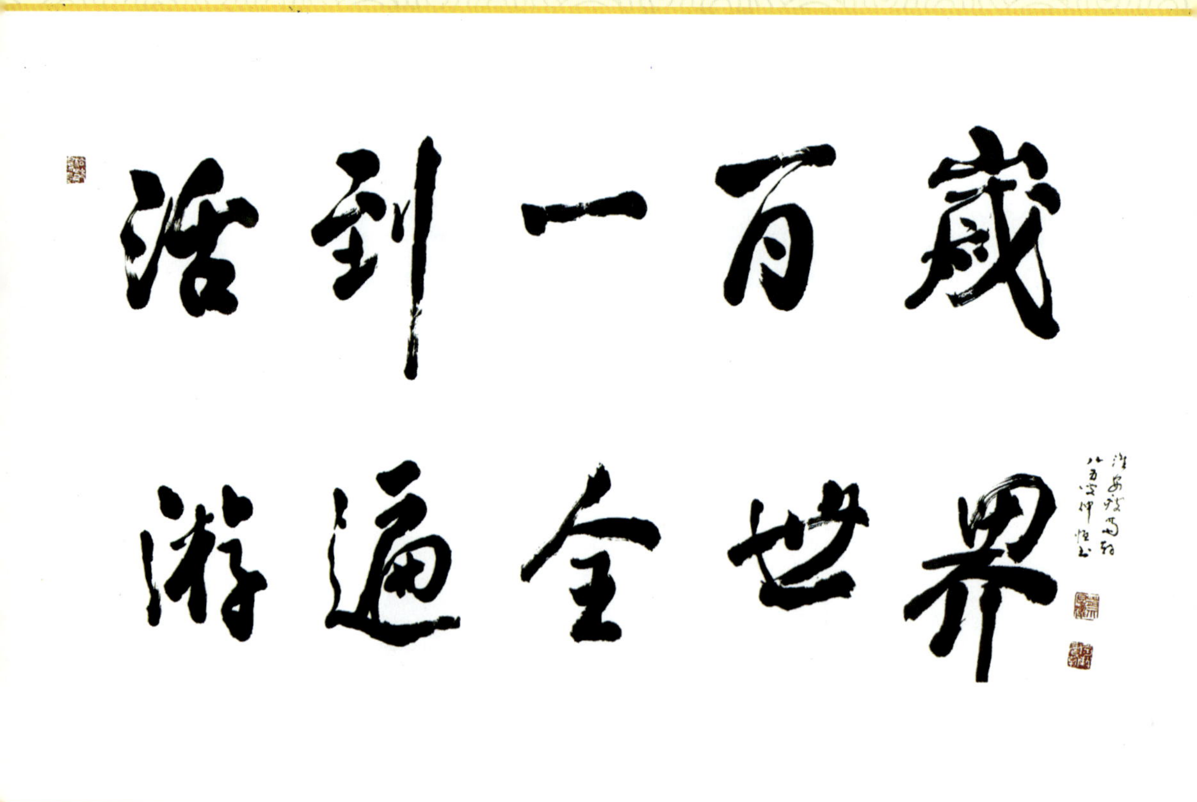

同程旅游员工家长 蔡厚泽 为百旅会题词：活到一百岁 游遍全世界

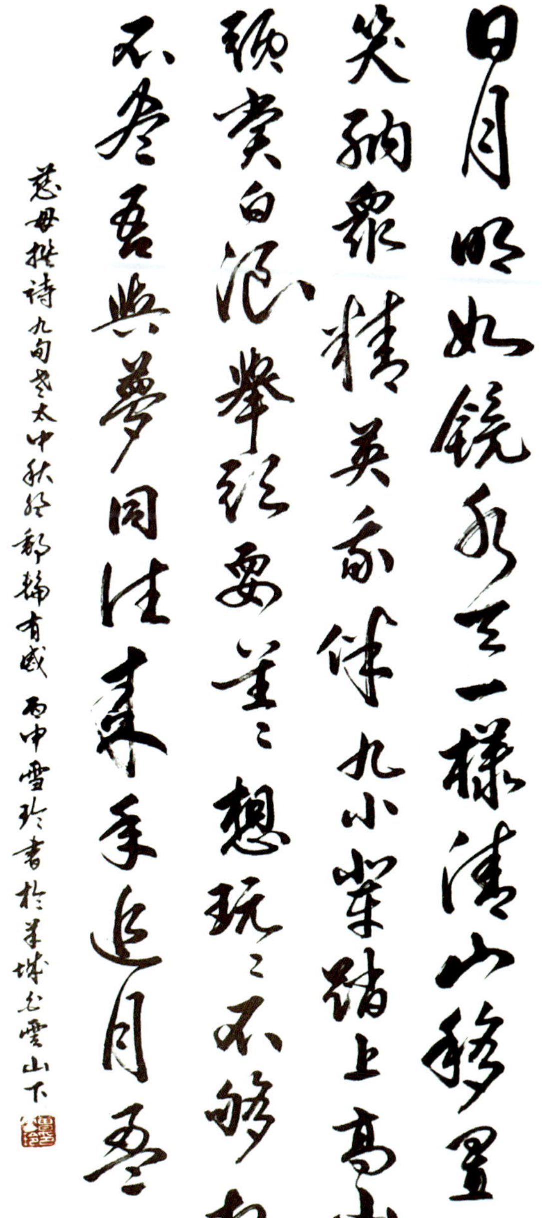

同程旅游会员冯德芳中秋登邮轮有感而发赋诗一首：日月明如镜，水天一样清，山移置海上，笑纳聚精英。我伴九小辈，踏上高山顶，低头赏白浪，举头耍星星。想玩玩不够，想倾倾不尽，吾与梦同往，来年追月盈。

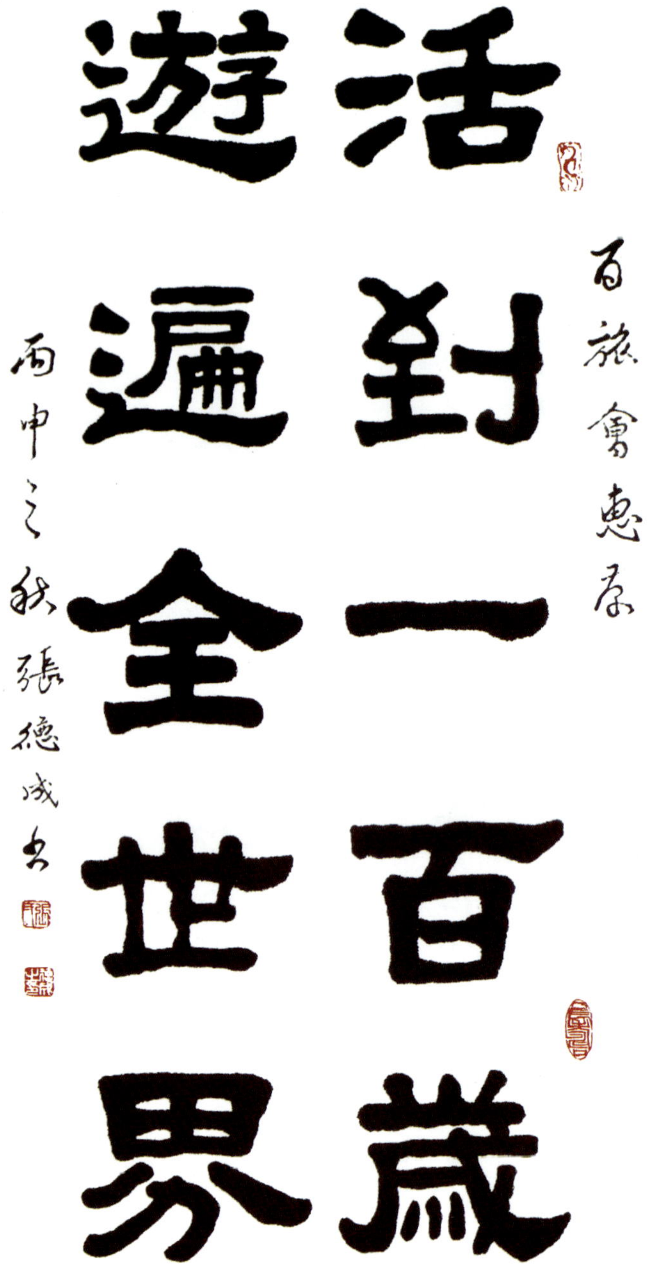

广东省书法家协会会员张德成，于 2016 年 10 月 17 日为同程百旅会题词：活到一百岁，游遍全世界

序 言 一

在唐代诗人杜审言的《送高郎中北使》中，有这么一句诗：“岁月催行旅，恩荣变苦辛。歌钟期重锡，拜手落花春。”当时送友人出使远方，杜审言在短短的四言绝句中，既表达了对友人旅途劳苦的关切之意，也抒发了对友人激励劝勉之情。

时间流转，从古人颠沛流离的感慨“岁月催行旅”，到今天诞生的这本书《岁月与旅行》，“旅行”二字已经发生了根本性的变化，从古时长途跋涉、困顿劳苦的代名词，变成了闲情逸致、悠闲娱乐的象征。

说起旅行，古今中外都有不少名人佳句，记得1965年我被国家派往意大利罗马大学留学，首次迈出国门，面对一个全然陌生的新鲜世界，内心充满了紧张与憧憬。那个时候的西方世界对于国人还是陌生的国度，意大利也不像今天成为热门的旅游目的地，从古老的东方文化到热情的意式风情，我感受到的不仅仅是景致、生活的差异，还有文化上的巨大冲击。

随后的人生里，我进入了国家旅游局，后来1999年再次被任命为意大利共和国特命全权大使，我和“旅行”结下了不解之缘。不过再次回到意大利，我发现随着人生阅历的增加，对于旅行我有了新的认识。似乎旅行需要一定生命的厚度才可以体会它深层的含义，就如同“少年不识愁滋味”，要走过许多的路，见过许多人，看过许多的风景，才能更懂得欣赏良辰美景，读懂这个世界的美丽。

但是我遗憾地发现，市面上居然没有一本融合了岁月与旅行的书。我一直在思索，当人生沉静如一枚丰收的麦穗，他所感受到的旅行的含义，与那些激情四射、如日中天的年轻人有哪些不同？当经历过人生的风雨坎坷，迎来了睿智安详的中老年时光，他眼睛里看到的那个世界，又该与青葱少年有哪些不同？

庆幸的是，终于有人意识到了岁月与旅行融合的重要性，现在，中国旅游出版社联合同程旅游“百旅会”共同发起的这本《岁月与旅行》，记录的就是那些历经岁月沧桑、却依然在旅途中追寻梦想的人。

“岁月催行旅，恩荣变苦辛”，当年杜审言那句诗修改为“岁月伴行旅，安然待古今”似乎更为合适。我期待看到那些无论岁月如何变迁，却始终年轻、始终心在路上的灵魂，可以呐喊出怎样的旅行故事。

是为序。

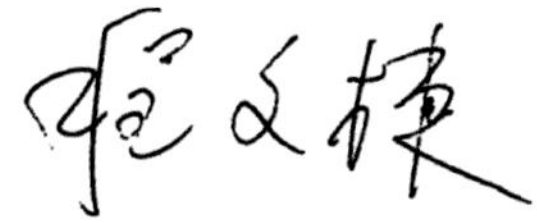

前国家旅游局副局长、中国驻意大利大使

2016年10月19日

序 言 二

同程是一家创业12年的在线旅游平台，至2016年，公司有2万名员工，200亿市值，一年服务3亿人次，我们是一个企业，企业一定基于商业价值去决定自己的发展方向，我们看到了中老年旅游市场的机会，我们推出了百旅会，这个全国性中老年旅游VIP的会员俱乐部，我们希望用更好的产品和服务去满足中老年市场的需求，但当我们真正开始了解中老年这个人群的时候，我们不仅看到了巨大的商机，更看到了巨大的社会价值和意义，我们也越发感受到身上沉甸甸的那份责任。

我们的爸爸妈妈，他们辛苦了一辈子，现在他们最怕的是什么？是没有钱？是身体不好？似乎对但又都不对，他们最怕的也许是孤独，他们最需要的是有人关心他们，陪他们聊聊天，听他们讲走过的城市，经历过的人生；跟他们一起出去走走，去看看这个精彩的世界。

同程开展了《岁月与旅行》的征文，我自己也借这个机会与我的父亲相处一个下午，听他讲自己的一生，也讲了他经过的城市，我把他记下来，其实就是流水账。我发现他在讲的时候，眼睛在放光，那种我很久没有见到过的满足，欣喜的眼光，这欣喜的背后，也有着自己更多的思考，谁言寸草心，报得三春晖，我们有多久没有认真地听他们讲讲话，他们在我们身上花了一辈子，我们真的不能在他们身上花几个小时吗？

其实当你真的用心去做的时候，你发现这真的不仅仅是一种爱的给予，而是一种你从来没有经历过的爱的回报，一个人只能活一辈子，你的父母已经替你活了一辈子，他那一辈子有很多人生阅历与智慧，你所需要的，只是一个下午的时间和一颗倾听的心。

人的一生真的也是一场旅行，你走过路，你经历过的城市，你看过的风景，你的所想所思。同程希望把这一个个普通人的故事，普通人的旅行记录下来，用文字，用声音，用图像，用视频，更多的是用我们的一颗心。

希望《岁月与旅行》这本书能得到大家的喜欢，不仅是我们的中老年朋友，也包括我们这些为人子女的年轻人。

同程旅游创始人、CEO

2016年10月

#《中国最帅 85 岁爷爷》

◎摄影师小野 · 杰西作品

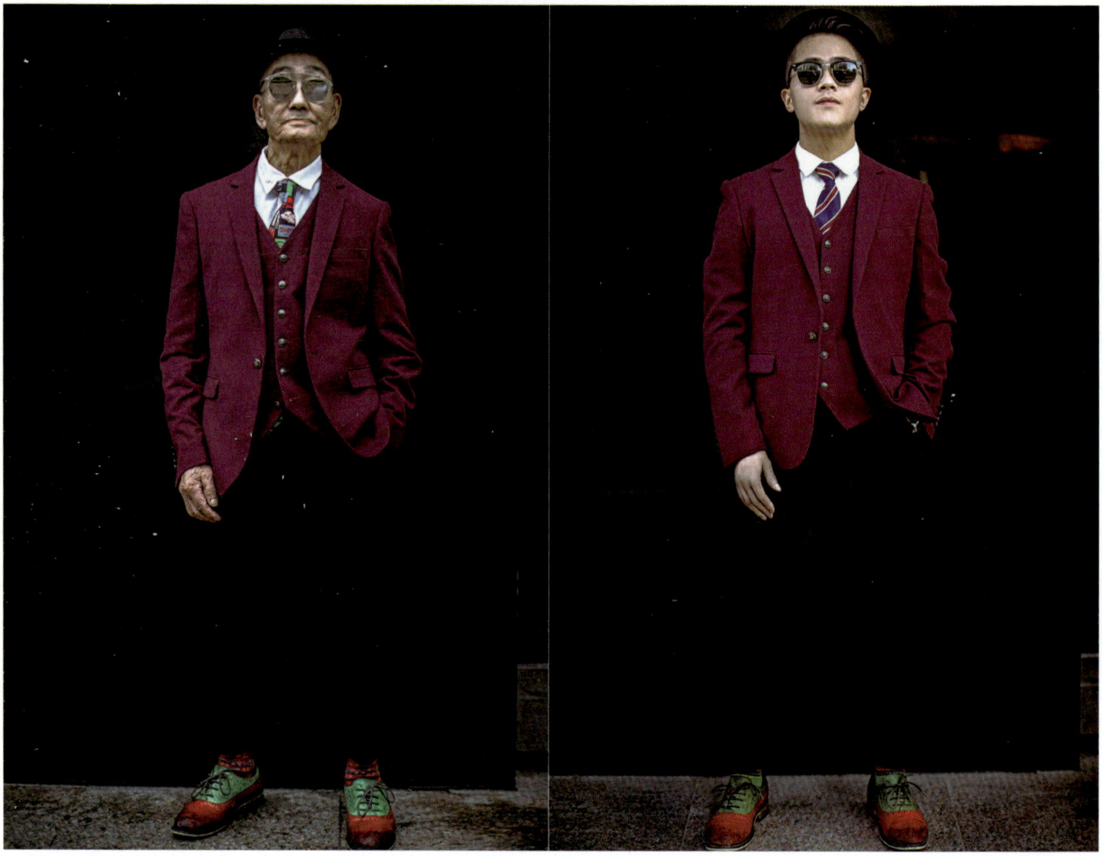

《难忘仙本那》

作者：冷春光　　现居住地：江苏　　年龄：54 岁

《南极缘》

作者：陈文杰　　现居住地：浙江温州　　年龄：68 岁

《西部之旅》

作者：刘芹　　现居住地：江苏泰州　　年龄：46 岁

《三十多年的日出情结》

作者：焦伟　　现居住地：河南郑州　　年龄：61 岁

《游走天地间》

作者：邬燕　　现居住地：成都　　年龄：47 岁

目 录

CONTENTS

目 录 CONTENTS

CONTENTS 目 录

目 录 CONTENTS

CONTENTS 目 录

目 录 CONTENTS

CONTENTS 目 录

目 录 CONTENTS

第一章

旅途情缘

The Journey of Love

作　　者：李建国
现居住地：贵州
年　　龄：81 岁

回家

2015 年 8 月中旬，80 岁生日的第二天，我踏上了“回家”的路，那条只走两次的路。

我是老兵，是个倔老头，外孙女总是这么说。事实也是如此。到了这把年纪，心脑血管方面只能靠药物来控制。提出要“回家”看看，全家人都很支持。只不过在交通工具上有了些许争执，他们要我坐飞机，我却认为不坐火车就不是真正的回家，最后全家还是依了我这个“倚老卖老”的倔老头。

买的是卧铺票，出发不到一个小时，深深的悔意席卷而来——车厢嘈杂声太大，空气污浊且夹杂着孩子的哭闹声，夫妻的吵架声。女婿电话打进来的时候，火车刚过安顺，叮嘱的话我是一句都不想听，随便敷衍几句就挂了。心里想：“我南征北战驻守边境的时候你小子还不知道在哪里，反过头来说我？”

刚挂电话，对面中铺的小姑娘像是忍了很久，扑哧一声笑了出来。我看了看她，还没等我张嘴，小姑娘像是怕误会，赶紧张口：“爷爷，你跟我外公可真像。”

像？现在的孩子见过几个人，见面不到 2 小时，话都没说过就对比起来。

小姑娘接着说：“都很不服老啊。”

“老？谁老了？”我认真地打量了一下她。年纪不大，20 岁左右。上车的时候拎了一个粉色行李箱，是下铺那小伙子帮她举上行李架的。9 月正好开学，大学生无疑。

小姑娘挺自来熟，自顾自地做起了自我介绍：“爷爷，您好，我叫飞燕。是云南大学的新生。”

“嗯。”点了点头，算是知道了。

见我不多说话，飞燕也没吭声。过了会儿，她从中铺下来，把手里拎的袋子打开，又自顾自地削苹果。削完正准备往嘴里送，顿了下，把苹果递过来，“爷爷给你吃。”

小姑娘，还挺有意思。“你吃吧，我喝口水就行。”说完，我拧开了女婿准备的茶水杯。

“哦。”

飞燕不是个闲得住的主儿，一边嚼着苹果，吧唧着嘴问：“爷爷您去哪儿啊？”

“回家。”

“回家您咋一个人？”

“家里就只剩我一个了。”

“哦。”飞燕脸上白了白，像是不知道怎么接话，“哎，不对呀。刚刚您上车的时候挺多人送的呀。”

“哦，那些是亲人。”

飞燕像是不理解似地眨了下眼睛，把嘴里的苹果咽下去，随即盯着我。想开口问，似觉得可能触及了隐私。

她显然不明白。我就解释：“我是说战友，就剩我一个了。”

“呀，爷爷您是老兵呀！”

“嗯。”

下铺的小伙子笑了笑搭话说：“我也是兵，刚探完亲，回部队呢。”

飞燕接过话头接着问：“那您怎么一个人？”

“当年我就是一个人坐的这趟车，走的这条路。再说了一个人怎么了，我又没糊涂。”

可能因为我语气重了些，表情又严肃，飞燕吐了下舌，没声了。

小伙子问：“老人家，您在哪个部队呢？”

“西双版纳，滇西。”

小伙子瞪大眼睛：“我也是呢。”

哦，这也算是遇上战友了。

“呀，这不是正好吗，爷爷您有伴了。”小姑娘高兴地说。

我心里想：有伴？怎么，我看上去很落寞，孤零零的很可怜吗？火车正好进了山洞，我冷哼一声，不置可否。

“爷爷，那您为什么这个时候回去呢，是有什么活动吗？”火车刚出山洞，飞燕接着说。

“没听说呀。”小战友拾起不小心滚落在地上的一个个水果，语气上扬，像是等着我回答。

“就是想回去看看。”我说。事实上，上周在居委会的麻将桌上得知战友直肠癌去世的消息才坚定回部队的心。

一晃 60 年，每次聚会大伙七嘴八舌地都会计划回部队，看看那时的路。这些年，一个个小伙子成了糟老头。闭上眼他们胸前的大红花都还扎眼，人就一个个没了。明明孩子都很孝顺，每周都会回家吃饭，可我仍然成了孤家寡人。

想到这里，转过头看了看窗外。1956 年的这条路上，全是山。连户人家都没有。如今，广告牌、工厂、高速公路，也算是热闹。

上铺的那半大孩子的哭闹声硬生生地把思绪牵了回来。列车员坐在对面，把玩具的音乐声调到最大，一副不买我就不走的架势。孩子的父母也没过多地表示，没有掏腰包的意思，孩子的哭叫声更大了。我摸出上衣内袋里的降压药，和着水吞了下去。这车再不到站，怕是要少活好几年。

飞燕打开了随身的小包，递了颗糖给孩子，“弟弟不哭的话，这颗糖给你好不好。”

孩子抬头看飞燕，飞燕也歪着头看孩子。终究是闭了嘴接了过去，谢天谢地，终于消停了。

飞燕跟小朋友玩，没人嘀咕，没人吵闹。趁着这光景歪头睡了。

醒来后天已经黑了，看表才知道9点。全都上床了，我是中铺。此时却躺在下铺小战友的床上。

飞燕把手机从脸上拿开，开口说：“爷爷，陈良去厕所了，您就睡他铺吧，我们年轻人不怕折腾。”

陈良，该是那小战友。

“唔”应了一下，算是答应了。起身把药吃了接着睡。

再醒就天亮了。陈良正收拾东西。

见我醒来飞燕把我的杯子递过来，“爷爷您喝口水，热的。这就到了。”

陈良把自己东西捆一捆甩到一边，就过来给我收拾，“老人家，咱们同路，一起走呗。”黑黝黝的脸上俩小眼睛盯着我。

这算是给我安排好了？

出站，看着人来人往的火车站，还有那些钢铁建筑。陈良说还得去坐公交，然后转大巴。突然觉得这早已不是驻守八年熟悉的地方，费心地跑那么远，十几个小时过去，还没到地方。当年是怎么一路欢歌笑语来的呢？不对劲，怎么都不对。

飞燕从人堆里挤出来，“爷爷，那就是我学校的大巴。我先走了啊，您跟着陈良，别丢了。”

年纪大了就会这样吧，萍水相逢的年轻人都会忍不住唠叨。这念叨劲倒是跟我外孙女很像，总是不放心，酒不让喝，烟不让抽。这会儿挺想她的。

我回头看了一眼陈良，终于开口："你去吧，我就不跟着了。"

陈良诧异："啊？这就要到了。"

"不了，这不是我的家。"没有纳西族歌手的悠扬歌声，没有烈日底下劳作的妇女。这家，像是找不到了。不去了，留在心里吧。

打发走陈良，摸出手机给女儿打电话，订个回程机票。才刚挂电话就看见女儿拉着外孙女从报刊亭的角落出来。

女儿不好意思地笑笑，"还是不放心。"

罢了，回家吧。

作　　者：杨昌芬
现居住地：贵州
年　　龄：60岁

旅行，为了爱

“你看过了许多美景
……
你踏过下雪的北京
你熟记书本里每一句你最爱的真理
却说不出你爱我的原因”
——《旅行的意义》

旅行对每一个喜欢旅行的人来说都有一定的特殊意义，因为旅行不只有目的地，更有目的。漫漫人生中，人总要选择踏上一些旅程，或是为了爱，或是为了遗忘……

我的旅行目的和目的地大多数都是与女儿们有关，北京、上海、重庆、贵阳都是她们学习生活过的地方。可是有时候即便是坐在火车上，望向窗外，也是无心看风景，眼里满是她们小时候的样子，想象着许久不见的她们在外打拼如何的酸楚。那一刻，我是矛盾的，作为母亲，希望能够陪伴在她们身边，照顾帮助她们，可是一想到她们将要面临的压力，又害怕自己给她们增添额外负担。

年纪越大，越发地感觉出自己的无能，大半辈子都在和土地与农田打交道，识文断字跟我完全搭不上边，幸运的是我这个不折不扣的“文盲”却养育出了两个读书上进的女儿，这点让我很欣慰，我的孩子终于可以不用走我的老路，可以走出大山，走向更广阔的世界了。

2006年前后，我的大女儿前往日本爱知学泉大学留学，之后就留在了日本工作，那个时候，几乎一年只能见一面，为了节省路费，不给孩子额外的思想负担，忍住想念，是我爱她的方式。

终于在2008年前后，女儿的事业比较稳定了，这时我和她爸爸才有了第一次的出国旅游，坐飞机的前一晚我开心得整晚失眠，但并不全是因为我能出国旅游了，而是因为我能多见一次我的女儿。

这一次旅行，我和老伴去赏了樱花，爬山看海，和女儿女婿度过了短暂但是美好的一段时光。回来之后，我依然想念女儿，想念在日本度过的日子。

可是好景不长，老伴的身体渐渐出现了一些问题。

癌症，收到医生的确诊通知的时候，我眼前一片空白，真的，就像在日本时下的那场鹅毛大雪，毫无缘由地覆上我的发梢、我的手臂、我的肩膀。我的后背一阵凉一阵麻的，愣了好久。

后来的日子，是老两口最亲密也最难过的日子，不同于新婚宴尔的甜蜜相依，携手走过这些年的风风雨雨之后，对“惜取眼前人”这五个字有了更深的体会，特别是生命倒计时的沙漏已经开始计时，仿佛看得见的生命就从指尖溜走，想抓却无力挽回。每每老伴被病痛折磨，意志脆弱，无助却只能像孩子般耍脾气时，我总想起他年轻时的样子和说过的话，还不时想起那场樱花树下的绵绵细雨，伞外，雨丝细密；伞下，满布脉脉温情。

那时候，女儿也有了自己的孩子，是一个女孩，名叫可可。碍于要照顾病重的老伴，我和女儿、外孙女见面的机会就更少了。有一回，皎洁的月光散落在病房里，洒在老伴的白发上，都说“但愿人长久，千里共婵娟”。那时候天气微凉，习习凉风灌入衣袖，我突然分外想念在异国他乡的女儿和外孙女，也不知道牙牙学语的可可是不是会叫外婆了，有没有添件衣服……就这样想着，脸上忽然划过一滴凉凉的东西，我伸手去擦，一直握着的老伴的手也动了动，似乎在无声地安慰我，那一刻，直到现在还深深地印刻在我的脑海中，难以忘却。

后来，老伴也像医生预言的那样，不久之后走向了生命的尽头。老话总说“油尽灯枯”，当生命的灯火从星星之火走向熊熊火光最后燃烧殆尽，自身也是完成了一次自然的循环，但是，作为亲历者，看着一个活生生的个体从壮年走下坡到走向死亡，看着时间像一把弯刀一寸一寸地把他的言语、肌肉、呼吸、体温抽丝剥茧般地剜走，那种痛，真恨自己不能替他分担些什么，但是生命就是这样无常，不管你是大罗神仙还是佛陀罗刹，该你上路的时候，就没有拖延的可能。死者已逝，生者唯有坚强。

女儿为了让我尽快从失去老伴的痛苦中走出去，把我接到日本去住了一段时间，有了女儿女婿和机灵可爱的小可可，我的生活似乎又从灰霾中透进了一丝光亮。忙着照顾孩子，忙着游山玩水，偶尔和女儿聊聊这些年奋斗路上的酸甜苦辣，日子过得飞快，偶尔也会想起老伴，心里不免空空荡荡的，但是，离开了曾经满布我和老伴生活痕迹的家乡，来到陌生的日本，一家人互相扶持着，过着温馨的小日子，琐碎而平静，似乎又让我不那么想念他了，可能是日本的美景美食还是温泉旅店慢慢治愈着我心上的伤口，女儿告诉我，来了日本之后，我的笑容里逐渐多

了些释然的恬淡滋味。

时间又到了3月，又是樱花盛开的日子，我们又来到了观赏樱花的地方，这一次，可可已经会唱几首关于春天的歌曲了，看着孩子精力十足地在缤纷的花瓣雨中愉快地奔跑，兴奋地指着新奇的玩意儿问东问西，银铃般的笑声回荡在我的耳边……这似曾相识的场景，却唯独少了一个人。突然，一阵淅沥的小雨打在我们的脸上，朦胧中，他似乎在远处举着伞微笑着向我招手，我定住了，脚步却挪不动，我感觉到他的嘴里嗫嚅地想说些什么，终于还是向我扬扬手，消失在了细雨中，不一会儿，雨就已经停了。我突然发现，我是不可能忘掉他了，虽然他不在我身边，但是他一直活在我的心里，未曾远离……可可的声音逐渐近了，“外婆，外婆，你怎么了？”原来这个小家伙刚才叫了我很多声，我都没回头，她急了，我只好笑着抱起她，轻轻拍拍她的背，逗她唱起了歌……

原来他一直与我同在，跟我们一起走过3月里纷飞的樱花雨，走过炎炎夏日里的蔚蓝海岸，走过深秋的满山红叶，走过隆冬里雪山小木屋里的袅袅炊烟……原来爱你的人不会真的离开，虽然这么多年，他没有跟我说过一个“爱”字，但是，人与人之间的情感早就已经深深埋进骨髓中，融进了呼吸吐纳之间了，真爱，无须多言。

常听老人说“并蒂莲、连理枝不可独活”说的是两夫妇中少了谁，活下来的那个都难以继续活太久，从前我也相信这个传说，特别是经历过失去老伴的事情之后。可是现在，我发现了新的寄托，为了爱，为了我爱的家人，我要好好地活下去……

我的故事就到这里，不是那么波澜壮阔，不是那么荡气回肠，但这就是独属于我的故事。

作　　者：陆宁
现居住地：天津
年　　龄：50 岁

我已满头白发，但我爱你如初

往事如烟，岁月如歌。

——题记

岁月用阳光把春天的种子植入大地，于是，冰化了，雪融了，天暖了；花开了，草绿了，南燕归来了，在桃红柳绿中迎来了又一个春天。

转眼间，已是白发老人，那颗年轻的心也已慢慢变老，回首往事，却还是那般鲜活。在回乡的路上，望着即将再次出现在眼前的上海——我的家乡，百般滋味萦绕心头。一提起上海，我的心就仿佛被什么触碰了一下，既熟悉又陌生。

我生于上海的弄堂里，那里有古朴拥挤的石库门，有身着华丽的小资女，有梦幻般的江南水乡，更有记忆中抹不去的石板路和小弄堂。有爷爷、奶奶在内的散发着儒雅、内敛之气或满腹经纶，即便屡受磨难也能淡定面对人生的人们。他们乐观豁达，对生活永远充满韧性与激情。长大离开后，它又是那样陌生，它是一个个的片段，是张爱玲笔下的老上海，是繁华喧闹的南京路，是纸醉金迷的百乐门，是现代高耸的金茂大厦、环球金融中心，而我好像成了局外人。

春分时节，按捺不住对江南春天的渴望，一下飞机，我就感受“烟花三月”的江南春色。虽说李白诗中的三月还要再过几天，可春分时节上海总会有一段不错的天气。哪怕只是在上海的大街上走走，吸一口带着花香的空气、听一听浓浓的乡音，个中感觉足以令我陶醉。“梦里不知身是客。”此刻我仿佛已穿越时空，回到童年，来到那风花雪月的十里洋场：熟悉的弄堂，熟悉的小吃，熟悉的外滩，熟悉的黄浦江，还有爷爷家那熟悉的上海味道，心中感慨万分。

“正是江南好风景，落花时节又逢君。”

我仿佛再次置身30多年前那个初春的早晨，幻想着小时候的画面，画里有戴着棕色毡帽的老人，手里只拎了一根油条；邻家的阿婆在弄堂边上，择着鸡毛菜，嘴里永远叽里咕噜地说个不停，而戴着的花镜早已滑到了鼻尖；对面老虎灶边的江北胖子，正忙着烧火，他那只老花猫早已准备好依偎在灶台上懒洋洋地取暖；路边卖大饼油条的苏北憨大正收拾着摊位，旁边“孩子他妈”正咧着嘴数着一沓沓刚刚挣来的零碎钞票；蹿出一总是穿着双拖鞋的小毛头，拿着一只蓝花大碗兴冲冲地去打酱油，一蹭一蹭地迈着步子。30多年前的一幕幕离我是那么遥远，却又那么清晰。

这么多年，背井离乡，只为生活，兜兜转转，回到这里，像是命运一般，自然轮回。像倦了的鸟，回到了家，歇歇脚，看看当初的自己。曾经尝试用一个词来概括对上海的印象，现代、古老、文明、喧嚣？美奂？小资？……却都不准确，在我心中，可能是——家乡。在这里，曾有一股激情涌动、一段美好的回忆、一坛经历岁月醇化的美酒、一首荡气回肠的岁月老歌。

我的上海，一想到它，便会忆起一段快乐、一份感动、一丝怀旧。往事如烟，岁月如歌。

作　　者：胡光明
现居住地：江苏
年　　龄：64 岁

有一种情叫执子之手

自古人们对美好的爱情就有无尽的赞美之词，历史上流淌着数不尽的爱情传说和故事，有甜蜜的，有凄美的，有破镜重圆的，有耐人寻味的。20 岁的时候，爱情是澎湃的；30 岁的时候，爱情是稳定的；40 岁的时候，爱情是一杯酒；50 岁的时候，爱情是一杯茶。

有一种情，叫作执子之手与子偕老。

记得那年，在镇江的金山公园，我看到了令我感动和震撼的一幅画面。那是 2015 年在金山公园游玩时偶然看到一位非常年长的老人开着三轮电动车，后座上坐着一位老太太，一些游客好奇地上前打探。

这位长者说，他已经 91 岁高龄了，身后坐的是他的老伴，92 岁了，我们惊讶地望着他们，老人非常健谈，他说只要天气好，他都会带着老伴来金山游玩。我们为这对老夫妻的相濡以沫而感动。

我为他们拍摄了照片，并写下“九旬高龄老夫妇，自驾结伴游环湖，银丝相守两相爱，许仙白娘叹不如”的小诗发在微博上，让更多的人看到他们不衰的爱情，学习他们以情相守的精神。

2016 年 9 月的一天，我在金山公园门口又一次看到两位老人，还是骑着那辆三轮车，老两口又年长了一岁，我赞赏他们对生活的洒脱和乐观，心里默默祝福这一对长寿老人。

几天前我又看到了感人的一幕。那天早晨还是在金山公园门外广场上，忽然听到《相逢是首歌》的音乐，转头望去，看见一对夫妻正在翩翩起舞，女的拉着坐在轮椅上的男人跟随音乐的旋律一会儿向左转，一会儿向右转，手上不停地变换着动作，脸上洋溢着欢快幸福的笑容，他们跳得那么自如潇洒，正如歌中唱的那样“相逢是首歌，同行是你和我，心儿是永远的琴弦，坚定也执着”。

我感动之余不由得为他们鼓掌，并为他们拍下照片。我佩服他们乐观向上的生活态度，佩服他们夫妻携手、不离不弃的精神。他们传递的不仅是夫妻之间的爱情，更传递着一种积极向上的生活态度和对待人生的正能量。

其实在我们身边不乏相濡以沫、夫唱妇随、携手并进的恩爱夫妻，镇江自古就是一个有着许多美好爱情传说的文化城市，金山就是美好爱情的发源地，在金山我又见证了现实版的执子之手、不离不弃的爱情画面。

我感到只要拥有阳光豁达的心态，就会让生命绽放美丽的色彩，人生尽管坎坷跌宕，但只要多一分自信，多一分从容，多一分理解和善良，就能让生活充满阳光。

作　　者：凌天禄
现居住地：江苏
年　　龄：78 岁

“老夫聊发少年狂”
八旬老人志在“世界之旅”

古人认为做学问应读万卷书，行万里路。书，虽然读了一些，但距“万卷”的要求，何止十万八千里；倒是“行万里路”颇投合我好动的本性。这方面，我倒真的下了不少功夫。

我从事教育工作 43 年（普中 28 年，党校 15 年）。节假日，固必出游，外出开会，亦必顺道景区，加上退休后的几年出行，境内，凡见于经传的名山大川，除敦煌失之交臂、港澳、要等大桥建成尚待“补课”外，我敢大言不惭地夸个海口：这些名山大川我都有所涉足，哪怕是边远的内蒙古、新疆和西藏。

开启境外之旅，已是古稀之后。见到人家跨出国门，心里痒痒的。怎么办？冲！ 2011 年，我“老夫聊发少年狂”，开启了自己的世界之旅。在法国，凝神注目过高耸入云的埃菲尔铁塔；在德国，相机聚焦过见证历史的勃兰登堡门；在瑞士，双臂拥抱过蓝天雪山的风华；在希腊，怡情领略过地中海海风的微熏……

我于旅游已达到痴迷的程度，2015 年 5 月才去了希腊、迪拜，而旅行社一条短信，又把我引上了德国、奥地利、匈牙利、捷克、斯洛伐克五国的游程。目前，在我的旅行地图上，足迹所至，有法国、瑞士、意大利、新加坡、马来西亚、泰国、韩国、俄罗斯、美国、希腊等十几个国家。

可能很多人要问，去这么多地方，应该花了很多钱吧？钱，当然得花一点。但我认为，像我们老年人，只要经济和身体条件许可，还是出去走走。别把金钱看得太重。人民币花掉才是货币，才能体现它作为货币的价值。

年轻的时候，由于种种原因，我们局限于“家庭—工作”两点一线的生活，几乎很少有旅行活动；结婚生子，又陷入琐碎的柴米油盐之中；孩子成家立业后，又要帮忙买房，带“孙”字辈……一生都在操劳，似乎自己的存在，就只是忙碌。

现在，孩子们生活幸福，国家也强大开放了，我们也有时间和经济实力，身体也还健康，如果再不出去走走，可能就没有机会了。无论是对之前生活的补偿，还是此后生命意义的体现，都该给自己的夕照增加一抹色彩了！这样也才算得上“不枉此生”。旅行，不分年龄，我已到 80 岁的边上了，不过还有雄心向百旅会提出的目标挺进，何况你们还比我年轻呢？

可能很多人担心旅行公司会以年龄太大、出行不便为由而拒绝旅行要求，以我的经验，这个大可不必担心。作为一点经验分享，我推荐同程这家帮助我实现世界之旅的旅游公司。他们有一个专门为老人服务的业务板块，叫“百旅会”，他们的价格核算、线路规划、食住安排，都具有极高的性价比。有了他们的组织，既可使家人放心让我们出行，又可让我们自己畅享旅游的乐趣。

听他们负责人介绍，百旅会希望加入的中老年用户能够“活到一百岁，游遍全世界”，这正投合我的心意。

我的目标是：生命不息，旅行不止。

作　　者：吴明芳
现居住地：湖北
年　　龄：71 岁

梦回江南我愿陪你看尽世间繁华

窗外的栀子花香，又一次飘进家中。

那是老伴喜欢的一片小天地，有他爱的盆景，如孩子般的花花草草。看着他打理着小花园，嘴里念叨着一些孩子们的事。我微笑地看着，却不打扰。

我们享受着现在的平实生活，却也是两个爱热闹的老人。天气好的时候，也会去园博园、黄鹤楼逛逛走走，悠然自得。趁着还能走动，总想和他多看看外面的风景。

2015 年的时候，老伴说想去江南水乡看盆景，然而这个愿望直到 2016 年才实现。2015 年老伴因为静脉曲张，住院 3 次。我们原本计划的旅行不得不一次次推迟，但我知道他心里的渴望。2016 年，老伴的身体逐渐康复，又恰逢我们结婚 45 周年，照着年轻人的说法，叫蓝宝石婚。

为了纪念结婚周年，我们报名了“快乐爸妈游”的华东八市 7 日游，也因此实现了老伴一直想去江南水乡看盆景的愿望。回到武汉当天，他高兴地和邻居、儿女们讲述我们途中发生的故事，丝毫没有旅途劳累的感觉。我内心默念，老伴，只要你开心，比什么都好。

周围的年轻人常羡慕我和老伴的生活，其实人这一辈子，哪有一帆风顺的呢？年轻的时候，都忙于工作。有次老伴受了工伤，我照顾他的那段日子里，我的辛苦他都记在心里。这几年，我们都老了，我的身体也大不如前，换作他来照顾我。这辈子，能够这样相互陪伴，就很幸福。

老夫老妻的生活很淡很平静，我们不再追求轰轰烈烈，不再追求功名利禄。亲爱的老伴，我不知道余生还有多久，但愿我能陪你看尽世间繁华。

作　　者：孙然（化名）
现居住地：北京
年　　龄：45 岁

在战火纷飞的叙利亚，才懂得和平的珍贵

瀑布的水逆流而上，
蒲公英的种子从远方飘回，聚成伞的模样，
太阳从西边升起落向东方。
子弹退回枪膛，
运动员回到起跑线上，
我交回录取通知书忘了十年寒窗。
厨房里飘来饭菜的香，
你把我的卷子签好名字，
关掉电视，帮我把书包背上。
你还在我身旁

——戴畅《你还在我身旁》

“有朝一日，开着牧马人，走到有数不尽的湖泊、江河、溪流和森林的冰河天地，我会以捕鱼猎鹿为生，在河边湿地用桦树和鹿皮搭建密不透风的家……”“这也是我想要的生活。”

2010年，背起行囊，扛上相机，远离城市的灯红酒绿，选择远行。星辰、夜空、草原、沧海、桑田……只为遇见不同的人，听不一样的故事。

有一个让我流泪的地方，一直哽在心头。

叙利亚，一个战乱中的国家，从街道上残垣断壁中多少还能嗅到它过去的繁华景象，可是，眼前衣衫破烂的难民们，随处可见的残败景象还是让我倒吸了几口凉气。

要论战争如何摧毁一个国家，眼前的叙利亚就是血淋淋的真相。这狰狞的景象几乎让人忘却，曾经的叙利亚，也是一个气候宜人、天湛高远、民风淳朴的地中海小国，只是战争一来，世界就变天了。这里建筑破败不堪，摇摇欲坠；这里的孩子标草为奴，食不果腹；这里的妇女每天都生活在恐吓和暴力之中惶惶不可终日。生存，成为第一要义，情感需求已然变得奢侈。就像每一个战乱中的国家，满目疮痍的叙利亚，每一个藏污纳垢的角落似乎都在发生着什么令人发指的黑色交易。在这里，强权统治了人们的头脑，弱者只能像随风飘荡的尘埃一样俯首称臣，跪舔权贵……关于政治，我不敢遑论太多，但我相信此情此景，每一个灵魂尚未麻木的人都不能不为之动容，多少次都想凭借自己的一双手拉一把身边陷于苦难的同类，却发现自己无力回天……

路上遇到一位头戴布卡的母亲，看到我手里拿着相机，便以为我是国外的记者，通过肢体动作，带着我跟她进入一片小营区。眼前的场景让我毕生难忘：一个妇女蹲在地上做饭，旁边围着一群大大小小的孩子；几个衣衫不整的人在地上裹着污渍的破毯子在睡觉，还有几个被我这个外来人吸引而停下手中的活儿好奇张望的孩子……我不敢再细想，那群围在炉子旁的孩子是否都是战争遗孤，他们的父母会不会像新闻报道的那样，为了生存贱卖自己的孩子，从此两不相干，音讯全无；那些躺在地上酣睡的成年人，是否就是在哪一场汽车炸弹袭击中遇难的无辜民众，那条毯子上的污渍是否来自哪个永远沉睡在废墟中的邻居；那些眼睛里闪着光芒的孩子，是否本应在干净开阔的教室中遨游书海，在下课铃声中欢愉地离开校园回到父母的怀抱……

后来我才知道，这是叙利亚的一处难民营，那位母亲是想通过我这个“新闻记者”让世界各国的人看到他们的生活状态，她怀里的小孩一路上一直定定地看我手里的航拍器，我把仪器打开飞在空中，一个简单的小动作，小孩就被逗得“咯咯咯”地笑了，他的母亲却笑不出来，眼神忧郁地看着远方灰霾的天空，似乎还在为今天的晚餐担忧着。我知道，这也许就是她的日常表情，布卡像囚笼一样囚禁了她的身体和灵魂，让这一双安静的眼睛周围爬上了皱纹，这位年轻的母亲，这位柔弱的母亲，这位苦难的母亲，就像《哀悼基督》中的圣母，心底充满了绝望和苦楚，可不就是嘛，她的身后和眼前就是最淋漓的人间炼狱。

看着孩子的笑容，我心里很难受，这个孩子，本该是上学，和同龄的伙伴在一起无忧无虑地享受童年快乐的年纪，却只能活在无休止的战乱中。我不禁想起了自己的孩子，想起了在中国遇到过的许许多多平凡可爱的孩子，可是只因生在此处，这个孩子只能在水深火热中，领略战火轰鸣，漂泊不定中长大，最是无辜……

我在叙利亚待了一周，我逐渐发现，战争似乎已经成为当地人习以为常的一部分了。在这里，你会看到一群人围在一起有说有笑，并不是他们享受战争，是他们习惯了。我采访了一位老伯，已经 60 多岁了，老伯说的一句话让我思考了许久，他说：“我家就住在附近，经常发生爆炸，就在前几天，我的一个朋友在爆炸中死去，也许明天死去的就是我自己。”说这句话的时候，我仿佛看到他头上有一个巨大的生命倒数时钟，而他身边的人正拿着号码，在谈笑中等待死亡……

在叙利亚，我曾几度哽咽，我不知道自己能够改变什么，却清楚地知道自己改变不了什么，只希望和平早日到来，战乱早日结束……

旅行让我认识了很多人，也看到了世界很多不一样的颜色，岁月是一壶酒，我在听他们悉心酿造的故事……

作　　者：刘景玲
现居住地：江苏
年　　龄：63 岁

旅行让生命有尊严地延续

对于我来说，2008 年是一个不幸的年份，刚刚被企业以年龄大为由内退的我，被查出宫颈癌。医生当时对我的老伴说，目前只能回去休养，有什么好吃的或者什么心愿尽量满足。我是 1953 年生人，正是带带孙子、享受天伦之乐的时候。这样的消息，对勤勤恳恳、任劳任怨的我们俩夫妻无疑是晴天霹雳。

在回家休养的日子里，我基本上吃不下饭，也不愿意跟人多交流。老伴陆焕然是南通港务局的船务员工，年轻的时候跟船在大江大海闯过无数的风浪。他跟我说，人生在世，难免会遇到荆棘和坎坷，但风雨过后，一定会有美丽的彩虹。他希望看到一个坚强的他，更希望看到一个坚强的我。于是我们商量出去散散心吧。我们俩省吃俭用一辈子，从来没有旅游过。我最想去的地方是北京，觉得自己作为中国人，居然没有去过首都，非常遗憾。老伴担心我的身体，决定全家一起陪我去。在北京待了短短的五天，我回来跟女儿说，我不想人生就这样了，我想到处去看看。女儿陆蓓是南通知名的金融公司的管理，非常支持我们的想法，她说你的康复，就是我们的幸福；你的安康，就是我们的平安。

有了女儿的支持，我开始规划自己的旅行，2009 年第一次化疗后，选择去云南疗养。2010 年冬去了三亚、厦门、香港。2011 年各项指标居然接近正常，让原本以为熬不过三年期的医生大为惊讶。医生说，心情开朗是最好的药方，而旅行就是寻找良方的过程。2012 年开始出境游，日本、韩国、东南亚、新加坡、马来西亚和巴厘岛都留下我的足迹。

2016 年同程旅游落户如皋。我女儿找到了同程旅游，要求帮忙规划适合老年人游玩的地方。9 月我通过同程旅游报了济州岛，回来没几天，又报了内蒙古。在旅行的过程中，我不仅玩得很开心，还认识了很多志同道合的朋友。内蒙古游就是在济州岛游玩的旅友中得知的，回来就商量一起报名了。我和认识的朋友们都相处得非常好，经常聊天，一起出游，似亲人一样亲密。

长期的旅行让我的生活和心态发生了非常大的改变。回来后，很多朋友问我，旅行除了散心，对我最重要的意义是什么。我认为，每一次旅行都是一次对自己的重新认识。旅行中，我学会了坚强，比如有一次爬黄山，我好几次想放弃，但告诉自己，坚持才能胜利，这跟病魔斗争一个道理。学会了同理心，站在别人的角度看问题，对一些不认同的事情试着去理解。旅行中收获了友谊，得到了那么多陌生人的帮助，让我有一颗感恩的心。

因为我知道，癌症病人 1/3 是吓死的，1/3 是用药过度病人无法耐受而死的，最后 1/3 才是治疗无效而死的。病人若能乐观对待并采取正确的治疗行为，就可能战胜癌症，延长生命。

至今，让我回忆起来，实则，人只要有坚定的毅力，敢于对抗病魔。怀良好的心态，坦然面对一切拂意，坚持与一切拂意抗争，终归没有过不去的坎儿。雨过天晴傲然碧海蓝天，不见风雨怎能见彩虹。人在旅途，一路前行！

作　　者：卫永禄
现居住地：四川
年　　龄：79 岁

带着“她”去旅行，不要给生命留下遗憾

动笔之前，我不知如何开头。所要写下的东西是一个悲伤的故事，但为了表达我内心的情感，更为了让老年朋友们不要再留有遗憾，我决定讲讲我的“旅游故事”。

2015 年秋天，老伴提议一起来一趟港澳之行。她陪伴我几十年，无怨无悔，默默支持，养儿育女，柴米油盐。一辈子，没提过什么要求，这次我一定要带她出去走走。于是，我们马上去办理了港澳通行证。

去之前，她设想了很多在港澳的场景，要去看维港夜景，要爬太平山。

但意想不到的事情发生了，就在通行证办理之后不久，她却因脑梗死离开了。那些日子，白天全家人处于一种极度悲伤的情绪中，而每到晚上，当我一个人坐在空荡荡的房间，再也听不到她的唠唠叨叨，看不到那熟悉的身影，悲上心头。躺在床上，看着旁边的枕头，老伴和我一生中那些或笑或悲的点点滴滴像电影一样，一帧一帧地闪现在我的脑海里。

一生，我欠她太多。而更让我遗憾和自责的就是连她最后一个愿

望都没能帮她实现。每个夜晚辗转反侧，我还能为她做点什么？

拉开抽屉，拿出那本还散发着油墨香的通行证，我想即使她不在了，我也要带着写有她名字和贴着她照片的通行证，去香港看看，在另一个世界，她一定能感受到。

把通行证用塑料袋包好，我来到深圳一家旅行社门店，看着刚刚粉刷一新的“同程旅游”招牌，我不知道他们愿不愿意帮助我这个 78 岁的老人去进行一次外人可能无法理解的旅行。

“多少钱都可以，就是想带老伴去香港澳门看看。”我不知道他们是否能够理解我的想法。但没想到的是，他们不仅热情接待了我，并且专门为“我们”设计了适合老年人出行的港澳线路，还安排专门工作人员全程陪同，并且提出全程免费，但我还是坚持付费，因为这次旅行对我有特殊的意义。

在过海关踏入港澳的那一刻，我在心里告诉老伴，我们来了，来到你曾经念念不忘的香港澳门了。在澳门的夜晚，走在街头，我一步步走过大街小巷，为的就是能让老伴看到这个城市的每个角落；在香港，我爬到太平山山顶，俯视整个维港，想着老伴在的话，一定会拉着我指着整个港湾东张西望。

为了完成她的心愿，我在澳门妈祖庙和香港太平山上采了两抔土，用塑料袋包上，带回家，放到老伴的坟前，告诉她，香港澳门我们去过了，这两抔土会一直陪伴着你。

或许，这将是我一生的遗憾，但我用最大的努力来弥补这一遗憾。并肩走过几十年，或许我们没有现在年轻人那种花前月下的浪漫爱情，但我们有我们表达爱的方式。

老年朋友们，趁着他或她还健康，趁着我们有钱有闲，在有生之年，和老伴携手出去走走，不要像我一样，当意外来临，只能捧一抔黄土告慰另一个世界的她。

作　　者：李自为
现居住地：广东
年　　龄：66 岁

遥念独克宗

许多人没有去过云南，因为中国很大，世界更大。

许多去过云南的人没有去过香格里拉，因为香格里拉经济不发达，尤其是交通不方便，内地的旅游团多限于时间或其他，仅仅将行程定在昆明、大理及丽江。

许多去过香格里拉的人没有去过独克宗（“独克宗”藏语意为“月光城”和“建在石头上的城堡”，按照佛经中的香巴拉理想国建成），这个原因在我离开香格里拉时才明白。

2011 年 8 月，约了一位西安的老伙伴去云南旅游。人生地不熟，只能跟旅行团走，但又不囿于既有的行程安排，提出自己的“菜单”：除了例牌“昆大丽”，加上香格里拉、泸沽湖，全程十天。其中香格里拉之旅，给了我一个巨大的惊喜。

车到香巴拉大酒店已过下午四点，简单分配住房之后，拉姆宣布五点半准时发车前去家访，便和司机不见了踪影，驴友各自进房小憩，而我独自出了门。

我的出游习惯之一是不让一刻闲过。有一个小时自由时间当然要去周边逛逛，说不定有新闻奇遇。信马由缰，偶然看见一个路标，问询路人，方知香格里拉的独克宗古城就在眼前。渐入佳境，一不小心到了古城核心区——四方街。

独克宗古城位于迪庆藏族自治州香格里拉县东南隅，依山而建，路面就势铺石，自然起伏。石板路上似乎还能看出马蹄的印迹，这是岁月久远的马帮留下的信物——这里是茶马古道的最后一站，想当年金戈铁马，如今全随着历史的车轮滚滚而去，仅剩的这条古道，是默默收藏了 1300 多年时光雕刻的历史痕迹。

四方街是古城的灵魂，几乎所有的街道，都从四方街蔓延而去。古城的建筑布局犹如八瓣莲花，古朴的藏式木屋比肩相连，石砌民居灰旧的色调有一种不加雕饰的随意。西边，是一条人迹稀疏的洋人街，客栈、酒吧、咖啡间，凭窗闲坐的老外，自顾轻轻搅动咖啡，然后放下勺子盯着杯子发呆。这样的场景不禁让我联系到古人的生活场景，一杯茶、一台琴，窗外雨声滴答，室内琴声悠扬，手起轻落，茶杯里的水还温热。

与丽江古城相比，独克宗多一点沧桑；与大理古城相比，独克宗多一点真实。古道重镇不掩饰它的创伤和朽败，因为真，所以美，依然充满活力，让人们在此生生不息。

独克宗的客栈、咖啡和牦牛火锅，是为浸染香格里拉普达错的湖光山色，心灵遭遇荡涤，还不愿返回世俗的人们准备的，是自助游和背包客的天堂，而注定不适合快餐式的匆匆过客。

时间紧迫，没来得及细细品味就要去参加活动，当晚的“家访”不出所料只是一场低俗的闹剧。次日游览过普达错之后，随即离开了香格里拉。

此后回想香格里拉，回想独克宗迫于无奈的走马观花，多少有一点买椟还珠的感觉。

两年多过去了，岁月的消磨会让任何深刻的记忆慢慢地淡忘。

新华社消息：2014 年 1 月 11 日 1 点 30 分，一场大火在独克宗燃烧了十个小时。此次火灾位于古城核心区——四方街最繁华的地段。一夜之间，242 栋有着浓郁藏式风格的建筑全部在火灾中被毁，再建困难。这是独克宗古城建成 1300 多年来最大的一次火灾。

浓郁藏式风格的建筑恐难恢复，而留着马蹄印迹的石板路经过大火的灼燎将更顽固，更弥久，更传世。

路在，独克宗就在。

作　　者：徐文华
现居住地：江苏
年　　龄：75 岁

半截的诗

你是我的
半截的诗
半截用心爱着
半截用肉体埋着
你是我的
半截的诗
不许别人更改一个字

——海子《半截的诗》

“你说呢”对不起，我忘了，你不在，准确地说，我还是忘不了你。

自从你到另一个世界去了以后，我常常这样和空气对话，家里的一草一木，一桌一椅都是刻在我心头深浅不一的疤痕，沾染了你的气息，却永远让我不能痊愈。你就像是一场突如其来的大雨，来得酣畅淋漓，走得一干二净，留下我一病不起。

我是真的病了，不知道是不是相思之苦害的，我从前不相信，人间还有相思能害病，不相信真有痴恋桃花美人的崔护，不相信苦恋洛神的曹植，更不相信文学作品里的梁祝化蝶与“举身赴清池，自挂东南枝”。

但上天带走了你，就是对我怀疑爱情最大的惩罚。

你走前的第四天，医生告诉我确诊是胃癌，我本想着放弃治疗，追随你的脚步，你可以说我软弱，可以说我草率，可是，我真的无法想象没有你的日子，我该如何在茫茫人海中孤独地守望这一生，既然活下去，注定要成为被记忆流放的囚徒，我又何苦……

当你真正成为这尘世的一粒烟尘，无迹可寻，我却反倒后悔起来，你跟了我，只有平平淡淡的柴米油盐，粗茶粗布的生活，人生匆匆，已过半，我还来不及带你看绚烂的极光，还来不及带你看北海道雪山上纯净的星空，还来不及带你用虔诚的跪拜朝拜西域的圣土，太多太多的遗憾草草地写在我们回忆的记录本上。

于是我决定，成为你人间的一只眼睛，替你记录这个美妙的世界，有朝一日，我重归尘土，与你重遇之际，再一一与你倾诉，这些年的见闻趣事，一吐深埋心底热烈而噬心的思恋。

你不知道，这两年我不再去鼓浪屿了，那个我们相知相识，畅谈人间冷暖的地方有太多触碰不得的东西，每每想起过去，心中总是一阵刺痛。

过去，夜晚的鼓浪屿，海浪静静拍打海岸，我们在凉透的礁石上，我还在想，传说海螺能够录下海的声响，那么海是不是也曾藏起你的笑声呢？那时也许可笑，到如今想起来却蒙上了一层不属于海岛的灰霾的。

又是月圆之际，月光微凉，碎在不安的潮水里。一阵又一阵的潮水声仿佛让我的回忆溯回到遥远的年代，回到你一脸坚定，义无反顾地说出“你再下乡我也跟你”的时刻，回到每一晚你精心准备的热乎乎的饭菜前，回到初次相遇时你可爱的面庞前……恍惚间，不觉泪已千行。

我这一生最美好的事情，就是与你相遇。为了遇见你，我花光了所有的运气。所以，与你别离，才成了我最痛苦的回忆。

作　　者：孙道平
现居住地：江苏
年　　龄：71 岁

难忘故乡往事

半个世纪转眼过去，我已过古稀之年，回望这一生，经历过坎坷曲折，去过边疆农场，也下乡插过队，回顾过去，往事历历在目，最让我不能忘怀的是在江宁县花园公社生活的那段朴实艰辛的日子。

1972 年经人介绍，我认识了一位女知青，她下放插队在江宁县花园公社临江大队友庄生产队。她父母都是教师，在“文革”中受到批斗后全家下放到这里。第一次去相亲，介绍人带我从镇江乘火车（慢车当时是三角钱）到龙潭镇，靠近长江边三间红砖瓦房就是她的家，是用国家给下放干部的安置费建的，家门前有一条小河。初次见面我就被她勤俭节约、吃苦耐劳的精神打动，加上相同的命运让我们有着共同的语言，我们相爱了，结婚了。我想不到在如此恶劣的生存环境下，还有一位朴实善良的姑娘愿意嫁给我。

当时我是一名支边青年，户口在新疆，因父亲高血压中风瘫痪，母亲将我叫回镇江服侍。为解决温饱问题，我必须学会谋生本领，便刻苦自学裁剪，在镇江九如巷家中开了个小裁缝铺。婚后我跟妻子共同经营着小裁缝铺，我负责裁剪缝纫，她负责锁眼钉扣撬边包揽家务。

一年多后我们有了儿子，日子平淡而踏实。在1975年中秋节晚上，居委会干部和派出所民警却突然闯进我家，说我在家做裁缝是走资本主义道路，挖社会主义墙脚，不允许干并没收了一条顾客的裤子，要我第二天到派出所报到。那时街上的大标语明晃晃地写着“回城下放人员滚出镇江城”！压力之下，镇江不能再待下去了，于是一家三口只得带着简单的家具去了花园公社。

在乡下的那段日子，应是我一生中最艰难的时光。要安家要解决户口问题，需要钱需要组织的通融，对我这个初来乍到拖家带口的穷光蛋，真是处处受难，而正是善良的农民、公社领导帮助了我们。农家阿哥帮我们砌灶，去江边芦苇滩砍芦材当柴火；公社领导送给我们一扇房门和20元救济款。为了将我的户口从新疆迁到江宁，小队、大队、公社同意的盖章证明受到阻挠，后来得到大队会计刘德华和小队会计刘成金的帮助，私下给我盖了章，并让我亲自去找江宁县委，找到从未谋面的徐县长家中，在听了我的诉苦之后，他最后同意由县公安局发准迁证并笑着对我说：“男子汉不要哭，面对困难要坚强。”这位共产党的好县长，我一直深深地铭记在心里。

在乡下，生活不易。妻子必须参加生产队劳动，一天挣的工分只有两角九分钱。我一边做裁缝，一边还得带孩子，有时挑着担子（一头是缝纫机，一头是儿子）去农民家做衣服。那时农村还很穷，农民没钱付工钱，有的给鸡蛋，有的给点自己捕的鱼，还有的给些蔬菜红薯和鸡当作工钱，这已经让我们非常满足。晚上回来，还有一堆菜田的活儿等着我们，只好让儿子坐在田埂旁小竹车里，儿子还小好动经常跌跟头，不是头上长个大疱，就是青一块紫一块。隔壁的农民朋友看着心酸，时常看我们还没做晚饭，帮我们把儿子带回家中给他喂饭，帮我们照顾他，我们夫妻俩只能默默感谢他们。

物资缺乏的年代，没钱买肉，为了妻儿，我向村里年轻人借了一把气枪打麻雀。那天我从花园公社一直打到营房公社，趁着冬天麻雀在屋檐下晒太阳，我悄悄瞄准目标，打一枪换个地方，基本百发百中，一天下来打了 200 多只，回来是又油炸又清蒸，吃不了就腌起来，麻雀成了那个年代的别样滋味。

我们渐渐融入了这里的生活，农民兄弟常常帮助我们，冬天雪下得厚，我们挑着一担稻谷去加工厂碾米，半路上农民看见了都要帮我们挑一段路程；我们种菜，他们手把手教，教我们搭豆角架，帮我们围篱笆，提醒什么时候该种什么菜，就像关心自己的子女一样。我们也想着为他们做些什么，在那个年代，女孩子到了十七八岁就要谈对象，而且喜欢谈部队的军人，只能通过书信往来，她们识字的不多，所以只要有信寄来，都会找我念给她们听，写回信还会找我。我成了牵红线的媒人，当她们恋爱成功步入婚姻殿堂时，将我当成他们的功臣，邀请我参加他们的婚礼，不但要吃结婚酒，还要吃回门酒，新娘新郎每人敬我三杯酒，搞得我一醉方休。

熬过了那段蹉跎岁月，终于盼来了好消息，邓小平主持中央工作，知青可以招工回城，我们夫妻二人相继回到镇江并安排了工作。改革开放以后，到处都发生了翻天覆地的变化，过去的江宁县变成南京市，农民都住进了高楼，原来住的地方也建成了港口，曾经帮助我们的农民朋友也已不在，而这段往事却一直深深印在我的脑海中。

作　　者：苗文龙
现居住地：江苏
年　　龄：76 岁

老伴，带她跨越万水千山

时间，就像捧在手里的沙子，悄无声息地就这么溜走了。如今 76 岁高龄的我，想在有生之年，满足一个小愿望，一个很久很久都没有兑现的诺言。

有人说，人生不过短短 900 个月，画一个 30×30 的表格，一张 A4 纸就足够了，如果每过一个月，涂掉一个格子，这张纸上即代表了全部人生。而年逾古稀、行将就木的我就只剩寥寥几格了，时间不多了。

抬头看到我的老伴那一头银发时，眼前浮现出她低声抱怨的画面：年轻时没钱没时间，现在有钱了，有时间了，这老头子又变懒了。突然愧疚得不行，“老婆子，我们去那片你一直想要去的地方吧。”听到我这么说，老伴转头看着我，那满是皱纹的脸庞绽放出一朵花。

那个老伴心心念念的，是她度过人生中最美好的大学时光的地方——三峡。自从结婚之后，每天埋首于家庭琐事和孩子的成长，洗衣、做饭，缝缝补补，照料老人，抚养孩子，她就再也没有去过那里。如今儿女已各自长大成家，她时常问我：老头子，现在我们有钱了，有时间了，什么时候再带我出去看一次三峡啊？

而我，却迟迟未满足她这个小小的心愿，想到这不禁鼻子泛酸，这次，我要实现她这个小心愿，带她去重温她的青春年华。于是，我开始着手筹划这件事。

我今年76岁了，老伴比我小一岁，有些事现在不做，以后就真的没机会了。得知我在筹划此事，儿子索性带上一家五口一起去实现老伴的心愿，三代同游，把我和老伴高兴坏了。

时隔多年，三峡变迁，由于对线路不熟悉，在同程旅游的帮助下选好了一条去三峡坐邮轮的线路，一家五口就这样踏上了征程。

绵延的山、陡峭的崖、碧绿的水、蓝蓝的天，老伴说“这一切都与我记忆中的三峡一样”。她开心得像个小孩，和小孙女一样又惊奇又兴奋。三峡的奇观早已名闻天下，这一趟亲身体验名不虚传，而最让我印象深刻的，是一件小事。

这件小事，值得我细细说来，此生最大的幸福，莫过于此了吧。

船到重庆时，天色微黛，下着小雨，地面有些湿滑。下船游玩时，我和老伴相互搀扶着小心翼翼地走着，很担心摔倒，心里很想让儿子来帮我们一下，可是话到嘴边却说不出口。

如同大多数同龄人的儿女，儿子也常年忙于事业，一年中见面的次数屈指可数，之间的交流与沟通少之又少，打电话时常常无话可说，感情早已淡薄，想改善这种情况却早已力不从心。如今想开口寻求帮助却开不了口，只好和老伴蹒跚前进。突然，一只强有力的手搀扶着我，回头一看原来是儿子，他竟然眼眶微微有点湿润，笑着对我们说“爸、妈你们小心点。”

儿子的手又大又有力，温柔地扶住我和老伴慢慢前行，还没走出几步儿子突然哽咽着说：“爸、妈，我对不起你们二老，作为儿子我真的太疏忽了，没有注意到你们满头的银发，没有注意到你们不再健壮的身体，刚刚看着你们走在前面小心翼翼相互搀扶的时候，我才发现你们已经不再年轻，我的父母已经老了。而我平时却忙于生意没有好好陪陪你们，这次回去后我肯定会多多陪伴你们二老的。”

听着这番话，老伴看了看我，用手抹了抹眼睛，没有更多言语，只是三双手紧紧握在一起，我的儿子真的长大了。

这时，孙女蹦蹦跳跳出现在我面前仰着脸对我说：“爷爷奶奶你们走得好快，我竟然追不上你们，希望以后我老了也像你们这样。”一下子逗笑了我们五个人。

一家同游，圆了老伴的梦，拉近了和儿子的距离，人生短短几十载，得一人相伴到老，走不动路了有儿子的搀扶，有小孙女在身旁逗乐，老了老了，赶在入黄土之前圆了梦，儿孙孝顺，还有什么比这更美好。一段旅途收获这么多，真是人生最美妙的一件事。

作　　者：李福芳
现居住地：山东
年　　龄：56 岁

生意失败后，我在拉萨找回自我

最向往西藏的雨。那是怎样的雨，是天上掉下还是从雅砻河喷涌出来？

——题记

2016 年夏天，我迈着沉重的步伐走在炎热的街上，心里却感到寒冷。生意失败了，56 岁的我一无所有了……

街边的店铺忽然传来了一阵歌声：“……在雅鲁藏布江把我的心洗净，在雪山之巅把我的魂唤醒……”配合着郑钧缥缈而清澈的嗓音，仿佛在给悲伤的我一个启示。于是我做了决定：我要去拉萨！

简单收拾了行囊，我便踏上了去拉萨的路。在路上，生意失意的痛苦还不时让我陷入无尽的烦恼中。我知道，这是一个逃离之旅，也是一个寻找之旅。

绿皮车在夜的长廊里摇晃着，我一直在想拉萨到底是一个怎样的地方，缓缓入梦，梦里仿佛已经到达拉萨……

40 多个小时的路程也像是一场梦，到达西藏已是深夜。我有些疲惫，所幸高原反应并不严重，简单找了个地方住下。第二天我早早便爬了起来，迫不及待去触摸我梦中的拉萨。

走出门的那一刻，我就激动得快要说不出话来。这里有我从未见过的那么蔚蓝的天，也有我从未见过的如此清澈的水。我不禁忍不住捧了一捧喝了起来，甘甜，清凉，沁人心脾。那些生意场上失意的痛苦，也似乎被洗净。而呼吸，也好久没有感觉如此畅快过了。

布达拉宫，神圣的地方，我终于站在了它的面前。

布达拉宫依山垒砌，横空出世，群楼重叠，殿宇嵯峨，气贯苍穹。白墙、金顶、红幡交相辉映，仿佛高原上一颗璀璨的明珠。还有柱子上巧夺天工的雕刻，还有墙壁上色彩斑斓的佛像，再多的词语都无法形容它们的美丽。

置身于此，不能不油然而生一种宗教般的虔诚。那些佛像仿佛在向我谆谆劝导，告诉我一时的得失并不重要，生命圆满并不取决于世俗的游戏。

想想自己的生活，日常那么多蝇营狗苟，为了生意，为了挣钱，不得不终日奔波，却忽略了内心的充实，灵魂的安宁。那一刻，我充满“悟以往之不谏，觉今是而昨非”的感慨，并决心在拉萨好好清洗下自己斑驳的灵魂。

在拉萨，我在布达拉宫徜徉，在纳木错湖畔漫步，在璀璨而绝美的天空下，感受生命的渺小与神奇，在洁白而圣洁的雪山的怀抱中，获得我灵魂的净化与升华。

生意场上的失利，身边人的冷嘲热讽，仿佛都已经不再重要。我的心仿佛挣脱了那个由痛苦交织而成的牢笼，获得了天启——

纠结一时得失，只会更加裹足不前。是的，我不该一蹶不振。人生的路还很长，虽然我已年过半百，但是还有远方在召唤。

感谢拉萨，感谢旅行，让我找回了迷失的自我……

作　　者：林虹
现居住地：广东
年　　龄：58 岁

约定

草长莺飞的 4 月，春光明媚。

走在下班的路上，忽然想起了一件事。于是加快脚步匆匆回到家，问正在做晚餐的老公："还记得我们 30 年前的那个约定吗？"老公愣了愣，很快就回过神来会心一笑。晚餐后，我们一起从床下的收纳箱中找出了一包东西，抽出其中的一个小信封，上面写着——桂林旅游门票（1986 年 4 月）。

现在流行来一场说走就走的旅行，而年过半百的我们，也毫不犹豫地打算说走就走！很快地在网上订好了行程，次日就乘上了直达桂林的动车。以往需要十几小时的路程，现在却只需要 3 个小时了，如画的景色从窗外掠过，往事随风一幕幕地涌现。

1986 年 4 月，那时的我们参加工作还不满一年，本是高中同学的我们，分别深造后，又到了同一家企业工作，自然地开始走到一起。一辆单车、一台小小的随身听，闲暇时坐在老公的凤凰单车后座，就这么走着、听着当时非常流行的邓丽君的歌曲。有一天，老公忽然提议，我们去桂林吧！一阵欢喜后，却又担心起荷包的厚度来。那时的我们，

工资加起来也就是100元出头，尽管这样，还是挡不住对“桂林山水甲天下”的向往。于是一番计划后，我们登上了去桂林的火车，没有座位，整整站了一夜……

来不及细细回忆往事，3个小时的车程很快过去，阔别30年的桂林又出现在我们的眼前！天空还是那样的蓝，远处一座座深浅不同的蓝色山峰组成了一幅绝妙的图画，一出站，我们就仿佛掉进了一幅山水画里。深深地吸了一口清新的空气，相视一笑。

游漓江是桂林的重头戏，虽然天气一改昨日的风和日丽，但一点儿也没有影响我们兴奋的情绪。游船开动不久，老公就背着他的“长枪短炮”上了甲板，对着那些鬼斧神工的绝妙山水拍个不停。早晨的漓江，岸边浮着一层淡淡的晨雾，使得两岸的山峰和绿色的树木都若隐若现，宛若仙境。船行景移，一步一景，正觉得眼睛不够用时，老公忽然回过头来说：“你看！斗鸡山！哈哈。”可不是吗？斗鸡山，两座小山峰像两只好斗的公鸡互不相让。老公笑着对我眨眼，我明白他的所指，不由得也大笑起来。

30年前游漓江也是清晨，因为匆忙，没有来得及吃早餐，老公在岸边买了一些早点带上船。在船上找到座位安顿下来，才发现他买的竟然是油条，并且还是凉的。于是我没吃，心里埋怨他不够细心体贴。随着船移景至，老公竟然顾不上安抚我而是忙着去用他那个小小的相机捕捉山水美景，直到快门按累了，才发现我还没有吃早餐。也许是想挽回点印象吧，拉着我拍合影，这时船上的讲解广播传来："我们的游船到了斗鸡山……""斗鸡山合影？想和我'斗'一辈子吗？"我哭笑不得地跑下了甲板。后来……后来当然是没事了，不然也不会有现在的故事了，哈哈。

在往事中重读山水，在山水中重温往事。谈笑间，猛然发现风云突变，不知何时，乌云像一顶厚厚的帽子，将天空盖了个严严实实，两岸的植物也被风吹得不再婀娜多姿，甲板上的游客不知何时基本散尽了。"不好！要下雨了！"老公连忙将他的"长枪短炮"背上肩，拉着我往楼梯方向跑，一边跑还一边不断地回头看着我，让我小心脚下。总算赶在暴风雨到来之前回到了船舱。望着老公的一头大汗，心中却暖暖的，30 年的岁月，已经将一个"愣头青"改造成了细心的老男人。

狂风大作，暴风骤雨。船上的广播声传来："各位游客，我们的游船为避风雨已靠岸暂停……"狂风暴雨洗刷着船窗，令窗外一片混沌。船身也开始有些摇摆，不久前刚刚发生的湖北沉船事件，令人们有一些恐慌，大家都沉默不语，舱内的空气透着一些紧张。靠着老公坐着，一起翻看着刚才拍的相片，内心却一片安宁。

人生又何尝不是这样呢？和老公一起走过了整整30年，有过快乐，有过温馨但也有过不少的挫折和失落。婚后一年，儿子出生，初为父母的我们一时忙得不知所措，为了家务为了儿子，两人也有过唇枪舌剑；90年代，老公下海经商，经常忙得昏天黑地，家务和儿子全部落在了我一个人的肩上，而我还要忙着工作……老公的创业并非一帆风顺，不久后与合伙人拆资，生意也到了失败的边缘……多少次，在崩溃的时刻，也曾经想过是不是上错了船？其实婚姻不也是一艘行进中的船吗？那时的我们在困境中挣扎，同心协力，终于一步一步地走到了今天。

沉思中再一次被船上的广播惊醒："各位游客，我们的游船将继续前行……"窗外竟然不知何时云开雾散，阳光悄悄地照了进来。游客们开始陆陆续续走上甲板，待我们也走上去，发现游船已渐渐来到了漓江的精华段——兴坪！只见峰峦叠翠，树影缥缈，薄雾如纱。于是兴冲冲地一次又一次按下快门。

参观象鼻山的那天，阳光明媚。30年前，我们在象山脚下合影，相约30年后再来旧地重游，还将当时的船票门票细心地封存，经历多次搬迁也没有舍得丢弃，这次解封发现除了些许的发黄，竟然完好如初。

象山公园与30年相比，已扩大了许多倍，增加了更多的雕塑和景观。但我们仍是钟爱那座小小象鼻山，30年了，山依旧，人已老，我们对视对方头上的星星点点，然后按当年的同一姿势拍下了又一张合影。

桂林！我们如此爱你，或许就是因为可以在山水和风雨之间领略更多人生的真谛吧。

桂林！我们还会再来，我们约定10年、20年……在有生之年，每十年都来旧地重游。或许，每一次都会有不同的感悟吧。

再见，桂林！

作　　者：祝燕涛
现居住地：北京
年　　龄：60 岁

退休后，圆梦开始

35 年的警察职业生涯终于在 2010 年年底结束了。同时，我的圆梦之旅也随即开始。

求知若渴，寻根寻趣

退休后，我感叹时间都由自己掌控，幸福感由心而生。我为自己规划了一条后现代生活之旅，在逐一践行中达到最佳生存状态，并寻找到精神的支柱。三年里，我参观的博物馆、纪念馆已有百余个，我仔细收藏着每一张门票，认真做好每一次参观记录并写下观后感，编辑到电脑保存，这样就再也丢不了了。到老时，就是给自己的一份礼物。

国家博物馆是国内最大的综合性博物馆，中华民族创造的数千年文化尽现于此，无数珍贵文物令人目不暇接。这里同时举办十几个展览，常去常新，百看不厌。《复兴之路》《纪念中国共产党建党 90 周年馆藏现代经典美术作品展》都是在开展日赶去参观。说来也是趣事，我三次到国博才看完《中国通史陈列》整个展览。

北京劳动人民文化宫太庙举办的《北大荒知青活动图片展览——

永远的黑土地情》唤醒我的知青回忆。位于东直门北大街的北京自来水博物馆，使我了解到京城自来水事业发展历程；走进红楼参观“北京新文化运动纪念馆”，重温 20 世纪初的风起云涌岁月；路过怀柔新新小镇，参观连环画传奇博物馆、老照片纪念馆，妙趣横生、兴意盎然。

身随心动，依心而行

我由衷地热爱旅行，旅行可以扩展我们的生活空间和精神境界。旅途中，我们可以与古人对话，与自然交融，与朋友交心，使自己身心愉悦，获得最大的放松。退休后，我马上加入了北京“户外途行”团队，每周末或攀登北京的名山险关，或探访古刹圣寺，或穿越峡谷幽林，或专程品尝各具特色的农家饭。密云、怀柔、延庆、门头沟的大小山头野岭都曾被我们丈量过、征服过。康村的春饼宴、柳沟村的豆腐宴、古北口村的饽饽，吃后唇齿留香，大呼过瘾。

除北京周边外，我身随心动、依心而行。三年中，或和家人，或邀友结伴，或独自一人，只要带着一证（身份证）一卡（信用卡）一图（地图）一包（旅行包）一杖（登山杖）就可以去任何我最想去的地方。春季去婺源赏油菜花，小桥流水、粉墙黛瓦、天人合一、相映成趣；夏季去湘西凤凰城寻古，歇息在沱江边的吊脚楼，寻找沈从文小说中翠翠的身影；秋季驾车西行沿古丝绸之路到敦煌，领略戈壁沙漠西部风光；冬季索性就到哈尔滨，看晶莹剔透的冰灯雪雕，体会那从未有过的彻骨寒冷。

在北方水乡山东台儿庄，我使劲地寻找 1938 年“台儿庄战役”留下的战争痕迹，那保留下的我军指挥所、清真寺墙壁上累累弹痕……仿佛讲述着当年国民党将士和人民抗击日本侵略者的故事；游览绍兴沈园，陆游唐婉的爱情悲剧使我唏嘘不已，可叹一曲《钗头凤》，千古不了情。夕阳西下，我在三亚南山寺聆听诵经阵阵、暮鼓声声；旭日东升，我在银装素裹的雪乡羊草山顶迎接 2013 年的第一缕阳光。

2012年，我又怀揣着一本《台湾，一个一定要去的地方》，终于登上宝岛台湾。我细细感受岛上陌生而又亲切的一切，了解台湾文化和我不知道的历史。

台湾的美景和美食自不必说，这里淳朴的民风也推翻了我对它过去的印象。在这里，我每天都亲吻到来自热带的第一缕阳光，和煦的风踮起脚尖走过回廊，在祥和有序的街道上感受这座城市热辣的脉搏。台湾这座城市，总给我一种似曾相识的错觉。达摩告诉世人，浮屠塔，七千层。也许某一世，我也曾是这个世界某个角落的一棵树，走过这座城市的春夏秋冬，也目睹千千万万的人从我身旁经过。而岁月，不曾回头……

以书润心，求知若渴

女作家毕淑敏说："日子一天一天地走，书要一页一页地读，清风朗月水滴石穿，一年几年一辈子地读下去，书就像微波，从内到外震荡着我们的心，徐徐加热，精神分子的结构就变了，成熟了，书的效力就凸显出来了。"读书是我一生最爱，我阅读的书目大致限定在文学名著、人物传记、历史地理、旅游养生的范围内。

退休后，我重新整理自己的书架，发现同一本书因年龄变化而理解竟如此不同。我把已读的书和想读的书一一列出清单，每天坚持读几页，每读一本书随笔写几句读后感，日积月累，三年中读书也有几十本。

我总觉得，读书才是真正的生活。从书中，我们得到太多的帮助，书就像是一扇穿越古今中外的神奇的门。当你翻开它，你就能够有机会与天堂的灵魂对话。一想到我的生活中没有书，我就觉得人生少了一点希望。

世界原本是扁平的，所有一切都是代号。可是当我们阅读，我们能够触摸到这个世界的温度，我们看到世界的辽阔，我们寻找到了世

界运行的奥秘。这个世界将不再是冰冷的扁平的代号，它有了宽度，有了深度，有了温度，也有了表情。

守望爱好，追求情怀

因儿时住在北京人民艺术剧院附近的缘故，是看着人艺的各种海报长大的。上班后因时间和经济所限，很少有机会走进人艺演出殿堂，但我仍旧有着浓浓的人艺情怀。三年里我先后看了《天下第一楼》《龙须沟》《家》《甲子园》《小井胡同》等话剧。我喜欢人艺剧场氛围，喜欢人艺台风艺德，喜欢舞台上呈现的老北京故事。2012 年 11 月我排了两个多小时的队，终于买到《喜剧的忧伤》演出票，当欣赏到陈道明、何冰等人的高超表演时，这种视觉享受，简直妙不可言，感觉付出都是值得的。除坚持充当人艺粉丝，只要有机会我还观看各种演出，如歌剧、戏曲、音乐会等，在欣赏剧目中追求着那份生活快乐。

时光荏苒，我退休已三年有余，总结这 1000 多个属于自己的日日夜夜，我欣慰拥有一份丰盈而饱满的经历，享有一种充实而快乐的生活。退休生活是圆个人梦的生活，这个梦有色彩、真性情、自由、自信、自赏……

作　　者：王贵婷
现居住地：北京
年　　龄：70 岁

邂逅你，是我这一生最美的意外

那时候所有的故事
都开始在一条芳香的河边
涉江而过芙蓉千朵
诗也简单心也简单

——《历史博物馆》

24 岁，命中注定般地邂逅，我在厦门遇见了黄洋。

我忘了那时候叫不叫旅游，“文革”初期的厦门，能供以静心观赏的地点不多，其实不只是这里，那个时代是整个中国历史长河的悲鸣。

我毕业之后来到这个混乱的城市，不安被躁动的口号撕碎，撒在空气中，透过鼻腔侵入神经。城市的动荡撩拨着脆弱的神经。红色，文明的鲜血，铺天盖地地涂红了整座城市的墙，染红了人们的双眼和欲望……

遇见黄洋，是在一个照相馆里，彼时，他还是一个愤青，体形稍胖，戴个眼镜，胸前总挂着相机。

两派的“武斗”让厦门局势越发动荡，黄洋说想远离这个是非之地，我也点头。临走前，我们特意在郑成功纪念馆前合了第一张影。那可能是我唯一能记起的，20 多岁的模样。

我和黄洋结婚 20 年，去的第一个国家是法国，他说，巴黎是被称为浪漫之都的城市。那时候总有一种感觉，就是你什么年纪就该去什么地方旅游，你在那些目的地的所见所闻所想，象征着你对岁月和世界的通晓及领会。人生啊，就该由无数的旅行组成，路上的一花一木一尘埃，一切皆成风景。

巴黎那独特的魅力是永远不可能被复制的，天鹅小径的诗情画意，美丽波桥和可爱的美人鱼，柏特休蒙公园的丝步殿……戴高乐广场中央的凯旋门犹如一尊耸立的宝鼎，庄严肃穆，凝重深沉，那深蕴的历史文化内涵也让我们怦然心动。还有埃菲尔铁塔、卢浮宫、凡尔赛宫……

法国的日落，独有一种不同寻常的优雅和雍容，很多年轻人都喜欢那样绚丽的光景，那时我也喜欢，我也年轻，我也热爱滚烫而热烈的生命。而黄洋，总是用相机把我和最美的日落定格在一起，说我是他最廉价又最珍贵的模特。

我曾遇到过一个像我一样爱奔波的疯姑娘，我们一起观望夕阳跌进山谷，她比我年轻，却说日落是黄昏，黄昏代表着落幕，是时间流逝中最显而易见的悲壮，壮在那景色的绮丽夺目，悲在那转瞬即逝的天光，日落之后，再美的景也看不到了。沧海桑田，一眼万年，日落仿佛在提醒众人，生命的尽头已经到站，再精彩的剧情也要从此刻开始匆匆落幕。黄洋听到后，拍下了那天的夕阳，让我送给那姑娘，我拿在手里一边看一边叹气，也被感染，竟觉得悲大于喜。

渐渐地，我觉得我们的生活越来越逼仄，住在几十平方米的钢筋水泥里，出门也是满街的汽油味，昏暗朦胧的天光，难得一见的日落和星空变得无比奢侈。我跟黄洋说，我想看看这个世界，黄洋就停掉了摄影工作室，拿着攒下的一大笔积蓄，开始陪我看世界。

当年从厦门离开时，他就知道我这个梦想，他说过，喜欢看世界的人总觉得世界看不完，因为太多惊艳绝伦的美，让人目不暇接，可是一生太短，执念太长。所以他热爱摄影，喜欢把遇见的美都存留下来，让更多的忙碌在他处的人也能“遇见”。

他曾送给我一张珍贵的彩色照片，照片里是一朵牡丹花，缤纷艳丽，富丽端庄，他说实物会腐坏，而照片能一直保留美，从哲学意义上，佛家还曾说，一花一世界，当我有了“世界看不完”的想法就多看看这朵花，后来，我把这朵花种在了我的心上。

一生太短，和最爱的人，一起邂逅最期待的美景就叫幸福吧。

要和你秉烛夜游
要和你一醉方休
要与你听风轻雨柔
要与你游山清水秀
要为你采了莲叶熬粥
要陪你骑着骆驼烈日下耳鬓厮磨
要伴你提着桔灯夜色里挽手行走
这一生
怎么够

作　　者：王桂兰
现居住地：山东
年　　龄：63 岁

一场迟来的婚礼

你是我最重要的决定
我愿意打破对未知的恐惧
就算流泪也能放晴将心比心
因为幸福没有捷径只有经营

——《最重要的决定》

"你是我最重要的决定，我愿意，每天在你身边苏醒……"

婚礼，对于每一个女人来说，是一场最大的盛宴；婚纱，对于每一个女人来说，是最漂亮的一件衣服。曾经一直幻想：身着一袭雪白的婚纱，挽着心爱的人，在《结婚进行曲》的伴奏中，在亲友的注视下，在神圣的祝祷下，缓缓步入婚姻的殿堂……

婚礼也许是每个女人从小就梦寐以求的场景吧。哪个女孩，不渴望有一个童话般的婚礼，香槟、美酒、鲜花、可爱的小花童……由他轻轻掀起你的头纱，由他稳稳地牵起你的手，由他带你走过接下来的岁月。

可是在那个物资匮乏的年代，生活还停留在灰色调，正值青葱的年纪，却无法给自己置办一身嫁衣，置办一场婚礼简直是奢求。但是大家的生活都是如此拮据，对童话世界的憧憬确实不合时宜，也只好将这份遗憾深藏心底：老头，你欠我一场婚礼。

本以为这种遗憾会随着时间的流逝逐渐成为一粒记忆中的尘埃，随风而去，可是，毕竟是女人，每每看着身边的姐妹出嫁，心里都不是滋味。我想，女人这一生，总要给自己一个交代，告诉自己，告诉这个世界：我出嫁了，我属于这个男人，我这辈子，从这一刻起，就跟他有关了。对于他，这也许只是一个仪式，就像生命中大大小小的宴会一样，婚礼过后，日子还是柴米油盐酱醋茶。但是婚礼，对于我，是我想要的一个承诺。走过婚姻这些年，我当然明白，守婚如玉，绝非易事，是忍让和理解让我们走过这些年的风风雨雨。

遥想古代，中式的婚礼，主色调是红色的，媒妁之言交秦晋之好，凤冠霞帔，八抬大轿，堂前的高祖为我们言证，唢呐声声为我们祝祷，行礼敬茶，庄严而喜庆。大龙凤床上是并蒂莲花和鸳鸯软枕，酒杯从他的手中转移，盖头被他缓缓掀开……多么动人心弦的甜蜜的场景。

西式的婚礼则更简洁一些，洁白无瑕的婚纱，三五米长的拖尾被花童的小手微微举高，高顶教堂的祝祷歌和窗外“咕咕”飞来的鸽子，仿佛是从童话世界中走出来的，大门打开的一刹那，所有亲友都起立目光注视着你，从父亲把你交付给眼前的男人，到这个男人为你戴上戒指，仿佛那一刻，世界就剩下你们两个人，风花雪月，浪迹天涯，只要身边的人是他，哪里都可以是家……

可是回归现实，想想都是年过半百的人了，浪漫应该是属于年轻人的。

婚姻，不是只有电光火石的激情，也不全然是吃穿住行的琐事，有时是脉脉温情的无边晴天，有时又是雷雨交加的漫漫长夜，有争吵过后的夺门而出，也有和好如初之后的深情自白。婚礼源于宗教，我想多多少少也与人的信仰有关，结婚当然也是心灵的重新交融。

海誓山盟，相伴一生是年轻人的浪漫，永远有多远，一辈子有多长，都是只能靠每日每分每秒的品味和煎熬来丈量的，婚礼不过也是一场仪式，给自己一个相信爱情的机会，用还没有得到的时间作许诺，将还没有完成的事情做愿景，婚礼不过是这样的一场盛宴。但是，婚礼就不重要吗？就像人需要宗教，需要信仰，需要精神鸦片。婚礼也是平淡生活中的一种精神致幻剂，但我们需要，需要一场婚礼为我们未知的旅程壮胆，需要它在我们怀疑和失意的时候充当甜蜜的安慰剂……

本以为此生，婚礼与我注定无缘，可是，想不到，一场命中注定的婚礼还是来了。

2016 年 9 月 20 日，“维多利亚”号邮轮上，我们的婚礼在一片交响乐的伴奏声中开始了……我曾在脑海中无数次地幻想过婚礼的场景，真实地发生在我的身上时，还是有点不知所措，美梦成真在这一刻不再是一句祝福，而是一句陈述。一席白纱披身，香槟美酒，佳肴满桌，舞池摇曳，声乐齐鸣……与我梦中的一样，也不一样。

虽然是一场集体婚礼，看着身边老、中、青三代俱全的眷侣们还是不免感叹一声太美了。看着年轻人们一个个打扮得花枝招展，朝气蓬勃，他们的脸上不乏志气却已初尝婚姻的滋味，相必这一对对璧人在 10 年 20 年后回想起来，依旧是生命中一段绮丽的故事吧。

我和老伴走到甲板上，看着海上熔金般的落日，海与天在尽头连成一线，厚厚的云朵也洒上了几层金黄，几只海鸥在天幕下俯冲海面，不时有闪着银光的鱼儿越出水面，海上的空气也像醉了似的，暖暖的，让人柔软，让人深陷沉迷。我看向老伴，他的目光也回转过来停留在我身上，目光交接的那一刻，仿佛他还是当年那个朴实肯干的木讷小伙，而我还是那个内向害羞的小姑娘，几十年的生活的点点滴滴像光影片段在短短的几秒内快速闪过，仿佛就在一瞬间，皱纹就爬满了我们的脸庞，灰白的发丝就占领了我们的头顶……“你在想什么？”他问。“你呢？”我没有回答，相视一笑间，无言的默契。多少年了，携手走过的日子，让我们足以用静默回应所有的问题。

婚姻是一场浪漫的旅程，感谢一路上有你。

作　　者：百旅会形象代言人刘成心
现居住地：江苏
年　　龄：101 岁

我的世界之旅
从 101 岁开始

等等，再等等，等孩子长大，等孩子结婚了，等孩子的孩子长大结婚了，我就可以出去旅旅游，好好玩一玩了……很多老一辈的父母都是这么想的，活得都比较厚重，忙忙碌碌一辈子，为了工作为了家为了孩子，整天都在忙碌着，没有时间去旅行。

可是，突然有一天，想起来我要为自己活一次，要自由自在地去玩一玩。可是却发现自己已经老了，行动不是很方便了，但是想出去的心一直在悸动——“世界那么大，我得去看看。”

我叫刘成心，湖北宜昌人，今年 101 岁了。我年轻那会儿，先是军阀混战，后来全民抗日，中国大地饱受战争摧残。因为战乱，我跟着丈夫走南闯北，去了国内不少地方。但是，那不是去旅游啊，那是兵荒马乱的年代，老百姓哪能像今天这样，有个假期还可以去国内国外旅游、休闲度假？

新中国成立以后，我随着丈夫定居无锡，过着我们平淡而又祥和的生活。我前后生了 10 个子女，他们也都本本分分，勤勉工作，踏实生活。后来，他们又有了孩子，我便自然而然地带起了孙子孙女，照顾他们长大，也慢慢地看着他们成家立业。

日子，就这么平平淡淡地过着……我身体也一直蛮好的，90 多岁的时候还可以拉着小车，坐公交车去超市买菜。闲暇时间，我也喜欢和儿孙们到无锡郊外走走，看看大自然，感受家庭的天伦之乐；节假日期间，我也喜欢和儿孙们自驾，到国内山东、浙江、安徽、上海等地游山玩水，看祖国壮美山河。

2012 年，失去联系长达 30 多年的湖北老家亲戚，终于联系上了。2015 年 4 月，时年 100 岁的我，随着全家 20 多口人动身前往武汉和亲人们团聚。在武汉亲戚陪伴下，我们回到了家乡——宜昌，我多少次想回去看看，毕竟，那是生我养我的一片土地。

家乡的山清，家乡的水秀，看了国内不少地方的山水，最后感觉都不如我们老家宜昌的美。老家的二马路、朱家巷，天主教堂附近的老宅，更是让我魂牵梦绕。宜昌的天主教大教堂，还是那么雄浑巍峨。抗战期间，这个大教堂停止了宗教活动，将教堂腾出来，收容了 1000 多名难民，庇佑着我们中华儿女。

这几年，国内旅游城市也玩得差不多了，不是说“世界那么大，我想去看看”嘛，2016 年 8 月，我便去无锡公安局办了护照和港澳通行证。我也想说：“世界那么大，必须去看看。”

但因为我已经 101 岁了，保险公司不能为我这么大年纪的人担保，国内一般的旅行社也就不能接收我加入一些出国的旅游团了。讲实话，我身体还很棒，不能出国去看看，我还是有点遗憾的。

后来，同程旅游无锡分公司和邮轮事业部的员工登门拜访，说他们可以试试看，将我送上邮轮去国外旅行。他们考虑到我年纪比较大，乘坐邮轮的话，可以更舒适地享受慢生活，船上的活动丰富多彩，岸上观光的行程也轻松悠闲。这样，就可以满足我出国去看看的需求了。

就这样，在同程旅游的帮助下，9 月 27 日，我和家人顺利登上“量子”号邮轮。我也感觉很幸运，在我 101 岁的时候，开启了我的世界之旅。

而在这之前的9月19日，同程旅游也宣布了，我成了他们百旅会的代言人，百旅会讲“活到一百岁，游遍全世界”。而我的世界之旅，就从101岁开始。年轻的你们，如果有时间、有机会出去看世界，也一定要珍惜。

因为我是第一次出国嘛，感觉非常高兴。在邮轮上，很多人也都知道了我——一个101岁老人，纷纷向我竖起了大拇指，不同肤色的游客、船员们也喜欢和我合影。我也很喜欢和他们交流，虽然我听不懂他们讲什么。我仿佛成了这趟旅程中，最耀眼的一位人物。

上邮轮的第二天，同程旅游的孩子们精心为我准备了生日宴活动，邮轮的厨师更是给我定做了一个大蛋糕。我们全家四世同堂，在海上在邮轮上，热热闹闹地给我过了一个101岁生日。

我真的特别激动和高兴，享受着四世同堂的幸福和快乐。我也非常珍惜这个时刻，就像我大孙子讲的一样，我们的亲情只有一次，就像我们的生命只有一次一样珍贵。

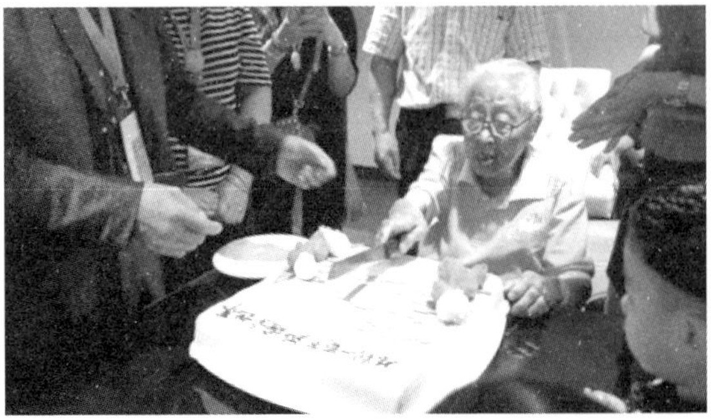

每一次和晚辈们的聚会我都很珍惜，人生的每一次经历我都非常珍视。

因为，这些，都只有一次。

岁月与旅行

—— 一个 40 后的爸爸对 70 后儿子述说的回忆

这本书，有关岁月与历史，有关奋斗与挣扎，有关血脉与亲情。父辈们都是一本厚厚的书，找一个安静的午后，翻开这本书，静静地，听听他们的故事。

——题记

1947 年，我出生在江苏苏北的一个小镇。

1953 年前后，你爷爷做生意失败，欠了外债，家里生活越来越困难，只能离开苏北，去上海讨生活，你爷爷一根扁担，一头挑着你姑姑，一头挑着我，历经周折，到了上海。那一年，我七岁，到了上海后，全家挤在一个窝棚里，你爷爷因为在苏北的地主成分，被抓进了监狱，幸好，政府对家属还是很宽容的，1957 年，我 10 岁，进了上海的小学，在上海军工路第一小学里，度过了虽然艰苦但快乐的童年。

1963 年，我 16 岁，你爷爷因为改造表现好，提前释放，随着知青上山下乡运动的深入，摆在我们家前面两条路，一条是上山下乡去黑龙江，一条是回苏北老家，你爷爷说：要死一家人也在死在一起，你爷爷奶奶，我们兄妹四人又回到了苏北农村。那一年，我 16 岁，小学六年级，虽然还没念完，但学校还是照顾发了小学毕业证书，我带着 6 年小学厚厚一本成绩报告单，奖状跟着你爷爷回到苏北农村。

1964 年，我回到了农村，家里一共弟妹四人，你大姑姑最大，操持着家务，我直接上了镇上的初中，一边帮着带弟妹，一边上学，经济条件越来越差，一天只能吃两顿饭，再过一年，全家饭都吃不上了，一天在锅里煮一锅山芋，吃一天，再后来山芋也没有了，我初二的时候，不能再上学了。

1965 年，我 17 岁，中断了初中学业，进入乔庄生产队，年龄太小，一开始只能跟着妇女学插秧，你爷爷的成分问题一直象大山一样压在整个家庭的头上，压的我们抬不起头，喘不过气。有一次，生产队里开会，你爷爷因为陈年旧债天跟别人冲突起来，被一群人按在地上殴打，而我只能坐在下面，咬着牙，流着眼泪，看着，回到家，我把从上海带回来的奖状，成绩报告单一张张全部撕了，烧掉 ......

别人看不起我们，我们只能更努力，更争气，作为队里较少能识文断字的人，总想把农活做的更好点，总想多赚一点工分，给家里多赚一点钱，我跟着妇女们学插秧，可以比妇女插的还好，县里来检查，生产队安排我来做示范，一个是速度要快，一个是插的要直，真的就象一条线拉出来的一样。

从插秧开始，村里慢慢看到这个成分不好人还是比较能干的，养牛，耕田，打场，每一项农活都争取做到最好，初春，农田里还结着薄冰，赤着脚去踩田，我第一个下去，农田要抽水，需要到水底清理抽水机的机头，我一猛子扎到几米深的水里，把机头的杂草清理掉，就这样，慢慢的我又成为生产队的农机员，养蚕技术员，生产队搞文艺演出，我又进了宣传队，学会了笛子，二胡，有时也会兼着给孩子们带带课，直到做了生产队副队长，就这样，日子过的飞快，10 年过去了。

1973 年，夏天，下着齐膝盖深的大雨，你爷爷病重，我用板车拖着你爷爷去看病，生产队里派人堵住，不让离开镇里，我在大雨中流着泪咆哮：他都快要死了，还能干啥，你们怕什么？你爷爷最终还是走了，那一年，你爷爷 50 岁，我 27 岁。

1974 年，我 28 岁了，生产队其他同龄人里早就娶妻生子了，但还是因为成分问题，没有人愿意嫁到我们家来，最后在邻县，托人说媒，说了一门亲，你妈妈来了，当时家里是什么情况呢？两间草房，家里弟妹四人，两个弟弟还没上学，还有你爷爷欠下的外债，你妈妈为什么愿意嫁到我们家呢？你妈妈说：主要看到我有点文化，能吃苦，另外，我们家离镇里比较近，也许以后能做点小买卖。

1976 年，你出生了，家里多了一口人，负担也更重了，白天赚工分，夜里织草席养家糊口，两年后，你妹妹也出生了，你妈妈在生产的前一天还在农田里忙，整个大家庭 9 口人，两间草房无论如何住不下了，1978 年，终于新增了两间砖房。

1982 年，我 36 岁了，政策越来越放开了，分田到户了，除了种粮食，我们家尝试了经济作物，种水芹菜，种莲藕，种茨菇，同样的农田，种这些比单纯种粮食能多赚一倍的钱，人辛苦一点，冬天零下 10 度，穿上皮衩，跳到水田里，把水芹菜淘上来，你妈妈在田边整理好，堆上板车，运回家里，连夜挑好，早上运上隔壁镇上去买，一车水芹菜，能买 50 块钱，日子虽然辛苦，但是在一天天让人看到希望。

1983 年，我和你二叔，大叔商量把分到我们家的牛卖了，一起合伙买了台拖拉机，在生产队引起了轰动，很多人觉得我们家疯了，因为到底分田到户的政策能持续多长时间，没有人会知道。有人说，当时不但拖拉机还会收归村里，光是你们把分到你们家的牛卖了，就是一项大罪名。

1985 年，我 40 了，你 10 岁的时候，家里终于盖了三间瓦房，有了拖拉机，不仅可以接农活，而且还可以把农产品贩卖到周边几个镇上，日子越来越好了。我们家除了种粮食，种经济作物，又尝试养蚕，养兔子，养土鳖虫，养猪。慢慢的，我们镇上通了公路，有了汽车站，看到南来北往的客人，我们又学习做包子，到洪泽湖大堤的树林里捡木柴，挖树根，和你妈妈夜里四点钟起来和面，烧水，包包子，七点左右到汽车站叫卖，你们上学的时候，就从蒸笼里拿两个，捧在手上，一面走，一面吃。

1991 年，你考上了县高中，镇里搞了乡镇企业——织丝厂，我们家有几亩田被征用了，你妈妈获得了进厂的名额，别人希望上白天班，你妈妈希望上夜班，因为白天还可以在农田里忙，我又学了泥瓦工，开始在镇上做泥瓦工。

1993 年，你妹妹考上了中专，这是家族里第一个靠自己努力从农村户口转为城镇户口的，1994 年，你考上了大学，也是生产队里第一个考上大学的，当庆祝的鞭炮在家门口响起的时候，似乎这 40 年的辛苦，付出，委曲都在那一刻释然了。

你们毕业了，工作了，成家了，在城市里打拼，一晃又 20 年过去了，今年国庆全家通过同程旅游订了三峡游，坐在豪华游船上，看两岸风光如画，听你们在教孩子们“两岸猿声啼不住，轻舟已过万重山”，看到世界奇观三峡大坝，感受着西陵峡，巫峡，瞿塘峡的雄美。也许，人生就如同这三峡旅行，有险滩急流，感觉已是山穷水尽，断无生路，但只要坚持向前，总是能在绝望中找到希望。

我们这一代人，因为国家和历史的原因，每个家庭可能都是一本厚厚的书，每个家庭都有一段与岁月相关的艰辛往事，从你们这代开始，也许再也不会体会到什么是真正的饥饿，真正的贫穷。

然而，一代人有一代人的困境，一代人有一代人的奋斗，希望你们如果有时间，不妨坐下来倾听下我们这一代的故事，或许我们身上的故事能给你们一点力量，一点智慧，成为你们记忆的一部分，人生风景的一部分。

作　　者：杜秀林
现居住地：湖南
年　　龄：62岁

和你一起看草原

就要启程了，这是我们早就期待的一次旅行。

早在6月中旬，我就在计划，等孙子涵涵放暑假，我们一起出去走走。因为这对孩子而言，是读万卷书不如行万里路；而对我们而言，则是夕阳不会无限好，抓紧时间到处跑。

听说出去旅游，涵涵可开心了。从三岁开始，涵涵就跟着我们到处跑。从一开始我们背着他行走，到现在他自己拖着行李箱和我们一起出游，已经有整整六年了。

“这次去哪儿呢，外婆？”

“你说吧，你想去哪儿？”

“新疆——我想看火焰山，还想摘葡萄。”

“嗯，不错。——但是天气会不会太热呢？让我再看看有哪些合适的线路？”

最终，我们挑选了呼伦贝尔这条线路。一是我早就想看看绿色的大草原；二是涵涵可以骑马，大家还可以品尝烤全羊呢。

几天前，我就开始在纸上记录一些我们外出需要的物品了，生怕忘了一些重要的东西。

年纪大了，大脑就像一台破旧的电脑，内存明显不足。漫长岁月里无法删除的记忆牢牢地占据着大部分容量，新的信息再也无法储存。刚刚发生的或是努力想记忆的东西，无论在大脑的键盘上敲打多少遍，也是转瞬即逝。以至于常常做出一些把锅子放在灶上烧着，自己却大胆地出了门之类的危险事情来。

不知道这是不是老年痴呆症的前兆，如果是，那我就更要抓紧时间了，还有好多风景没来得及看呢。

人生这张入场券，是十分珍贵且不能重复使用的。无论那些黄牛党的手段多么高明，恐怕也无法为自己弄到一张备用券。所以，我会好好珍惜。无论生活是酸甜还是苦辣，我都要细细品尝，而不会草草浏览匆匆退场。

早上起来得很早，坐车前往机场的时候，看见一轮火红的太阳在远处升起，最初像一个暖暖的咸蛋黄，周围是淡淡的红晕。继而发出耀眼的霞光来，像一个大大的火球。涵涵很兴奋，也许是住地周围都是高楼，也许是从来没起过这么早，连我都不知道长沙也会有这么美丽的朝阳。这真是一个好的兆头，预示我们的旅途会艳阳高照一帆风顺。

海拉尔到了。这里阳光灿烂，甚至明晃晃的有些耀眼。但是，只要站在树荫下，就会感觉到凉风习习。气温明显要比长沙低很多。这也是我们选择到这里旅游的原因之一。长沙连续三十八九摄氏度的高温让我们有一种几乎喘不过气来的感觉。所以到这里的第一感觉就是格外凉爽。

一辆中巴车载着我们在海拉尔的乡间公路上颠簸。看着远方零零星星的蒙古包点缀在草地上，不时有马儿和牛羊从车窗外闪过，觉得无比新奇。

汽车缓缓驶进公路边一个叫作“牧马人部落”的驿站。其实这也是我们旅途中的第一站。

几十座白色的蒙古包整齐地坐落在辽阔的草地上，被一圈矮矮的栅栏围着。餐饮、住宿一应俱全。

钻进分配给我们的蒙古包，还没来得及放好行李，涵涵就看见一匹小马驹在窗外吃草。他高兴得一蹦就出了门。

我仔细地打量起这个蒙古包来，实际上，这不是那种地道的牧民居住的蒙古包。而是旅游景点特有的新式蒙古包。圆形的帐顶保留了传统蒙古包特有的风格；而四周则使用了塑料壁板。地面上铺着整洁的地面砖；卫生间、空调一应俱全。

休息片刻，出门去寻涵涵。他正和另外几个孩子一起围着小马驹转呢。

他扯来几根野草，怯怯地伸到小马驹的嘴边，小马驹友好地笑纳了。涵涵胆大了，伸手拍了拍小马的背，小马轻轻地甩了甩尾巴。我快速用相机记录下这一幅幅和谐的画面。

天边的太阳正一步步西斜，阳光照在脸上，眼睛有些睁不开。

我背过身子欣赏起远方的景色来。连绵的草地从脚下铺开，一直向远方延伸。脚下的草长得并不茂盛，甚至可以看到大片地裸露着的地皮。可放眼望去，大面积的绿依然彰显出草原的气势来。配上天边那一朵朵洁白的云彩，这画面，也是足以让人陶醉的。

草地在远处被一条弯弯曲曲的小河分割开来，河水在阳光的照射下，泛起粼粼波光。

我们招呼着涵涵，一同向远方走去。突然，一大群羊进入了我们的视线。涵涵高兴得跑起来，他想近距离看看那些可爱的小动物。

离羊群越来越近了，可是那条小河却挡住了我们的去路。绕着河流向前走，却发现兜兜转转的，总也无法越过那条障碍，只得和羊群隔岸相望。

就在涵涵失望的时候，却又有了另外的惊喜：两峰骆驼在河边饮水呢。

他赶快跑过去。离骆驼还有几步远的时候他站住了，不知是不是有些害怕那个庞然大物。他回过头来做出一个酷酷的姿势，让我给他拍照。然后静静地看着骆驼喝水，还想学着骆驼的样子，渡过那条小河去看那群羊。但是我们阻止了他，因为我们不知小河的深浅，不敢贸然下水。

太阳不知从什么时候开始，变得美丽而温柔起来。她的脸庞变得绯红，目光也由炽热变得缠绵。

这是我见过的最美的夕阳：在那长河的尽头，在那遥远的地平线上，一轮火红的太阳，正散发出五彩光芒。她用全部的热情，拥抱着河水亲吻着大地。

记得唐代大诗人王维曾经写过这样的诗句："大漠孤烟直，长河落日圆。"他描述的就是我眼前的这个恢宏的场景吗？

值得赞叹的是，如今的塞外，孤烟不知何处去，长河依旧落日圆。呈现在我们面前的，全然是一派太平盛世的模样。要不然，我们又怎能有机会和心情站在这里，欣赏如此美妙的景色呢？

我和老头子依偎着望向远方，憧憬着我们幸福的未来。小孙子举起相机，为我们记录下这难忘的瞬间。

这是一张令我惊喜的照片，不仅寓意深远，而且色彩浪漫。真没料到，初出茅庐的涵涵竟然出手不凡。我把这张照片取名为"我在草原看夕阳"。我会把它放大了挂在客厅的墙壁上。

篝火晚会开始了，这又是我们生活中的第一次。

熊熊的篝火点亮了寂静的夜空；悠扬的歌声在空旷的原野上荡漾。身着蒙古袍的姑娘小伙跳起热情奔放的舞蹈，迎接来自各地的游客。

涵涵和其他几个小朋友早已被篝火点燃了热情。晚风吹来，篝火在夜幕中欢快地吐着火舌，星星点点的火花腾空飘散。他们围着篝火欢快地跳着、唱着、高声叫着，将那兴奋的情绪尽情地释放。直至曲终火尽，大家才恋恋不舍地离开。

草原恢复了寂静，晚风吹到身上，顿觉丝丝凉意。

不经意间一抬头，却发现在那黑色的天幕上，缀满了点点繁星。

“哇！快看，好多的星星——”我脱口而出。

“真的！好美啊——”涵涵仰望天空大声叫起来。

这童话般的星空，我原本是极其熟悉的。只是多年不见，有些久违了的感觉。

看涵涵陶醉在这美丽的夜空里，我不禁无限感慨。

当年，在那遥远的小山村，也常常有这样闪烁的星光。

夜空下，微风拂过，树影婆娑。收工回家的我们，三三两两地步出家门，不是欣赏美丽的夜色。而是借着月亮和星光，在院子里忙着舂米、扎柴把、做针线，甚至还去池塘洗衣衫。那寂静的小山村便有了些许的热闹。那些年，我与那些辛劳的村民们一样，白天晚上都几乎没有一刻的空闲。

看着星光洒向大地的那一刻，我们会生出些许欣喜，不是因为她的美妙和浪漫，而是因为她的清辉，让我们灯盏里那少得可怜的煤油又能多熬上一天。

往事历历在目，那时候的我们——青春年少的我们、不懂浪漫的我们，纯真而迷茫？

夜已经很深了，我们回到蒙古包。

半夜，我被冻得醒过来，原来，那床厚厚的被子被涵涵据为己有，紧紧地裹在身上。如果不是冷得厉害，他是不会主动盖被子的。原先只知道这里的气温会比长沙凉爽，不知道夜里竟然会这么冷。

早上洗漱的时候，发现水龙头里流出的水也是冰凉刺骨。想一想也觉得很可笑，前天还辗转反侧如长沙那座火炉里的一块烤肉，昨天一不小心又差点变成了冻肉。大自然是不是真的很奇妙？

早上一起床，涵涵就钻出蒙古包去找小伙伴了。

那哥儿俩与涵涵年龄相仿，是他昨天在篝火晚会上结识的新朋友。

等到吃完早餐，他们已经无话不谈了。连坐越野车的时候，涵涵都非跟他们挤在一辆车里不可。看他们那亲热劲儿，真比亲兄弟还亲呢。

结交朋友，也是涵涵的强项。只是不知道这友谊是否能够长久。

今天的重头戏是，坐越野车穿越草原，观看著名的“天下第一曲水”——莫日格勒河。

早就听说，这里是呼伦贝尔有名的天然牧场，也是众多电影的取景地。脑海里不由得浮现出那绿草茵茵、牛羊成群的景象来。越野车一路颠簸，我心亦飞翔。

当越野车在一处制高点停下之后，我有些不相信地问：到了吗?

因为眼前所见与我的想象相去甚远。

没有如茵的草地，也没有成群的牛羊。只有远处那条九曲十八弯的河流可以证实，这就是我们今天要游览的景点。

看我们大惑不解的神情，当地人解释说：今年天气干旱，草都快要干死掉了。

唉！不远千里来到这里，不能一饱眼福，真是莫大的遗憾啊！

好在涵涵，有了两个小朋友相伴，也不在乎什么景色了。颠簸吧——颠簸，我们继续向前。

接下来的两天，我们走马观花游览了中俄友谊桥；隔河眺望了对岸的俄罗斯村庄；游览了童话般的林场小木屋；邂逅了美丽的白桦林。

美的景色还是有的，当我们走进有亚洲第一湿地之称的“额尔古纳湿地公园”的时候，顿时觉得眼睛都不够用了。

首先映入眼帘的，是那艳丽的色彩。满山的格桑花，在明媚的阳光下争奇斗艳。那红的、粉的、紫的或白色的花朵汇集成一个花的海洋。微风吹来，那花瓣轻轻起舞，像一只只美丽的蝴蝶。

我们沿着公园的栈道上行，那一望无际的绿色便恣意地闯入我的视线：那葱葱茏茏的是树林；那绿意盎然的是草甸；那玉带似的河流，穿行在万顷碧绿之间，与远方的山峦和白云相连。

涵涵还是太小。像所有的孩子一样，旅途中印象最深的往往不是风景而是体验。

在车上，他和几个孩子就一直嚷嚷着，快点带我们去骑马吧！

为了这一刻，他早就做足了准备。他向曾经有过骑马经历的我请教，可惜我也只能照本宣科，肤浅地给他讲一些骑马的基本要领。因为我曾有的两次骑马，也是由马夫牵着前行的。

当牧民们把马儿牵过来的时候，涵涵高兴得快要蹦起来了。

可还没等到上马，涵涵的嘴就撅起来了。原来，牵马的牧民说，孩子太小，脚还够不着马镫子，不能让他独自骑。

为了安全着想，我只得说服涵涵，让那个牧民带着骑。

尽管有些不情愿，涵涵也只得作罢。当他被抱上马背的那一刻，看得出他还是很兴奋的。

马蹄儿嘚嘚响着，扬尘而去。看着他越来越小的背影，我想，如果有机会，下次一定再来这里。那时候他一定可以扬鞭策马，纵情奔驰在草原上……

今天的晚餐是一个不同凡响的聚会。这是一个烤全羊晚会，事先期待的是一饱口福。身临其境的时候，才发现惊喜的远远不只是舌尖。

当我还拿着相机四处溜达的时候，涵涵急匆匆地跑过来叫我：外婆，快来！烤全羊上来了。

我快步走进现场，看见那传说中的烤全羊，头顶一朵彩绸红花，油光闪亮地卧在一辆餐车上。

司仪大声宣布：有请王爷王妃上场——为我们主持今天的烤全羊仪式。

说话间，只见身着华丽蒙古袍的王爷携着王妃款款而来。

我瞪大了眼睛：这王爷怎么好生面熟呢？

细一看，原来是我家老头子。老头子像模像样地举起酒杯，用手指轻轻地在酒杯中蘸了蘸，虔诚地敬天敬地，然后潇洒地一饮而尽。

继而，手起刀落，将烤羊肉分给大家。

涵涵迫不及待地撕开一块羊肉，努力塞进嘴里，大声嚷着：好吃！

这是我们旅途中的最后一站了。当我们踏上满洲里这个边陲小城的时候，浓郁的异国气息顿时扑面而来。那满目尖顶或圆顶的建筑物让你觉得耳目一新，而身旁众多的金发女郎又让你怀疑是否身处异国他乡。

广场上的雕塑也别具一格，既有俄罗斯风情的手风琴表演、幽默风趣的抬酒桶，也有展现蒙古族热情豪爽性格的群雕。

街上的商铺琳琅满目，但是最吸引人的，还是那各式各样的套娃。

套娃是俄罗斯特产的一种木质玩具，由多个大小不一、图案相同的空心娃娃组成。大的在外，小的在内，一个套着一个。

广场上形形色色的套娃不计其数，就像是一个娃娃的世界。最让我惊奇的是，这里的公共厕所居然也是用套娃来做装饰的。

国门，是满洲里的旅游景点之一。尽管当天到达国门景区的时间不早了，我们还是执意要去一睹其尊容。

远远地我们就看见那座乳白色的建筑物。在夕阳的照射下，国门上方“中华人民共和国”七个大字和大红的国徽熠熠生辉。让国门显得庄严而辉煌。

国门之上，有五星红旗迎风飘扬，国门两旁有威严的哨兵为祖国站岗。景区之内，中外游客流连忘返，一派太平祥和的气象。

这就是我们强大的祖国，她的各族儿女都可以悠然自得地行走在边境线上。

再见了，满洲里；再见了，大草原。有机会，我们还会再来的。那时候，不是我们带着涵涵，而应该是涵涵带着我们！

作　　者：程诗强
现居住地：山东
年　　龄：49 岁

旅行的痕迹

旅行的痕迹是一个人成长的痕迹，60 年代是在父母怀抱中旅行，70 年代和小伙伴儿一起徒步旅行，80 年代是一个人单车旅行，90 年代是一家四口火车旅行，新千年是面包车自驾游，再后来跟女儿轮流开车四人行，现在是孩子让我们两个单独旅行。

60 年代，我出生在贫寒的农村家庭，家里姊妹 6 个，我最小。那时候在爸妈怀里去个镇上看别人唱戏，就像是一次小旅行。

父母怀里还没待够，自己就上了小学，身边的都是一群小毛孩撒丫子到处跑。第一次没有父母陪伴的旅行也是跟他们一起去爬山。山只是我们县里的山，所谓的风景也只是山涧清流，小河的鱼虾，偶尔飞来的蝴蝶，飘来槐花的香气，简单质朴。

80 年代，父亲扛了台电视回家，我从这个盒子里见到了大海。那年我考学失利，决定去见一下真实的大海。父母没说什么，静静地把衣服帮我捆好绑在自行车后座，我一个人出发了。一路风雨、日晒，没有心中的那般诗意洒脱，但为看见盒子里的大海，年轻的执念使我最后到了海边。天海一体是蓝的，小船分开了它们，我卷起裤管，光着脚丫，仗着那心中的不服气任凭风吹浪打。揣着年轻的忧郁忍不住纵身跃进大海，在它的怀抱里徜徉。

90年代，我有了自己的家庭，成了别人的丈夫、父亲。等到孩子开始记事了，为了弥补妻子的蜜月，我们坐着绿皮火车来到北京。带着自己的孩子跟妻子，角色跟责任都发生了大变化的我，感叹着时光的匆匆，感受着人生的美好，在迷宫般的故宫博物院里，跟女儿大丫讲述着古代皇帝的宝座，她只是小眼睛眨巴眨巴，还不懂那是权力的象征。

到了千禧年，大丫长大有了自己的小伙伴，只有假期的时候三人来到我工作的地方，才能开着面包车带她们玩。但是每次来也待不久，玩不尽兴。

再后来大丫上了大学，那是她第一次离家这么远，作为父亲体会着可怜天下父母心的情怀。表面严肃，实则时刻担心着她离家求学的不易，像天下所有的父母一般，把她送到宿舍里铺好床叮嘱着生活上的细节。离别之际的空余，我们去了学校附近的园博园，大丫牵着二丫的手不放，是怕一别就是半年。之后的几年暑假我们都会到这里，在中心的湖里游泳、潜水，我不免回忆起80年代在海水里的年轻热血，现在感叹已是中年沧桑啊。

大丫渐渐走向社会，在洛阳牡丹通讯进行实习，我们不放心，驾车去找她，也偶然见到“龙门石窟”，为大大小小、姿态表情不同的佛像感叹，仿佛是平淡生活的小小惊喜。送大丫回到住处，看到一只黄色的狗推着一条腿搭在车梁上的老人，大丫说每天都看到老人带着黄狗出摊，却不知道他身有残疾。不久后，新闻上出现了他的身影。或许，这就是生活的内涵，在时间的洗礼中透露着点点的光芒。

现在的我，很幸福。住的是老房子，开的是刚换的新车，大丫毕业了，找了一份还不错的工作，二丫读高三，成绩也还可以，用钱的地方不多，偶尔还有大丫给的惊喜。我跟妻子也成了“老两口”，带着女儿的叮嘱，我们这次没有再北上，而是选择南下，选了些山青水秀的地方，感受山水的静谧跟人生的恬淡。有时被张家界国家森林公园的小猴儿吓得够呛，这种情景倒是很受年轻人的喜欢。走过雾气腾腾的金鞭溪见到了伴着自己成长的《西游记》的拍摄地，回忆起当年的种种年轻无畏的事迹。一场暴雨骤然降下，让我们措手不及，好像是人生，总是不那么让你消停，我们在雨中不断赶路，淋得一身雨水，后来想想也正是这场雨让我们看到了晴天、雨天、雾天的张家界，不禁也感叹人生无绝对，感恩生活给予的一切，经历过岁月的洗礼，慢慢发现，学会接受，在磨难中坚持，发现生活的美好，转身回头才知道一切都是值得的。

一边旅行，一边成长，旅行就像是岁月的另一种记录。

生活在这样一个喧嚣的社会，旅行让我们静心沉思，洗去浮华，在其中感悟岁月人生。旅行中的我们看到的人和事，感受的文化底蕴也在让我们进一步成长，学会生活。

生活着旅行着，旅行着生活着。

作　　者：江旭
现居住地：上海
年　　龄：60岁

一次旅行一口茶

茶，分解起来，就是人在草木间。

——林清玄

谈到喝茶，中国已有5000年的历史了。世世代代关于茶的种类、功能、传说源源不断。古代关于茶的文章诗词更是不计其数，仅以现代为例，写有文题为《喝茶》的就有周作人、梁实秋、杨绛，还有林语堂的《茶和交友》，陆文夫的《门前的茶馆》，贾平凹的《茶事》等。国人喝茶时历来有很多的讲究，讲究茶、器、火、水、具、友，讲究由沏茶、赏茶、闻茶、饮茶等工序和茶道、茶德、茶精神等组成的茶文化，博大而精深。

我第一次来到了雅立在上海广富林遗址公园湖畔的黑渡口茶室喝茶，顿觉神清气爽，只要坐在这里，心是静的，神是稳的，一切显得如此妥帖安逸，此处似是始终寻寻觅觅优雅品茗的绝佳天堂啊。

黑渡口茶室，一半建在湖水中，一半靠着路口。远远望去，小桥湖水茶室，古朴而雅致。脚踩青石板拾级而上，推开厚重的大门，只见墙边竖靠着一条小木船，屋顶上悬下一群似在水中嬉戏游玩的鱼，院中竖立着一古时大户人家的户对，穿过户对是敞开的后门，看到湖水中绵长蜿蜒的桥，直通广富林遗址公园，好一派江南鱼米之乡的富饶风光展现在眼前。

走入茶室，映入眼帘的是墙上挂着1700多年前的“平复帖”和近现代上海老街里弄的钢笔画，现代书法家的对联墨宝“群贤泼墨灵光现，水光潋滟渡口边”，以及“挥墨纵马黑渡口”的骏马图。各茶室的茶几靠椅，各式各样且古色古香；灯具五光十色，有竹丝大笼灯，落地悬宫灯，纸质方台灯，光线柔暖而温馨；各处的摆件古老而精致，泥炉、铜锅、陶壶、锡罐、瓷盏、竹舀、紫砂具，应有尽有；特别是那悠扬的古琴和特制的铁山架在一起，刚柔并济，就像茶室的镇石，平定一方。案几上的《怡兰琴谱》和青花瓷碗里伸展出的翠叶水滴，和着莲花香座袅袅升起缥缈的烟，荡漾在每个茶友心间。

步步莲花地走到地下一层，却步步惊心起来，明亮的玻璃窗外竟是湖面，原来这层茶室一半在湖下，窗外正是水平面，真想伸手撩拨粼粼湖光，一定惬意至极。临窗眺望，正和广富林遗址公园博物馆对视，不觉心头一震，今竟和祖先咫尺之遥隔湖相望？

遐想中缓步登上三楼，推开落地门，就此一席茶、一壶花地在露天藤茶吧上，舒畅通透，广阔天地尽收眼底：近处是宁静湖面上建设中的广富林遗址公园，远观是蓝天白云下的佘山，佘山前方就是上海的母亲河黄浦江呢！上海民谚有云：十年上海看浦东，百年上海看浦西，千年上海看松江。

坐在这建在上海之根上的黑渡口茶室，静静地享受吴侬软语沏茶女端上的茶盅，缓缓地喝下沁人心脾的清茶，浅浅地闻着风儿吹来的庄稼香味，和天上古人通感达情，相互呼应，把握古今脉搏，和清澈湖水吟诗对词，尽情抒发对田园牧歌的精神向往，对抱朴生活的崇尚。真想将眼前栏杆也拍拍响，在此品茗悟道，此生茶事无憾也！

作　　者：周建平
现居住地：江苏
年　　龄：47 岁

我们爬的不是山

喜欢旅行，在阿里无人区里放空自己，空旷大地上的风穿过身体、在无人的静谧中变得纯粹。但随着年龄的增长，越来越认识到旅行的真谛并不在于到过多远的地方，而在于简单旅程中对人生越来越深刻的理解。

于是知道，我们爬的不是山，是坚持，是享受，是信念……

为了中午前能登顶七仙岭国家森林公园的山顶，我们早早出发，在家人的欢声笑语中，开始了爬山之程。眼之所及，尽是树木青葱，一派生机，不到十几分钟，便有人喊累了。走过很多山，发现如人生一般，爬山往往是开始登山的三十分钟最累，在年轻的时候遇到的挫折也好像最多，需要学习的地方很多，年轻气盛不容易坚持，慢慢打磨着尖锐的棱棱角角，褪去稚气，才进一步成为可雕之器。

不求快，但求扎实，不后退就是进步，挺过去，一步一步匀速地前进就会熬过开始最困难的阶段。这是坚持。

逐渐向上，成为心念和体能的博弈。也如人生，需要信念，需要心中指引的一盏不灭的灯火。如果心里想着别人行我一定没问题，你一定能坚持到底；如果总想着我体力不行了，会越走越崩溃，最后以失败告终。没有什么事情是轻而易举，简单获得的，找准人生的信念，朝着这个方向，才能最终有一番作为。

享受登山的过程，也享受人生的过程，不要过分在乎结果，用心感受当下。我们赤脚攀登，怀着对大自然的敬畏之心，每走一步都让我们感受到了大地的温存，没有丝毫的亵渎，没有一丝的轻视，正如人生旅途中形形色色的人和事，报以尊重学习的心态，用平淡宽容的心去接纳，会让我们的人生变得很有质感。如果你不恐高，如果你还有体力，一定要登顶，让一次次的脚步累积化为山顶的另一番风景。

偶见几棵直指天空的大树，树根紧抱岩石，树干顽强向上，只为那一缕阳光。林中的虫鸟间传来阵阵叫声，似乎赞叹大自然的神奇力量之余，树木拼命生长而成为其他生物的生存依托，就像人生中遇到的一些成为别人的依靠、为更多人创造幸福的人，这一种人生信念值得学习。

在腐木之上，可见灵芝，这也是自然的造化，世事无绝对，不该用单一观念束缚自己，别样的人生可造就独特珍贵之物。但对于自然，手下留情，不采下带走，我只是这里的过客，不能带走一草一木，只将美景尽收眼底，存入心里。

我们用了 4 个小时完成了这次七仙岭登顶，正所谓无限风光在险峰，等我攀登至峰顶的时候，才真正领略到了其中之意，人生何尝不是一次登峰，目光所及之处的停留，绝不只是你那强健的体魄，我更向往的是更深处执着跳动着的、不屈的魂灵。

我旅游了好多年才明白，我们不是去看风景，而是去看风景中的自己，观察自然的变化思考自己的人生，不断警醒自己人生的信念，当我年老回忆之时也有一番不同的滋味。

作　　者：赵惠如
现居住地：江苏
年　　龄：68 岁

老宅的那棵香椽树

走出老年大学，到对面就进了河滨公园。边走边逛，看河边垂钓的人漫不经心地坚守，看河水缓缓流淌。我会站在那河边香椽树下出神，不由想起老宅的那棵香椽树。

黄墟老宅的书房园子里，是我儿时常玩的地方。说书房，其实那就是一个废园。那里原本是曾祖父开的书房，后来被一场大火烧了。等我回乡再看的时候，那已是一片废墟。在记忆中，却还有那一棵香椽高高挺立。

小的时候，心里总觉得这个破书房充满神秘感。一次次设想曾祖父会是个什么样的私塾先生？会不会用戒尺打人手心？以前的人读书是什么样？有时也会不停地问妈妈。可妈妈总是说："小孩子别问那么多！"可我总不甘心，常常一个人独自在园子里转悠。仰望那棵枝繁叶茂的大树，像是会找到答案。幼稚的我，常想，要是我家的香椽能像《天仙配》里的老槐树就好了，我一定要请它好好讲讲这书房的故事。

直到那年春天，有个老爷爷牵着牛，扛着犁，到我家耕田。妈妈又煮鱼又烧肉，像过年似地款待耕田爷爷。妈妈让我叫他“老爷”，黄墟人都这样叫爷爷。饭后，老爷就进了书房，我便好奇地跟了进去。只见他在里面四面观望着，还动手平整场地，最后搬了块大点的地砖，依靠着香橼树坐了下来。他见到我，慈爱地招招手，让我坐在他的腿上。笑眯眯地说：“你是惠如，今年7岁？”我点点头问：“老爷，你为什么要来帮我家耕田呢？”他说：“我在这书房里念过书呀，你老太爷是我的先生。一日为师终身为父！而且那时我们几个人家里穷，上学交不起钱，你老太爷不收钱，还管我们的中午饭。你老太爷是个好人！每到这书房，看着这香橼树，好像能看到他的笑脸，听到他的声音。”我咯咯地笑着喊道：“我家的香橼是最大最香的呢！”老爷应道：“那当然，它天天听书声、闻墨香，也有书香呀！”……和耕田爷爷在香橼树下，一起回忆老太爷跟这书房的点点往事，是我快乐难忘的时光。

幼小的我，从耕田爷爷口中第一次听到“一日为师终身为父”，默默地记在了心里。打那以后，每年春、秋，耕田爷爷都会来耕田，都在书房香橼树下歇歇，我会缠着他讲私塾故事。每次他背《三字经》，那摇头晃脑的样子，都逗我笑弯了腰。我给他唱起《东方红》，他会抱我爬上香橼树。在香橼树下，春天会披上一身花香，而秋天那树上正是黄果累累，我会挑两个特大的香橼，跟耕田爷爷一人一个拿回家。把它放在房间里，香气飘满整个屋子，一直到过年，清香依然。

那时，在香橼树下，我还常常与隔壁的小伙伴们在地下寻找彩色碎玻璃屑做万花筒；在树下玩老鹰抓小鸡，跳绳、跳橡皮筋。长大后，我去了苏州上学。等我回来，已是物是人非。经过拆迁改建，书房香橼早已不见踪影，耕田爷爷也不在了。弹指之间，60多年过去了。可这多年来，我常常梦回故里，那香橼树一直都在我的梦里：依然高大挺拔，硕果累累，四季常青。

作　　者：汪荣英
现居住地：浙江
年　　龄：52 岁

为我们的爱情放个假

想起 20 多年前的爱情，仿佛还是那样让人向往。跟他，认识在懵懂的年纪，相遇，相知，相伴。生活上的压力、肩上的责任让刚开始的爱情慢慢消磨，我以为，这就是生活。然而，爱情是需要滋养的，那一次，他突然领着我去看海，让我知道了原来爱情也需要放假。

我们认识在花海的两端，在最美的花样年华，让我遇到了他。蓝得透明的天空，空气带着淡淡的花香，我在这头，他在那头，隔着花海，我们看到了彼此，可能是这不经意的一瞥，我们的眼中，好像再也看不到别人。

在这样一个年代，媒妁之言，父母之命是很平常的事，而我们，遇到了两对开明的父母，开始自由恋爱。

就这样，从相遇到相爱，一切都是那么顺其自然。我喜欢看海，他答应我，要带我去看最美的海，可是，在组建了家庭之后，男人的生活负担也变重了。婚后，他开始变得很忙，忙着完成工作，忙着打拼事业，忙着口中所说的为了给我的更好生活。渐渐地，我感觉他离我越来越远。有好些时候，一整天都不见人影儿，在我还没有睡醒的时候，他已经出门了。在我已经睡着的时候，他也许才刚刚回到我的身边躺下。我甚至有怀疑过，他是不是还爱我。

为了这些，我们争吵过，也妥协过。爱情开始有了裂痕、有了伤疤，我在默默承受，在默默地学会接受被生活消磨的爱情，而在那一天，他突然对我说：“我们去看海吧。”

一路上，在车里，很安静。

天很蓝，蓝得透明，就像我们第一天见面的时候。

晴朗的天气，和煦的暖风，让彼此之间尴尬的气氛化得淡了些，一言一句，偶有笑声。去的地方在舟山，但细细想，却是我们俩第一次单独出远门。

轻轻的海风夹着海水咸咸的味道，扑在我们略显疲惫的脸上，浪打湿了裤脚，在海边，我们卸下生活的担子，在嵊泗的小岛上，漫步，低声，细聊，我们都说海很美，美得不像话，就像我们年轻时一样。

看着渔船，他问我，这里，也美吗？我望着他柔软的目光，眼眶红了，就像那时爱上他的时候。可能是太久了，太久没有感到被疼爱，眼眶里的泪止不住地往下流，带着那些年所有的委屈，他抱着我说，别哭。

等我哭完，天边已经被晚霞染红了，他背着我，走在回去的路上，我望着一圈一圈的晚霞，想着我们的这几年。

第二天，我们特地早起，他说要陪我看日出。在清晨凉凉的空气中，他看着慢慢升起的太阳，对我说，答应我的一定会做到，包括要陪我一辈子。

这些话，跟日出一起印在了我的心里，很踏实，很动听。

生活，就是这样，没有喘息的时间，让爱情的花儿也慢慢枯萎。两个人在一起，需要一点儿时间，让彼此相爱的心一起放个假，陪伴一下你深爱的另一半。短短两天，把我们丢失的时间，都补了回来，让我们的爱情更牢固。而这以后的每一年，我们都会去一趟嵊泗的小岛，我们有了孩子，我们慢慢变老，但每年夏天，都要去看看那一片海，去看看我们的爱情。让我们一直记得，我们彼此最真的心。

作　　者：钟先甫
现居住地：安徽
年　　龄：71 岁

从青梅竹马到老来伴，用旅行谢谢你的陪伴

我们那时的爱情，真挚而单纯。现在老了，再来说起，好像有点不好意思。虽然越来越老，不再敢大声对她说出曾经的甜言蜜语，但心里一直都跟年轻时一样，一样地爱她，谢谢她，陪着我。

记得我们年少相识，曾经是同桌的纯纯友情，在三八线上互相争执不愿多让一分，她翻脸说不跟我做朋友，然后我就也乖乖认怂。在长大的路上，我们看着对方，一起品味着成长的心酸跟苦辣。就这样，走过那段物质缺乏、艰难而质朴的岁月。然后我们交心、恋爱，渐渐走入彼此的人生。

那个年代，组建家庭并不容易，生活的压力还很大。组建家庭后没少吵架和闹矛盾；那个年代，我跟她都是独生子女，之前在父母的庇护下很少干家务，而她经常为了干家务活跟我争执闹脾气。婚后为了让我安心工作，她毅然决然地包揽了家中全部事务。

1992 年，因工作劳累我得了胆结石，她一边带孩子一边无微不至地照顾我，使我在短时间内恢复了健康。2012 年，我中风了，生活不能自理。她精心地照顾我，每天深夜，听着她在我床旁均匀的呼吸声，

我就觉得很踏实。她牵着我的温暖的双手，在告诉我，她一直都在我的身旁。

在她的精心照顾之下，三个月后我便恢复了常人生活。真的特别感谢我的老伴，没有她的辛苦付出，我也不会恢复得这么好。

2016 年是我们结婚 40 周年，孩子们都长大了，我们也老了。现在，家里，只剩下了我们俩，回望当年的苦，我们相对而笑。一眨眼，我们就走过了 40 年，她不再是那个爱跟我较真的姑娘，变成了我的老太婆，我牵起她皱皱的手，问她还记得当年在春风的柳树下一起划船的时候吗？她笑着，点点头。现在我已是两鬓斑白，不过你还在我的身旁，一直都在，陪着我。为感谢老伴，我们参加同程旅游搞的活动，到巴厘岛去度过我们的红宝石婚姻之旅。

坚持，让我们度过了最艰难的时刻，而旅行又让我们重新找回了曾经的美好。在旅行中，看看蓝天碧水，感受民俗风情，一切苦难都会随风而去，生活正如大自然一般斑斓。

作　　者：丁慧菲
现居住地：浙江
年　　龄：40 岁

爱，不仅是常回家看看，还是陪他们出去走走

对于我来说，人生顺心，美好。大学时挥洒青春学习，职场上挥洒热情工作，我对生活充满了爱，也会在学习工作之余到各地旅行。

2016 年 3 月的春天，我的一个远亲病逝了，享年 89 岁。我陪奶奶去参加了葬礼，奶奶忽然感叹：人生苦短，她还有那么多地方没有走过，那么多风景没有看过。于是，我提议："奶奶，我带你出去玩吧。"

比较了许多目的地，许多线路，最终，我选择了泰国曼谷和芭提雅。最终成行是我和三个老人——奶奶，姨公，姨婆。说实话，虽然我旅行过很多次，但带老人，而且是一次带三个出去旅行，还是第一次。

泰国之行，对我来说，最纠结的是和我亲爱的姨公的沟通，他脾气很犟，容易引起误会。我们过海关时他就被拦了，因为他单手在桌上整理过关文件，这对泰国人来说也许是不能接受的，偏偏语言不通，没有办法沟通，一说话，更糟，最后还是萨瓦迪卡，双手合十解决的问题。一路上，还有着各种各样的问题，各种各样的纠结，但总体还是安全过关了，之前准备的食品药品也没有用的，没有水土不服，也没有饮食和酒店的纠结，这一点要感谢同程。

一路上，奶奶很满足，絮絮叨叨地说着大皇宫的壮观、格兰岛的海水。她告诉我，如果不是我带她出来，她没有机会看到这些，那一刻，我忽然有些羞愧，我对于她是不是少了一些陪伴，树欲静而风不止，子欲养而亲不在，那时候的我是不是会后悔。我记得我听《时间都去哪儿了》的感动，却忘了把这份感动化为行动；我记得我看公益广告时的心酸，却没体会我的奶奶的心情。她口中说的一切都好，没什么想去的地方时，是不是也有很多想去的地方。在她接下来的人生中，但愿我能陪她走过大好山河。

5月19日，旅行结束。回到家，眼睛都睁不开了，我睡了15个小时，醒来已经是第二天上午，下楼，听到奶奶正和老妈聊天，说我们的旅行。我倚在楼梯上，默默地听着她的讲述，一次对我来说正常的旅行，对她来说却是那样的欢欣雀跃。晚上，和老妈说起旅行的顺与不顺，老妈问我，有何感想，我说："妈，下次，我和你一起带奶奶去吧！"

经过这次旅行，我仿佛悟到了什么，所谓感动，不是看着电视，听着歌得到的，而且实实在在的陪伴中走过的，多带老人出去走走，不要等一切都来不及了再开始，子欲养而亲不在，是一个残忍的真相。愿我能在我的长辈在的时候，陪他们走过大好河山，能够在他们离去时，问心无愧。

作　　者：敖盼
现居住地：辽宁
年　　龄：51 岁

这一生，我们一起行走

时光流逝，一转眼到了退休的年纪。日子好像就这样停了下来，刚办好退休手续的一段时间，心情一直郁郁寡欢，感觉身边空荡荡。每天都在房间里徘徊。吃不下，睡不着，老伴看着我，心里着急，想着法儿带我出去遛遛。她说，以后我可不能说没时间陪她了，得好好地跟着她。

我们一起早早起床，在大清早的菜市场上，挑着每天最新鲜的蔬菜瓜果，跟买菜摊主有一搭儿没一搭儿地话着家长里短；午觉小憩过后，在孩子们追追跑跑的公园里，散步下棋，说着儿女们的小时候趣事。我慢慢适应着现在的生活，平静而安心。

上个月，老哥几个又凑到一起下棋，其间有一个姓陈的老伙计说想出去旅旅游。我想着也好，问了老伴，她也点点头说听我的。

老伴最喜欢意大利，因为年轻的时候，她最爱意大利的电影，喜欢那里的文化跟浪漫情怀。我当然是要好好地满足她，就奔着旅行社的意大利线路，定下来，回家拿着宣传册给老伴看，老伴笑得合不拢嘴，还一边骂我乱花钱。

还记得我跟她第一次看电影，是赶上生产队放电影，我们挨着坐，那电影里的外国人眼睛深邃，他们坐在米兰哥特式大教堂里，虔诚地许下誓言。真正地站在教堂前，我跟老伴紧紧地握着双手，敬畏油然而生。在加尔达湖畔，我们慢慢走过，看着红霞慢慢浸染了整片天空，灯塔上亮起指明的灯光，感受着时间悄悄流逝，留下来的美好。一整片湖光山色，美轮美奂。风吹过湖面，桅杆和缆绳碰撞，安静怡然。老伴挎着我，一起回忆着当年质朴的爱情跟生活，恍然间，已经走过几十年，月光洒在脸上，映着我们的银丝，感叹岁月是这般神奇跟美妙。

老伴最想看的，还是在我们成家之后，买的第一台电视机里放的《中国之外——意大利》的庞贝古城，那时候，我们俩凑了一年的工资，才买上了当时稀奇的黑白电视机。她说，这是我们艰苦岁月的见证，必须亲眼看看。走在大块岩石铺成的路上，古罗马的文化在这里展现得淋漓尽致，希腊建筑的韵味在我们的眼前展开。虽凹凸不平，但和罗马殿堂建筑如出一辙，相互呼应，我们也在感叹着没想到有生之年，还能亲眼看见。

我们微笑着，感慨着时光，在广场上，一个当地的大胡子摄影师用幸福的笑容向我们示意，回应的一刹那被他瞬间抓拍，自然和谐，随意温馨。老伴非常喜欢，回到家就把它挂在客厅的墙上，颜色和房间布置如出一辙。看到她脸上不时露出的浅浅微笑，我的心里有些悔恨，有些苦涩，年轻时给她的太少，我以后更要好好陪她。

这些年，我们一直在路上，不管去哪里，我都不想错过她的微笑，去哪里不重要，重要的是我和她在一起相依慢慢地行走，因为我答应她，这一生我们都要一起行走！

作　　者：陈海山
现居住地：海南
年　　龄：50 岁

现在出发，一切都不会太晚

年轻的时候，我想出去走走，但是时间不允许，金钱也不允许。到老了，腿脚有些不利索了。但是，静静地看每天的日历翻篇，内心还是想让生命精彩地燃烧一次。于是，我便踏上了环游世界的道路。

在 50 岁之前，我和老伴一起，买火车票，步行，用最古朴的方式，在春天去看苏州园林里绿叶最先发芽的样子；在夏天去看云南古镇的落日斜阳；在秋日去美丽的九寨沟看满野的红叶点亮世界；在冬日去北京看白雪皑皑的故宫那一幅肃穆的景象。我们走过风霜晴雨，踏遍山河大地，游历人生四季……

我发现，出发从不分早与晚，只要你带着出发的心灵上路，你都会随时随意收获到人生中不曾想到的美景与惊喜。出发，意味着开始，年轻的时候总怕浪费时间，仿佛生命的时钟被刻意调快了，可是 45 岁以后，越发觉得人的生活应该慢一点，看到一些人能够花费 5 年时间去学习一件乐器，花 7 年时间去完成一部好看的小说……遑论事情大小，给自己享受的空间才是生活的意义。现在的孩子都唯恐“输在起跑线上”，一切“无用功”都抛弃了，漫漫人生路，太早为功利所累，着实活得辛苦。其实“有用”与“无用”之间并没有什么特定的标准，而选择的缘由不过来自于短期的利益分配，可是，人生，却不是拿来“用”的。

正是在这个年纪，也才会发现，世界很大，人类很渺小，我们真的不需要为每天的烦恼而影响心情，与这大千世界里的美景、意外、惊喜相比较而言，那些都不算什么。葡萄牙诗人费尔南多·佩索阿的《我下了火车》中有一句“我的心略大于整个宇宙”，我觉得这句话很有禅意，心灵的广度与宇宙的维度如何摆在同一层面上来比较，我们暂不讨论，但是世界这么大，眼前的这一点不愉快真不应该阻碍我们去探寻精彩的世界，正如泰戈尔所说：“假如你为错过了太阳而哭泣，那么你也将错失星空。”所以把握当下，享受生活才是我们应该有的人生态度。

在我50岁时，我发现走出国门的心越来越强烈。只是，困扰我的是，我不知道该如何开始规划这一行程。于是，我同老伴与邻居的两位老夫妻，一起商量着怎么开始国外之旅。在女儿的帮助下，我们便开始我们的罗马之旅。

至今令我印象深刻的，除了罗马美味的比萨，就是罗马里那外观古旧的斗兽场。它就像这个城市的一道疤痕静静地立在城市的中心，光影流转间，沧海桑田，唯有它静默地接受着周围的改变，都依旧可以保持着自己印记斑斑的旧痕，不被改造，也不需要重新装潢。留下来的，便是好的，便是有意义的。时代再怎么变，这个国家，这个城市，这个建筑，依旧坚守着自己原有的风格，却也如此美丽。

年轻的时候，我们总是被太多东西束缚，身有千千锁，半点不由人，心中的自己难以释放，身披枷锁，走到哪里，都是被流放的囚徒。到老了，活了大半辈子，如果还不能释放自己，走出舒适圈，突破结界，那就难免有些遗憾。

我不知道我还能继续走多久，但只要我还可以走，只要老伴愿意走，那我就会一直走下去，去收获遗失的自己、遗失的青春。

作　　者：张霁
现居住地：江苏
年　　龄：50岁

你陪我长大，我陪你变老

我长大了，你也老了。为人子女，多有这样的感受，妈妈们操劳半生，都是为了子女，等着我们回报之日已是她们衰老之时。为了不留遗憾，带着可爱的妈妈们（一个是妈妈，一个是婆婆，一个是妹妹的婆婆，他们的年龄分别是78岁、79岁、80岁），再去看看世界，让她们放下心里的惦记，知道我们都长大了，我们要陪着你们慢慢变老。

她们说："世界那么大，我们也得去看看。"慈爱的眼睛里透着淡淡的笑意，一边还大声喊着"再不疯狂我们就老了"的口号，好像年轻的心又再次在她们身上跳动，我也加入她们，感受着岁月的美好。身上统一的玫瑰红的防风衣是她们选的，她们说这不是防老妈妈们走失，而是再次起航的年轻象征。

朋友们都说我精力旺盛，愿意陪着三个这么大年龄的老人家。我说是的，能陪着她们一起看看世界，我真的特别满足。在从未见过的邮轮旁边，她们玩得像个小孩，互相感慨着现在生活得好，扯着我问这个问那个，对一切事情充满了小孩般的好奇心。在快 80 岁的年纪，感叹不知以后是否还能有这样的机会。

她们是那么可爱，看着她们在邮轮上快乐的样子，我心想：是不是在我们小时候，她们也是这样看着我们的。甲板上，她们面朝大海，大声呼喊："我来了……"拖着长音，气势如虹，在蓝天白云下回荡……突然，一个妈妈说："这海看不到边，如果我掉大海里了，不就被鱼吃了，不就没了吗？"

惹得另外两个妈妈哈哈大笑……妈妈们玩啊、乐啊，到处走走看看，好像不觉得累，在健身房里举举哑铃、到游泳池里泡泡澡、参加鸡尾酒会……

我跟着她们，一起看海，一起体会人生的美好，分享给朋友们，他们都觉得很值得学习，感叹我的勇气。我却想说，其实，我们都可以做到，在旅途中，在她们布满岁月痕迹的脸上，挂满了笑，随着吹来的凉凉海风，让我再次明白我的人生为什么出发。

三个妈妈很高兴，在回来的路上，她们说："我们三个宝贝蛋，没想到 80 岁了，还能再玩一圈！"望着我，脸上无比幸福。这就是我觉得最暖心、最值得的时候。我心里默默想着：你陪着我慢慢长大，现在我要陪着你慢慢变老。

其实每天早上我们睁开眼睛时，都要告诉自己这是特别的一天。每一天，每一分钟都是那么可贵。

有人说：你该尽情地跳舞，好像没有人看一样。

你该尽情地爱人，好像从来不会受伤害一样。

我也要尽情地跳舞，尽情地爱。

作　　者：赵刚
现居住地：江苏
年　　龄：45岁

生活是水，旅游是糖

我们走过的风景，都是生活的调味品。

——题记

生活就是一杯平淡的白开水，说不上索然无味，但当心灵的味蕾再也感受不到生活的激情，人也就形同木偶。我总以为，生活的平淡不应该引向性灵的麻木，于是，我选择旅行，为生活这杯水增添几丝色彩与情趣。

白色，是我生活的主色调，平淡却不足以形容我的日常。人到中年，日复一日。作为一名医务工作者，本以为生、老、病、死四个字早已看清看淡，深夜里，那一张张曾经出现在我生命中却如走马灯似的人不时出现在我眼前的，那是一张张鲜活的面孔，一个个期盼又担心的眼神，一声声怯生生的提问……从医二十余年，深夜时分，我常常在思考，生活的意义到底是什么，这一生是否就该这样庸碌地走过……

"世界这么大，我想去看看。"遵从这句内心的呐喊，我们一行人在一个晴朗的日子出发了，抛开了沉重的生老病死，离开了日益复杂的医患关系，只有每一个自由的个体，每一颗重焕光彩的心灵。山东日照、湖南张家界、香港、澳门、家乡的渔湾……每一次旅行都是心灵的洗礼，洗净了凡世铅尘，回归赤诚本心。在一次次的旅行中，我们这群曾经并肩作战却无话可谈的同事逐渐熟络，成了生活中的老友。旅行，是新奇与发现的过程，而意外收获的友谊和温情就像是不小心打翻的调色盘，为生活的画布添上一抹亮色。

2006 年的张家界之旅，让我开始发现生活的奇妙。

黄龙洞，是我们张家界之旅的第一站。据说 1984 年，几位探险者在山民的指导下发现了一处被杂树掩盖着的山洞，强烈的好奇心驱使着他们扒开杂草，劈开乱棘，亦步亦爬地摸进了洞口，这座世界溶洞奇观才得以展现在人们面前。颇有几分《桃花源记》中武陵渔人的味道。

进入洞口后却全然不是“阡陌交通，鸡犬相闻”的光景，更没有什么“良田美池桑田之属”。迎接我们的是千奇百怪的石笋、石瀑、石盆、石幔，它们形态各异，象形颇多，突然间一个奇怪的念头在我脑海中闪过，我们来到这世上都是本质上完全相同的人，活在世上，各有各的修为，各有各的苦难，是生活的经历把我们雕刻成了如今的模样，就像这满洞的钟乳石，经过大自然上千年来的鬼斧神工才成了这番模样，为世人所惊叹。一想到这里，再望向身边的伙伴，霎时间生出一股暖意，都说相逢是缘，我们这些个截然不同的个体能够从天南海北一起工作、生活、并肩战斗，走到今天，实在是不容易，除了感慨更多是感恩。

晃过神来的时候，我们一群人正顺着石级往上走，我们乘上了小船，渡过暗河上岸后，抬眼便赫然看到了黄龙洞瑰宝——“定海神针”，这是一根立着的 19.5 米高的石笋，过去的 20 万年，它就以每百年 1 厘米的速度依靠洞顶往下滴的水缓慢而艰难地生长着，我们常说“水滴石穿”，而它却是“水滴石长”，大自然就是这样神奇，不紧不慢地精雕细琢，给我们以生命的震撼。看着行色匆匆的游人走马观花式地晃过，再细细看一眼洞中其他的同样生长了几十万年的石笋，多希望时间能够慢下来，生活能够慢下来，一切能够慢下来，也许是生命已走过半场，越发地希望花了大半时光沏的这杯茶能够有机会慢慢品味，可惜江湖中总是充满匆忙的过客，而鲜少赏玩的闲情。

张家界森林公园是又一个让我对大自然产生敬畏的地方。青翠欲滴是我对它最深刻的印象，这里的每一座山都是一段动人故事，每一块石头仿佛都能唱出当地的歌谣，每一滴水仿佛都泛着当地人纯粹的爱恋，一尾尾银光闪闪的金鞭雨，就像是守护这片净土的精灵，每一口深呼吸似乎都弥漫着山河的灵气。浸润在这样“活着”的山石水木中难怪“流连忘返”四个字不时出现在游人口中。我只希望，时间能够在这一刻凝固，久一点，再久一点……

走过的风景，都有朋友的陪伴。旅游看的不是外在的情，更是内在的情。我们一起的欢声笑语，凑成了我们一段段的回忆，简单而又刻骨铭心。

作　　者：芦婷
现居住地：浙江
年　　龄：45 岁

十年后的一段旅行
——他，叫作悟静

十年光阴再见好友，好像都没变，好像也都变了。见面，看到他，我先生远远一指他的发型，就开始笑——他还是那么洒脱，头发几乎都白了，却没有任何的修饰。后来才知道，这里面多少有了些沧桑的味道。

遇到他后，所有的行程都由他安排。他带我们走过他这几年去过的地方，我们在感受着他的味道，他的生活、他的爱情，就像在喝一坛喝不完的酒。夜幕渐渐降临，他开着车接我们到了泉州。在深夜，拉着我们去一条渺无人烟的石桥，他说那是中国最长的石桥。走了五里，只有一半，他说累了，就先回去吧。

记得他最爱石头，在古镇上，每一块砖瓦、雕塑他都爱不释手，得益于闽南先民的技艺。尤其是那些石雕，他最爱的石雕。在弘一法师的字画前，我们聊起他这几年的生活，我们问，他在答。他喜欢字画，用着浅显的话语让我看懂这些字画，看到它们天真而深邃的样子，他顺着我的话带我看弘一最后的绝笔字，在时空之间，感受到永恒。

他是那么浪漫、有才华的一个人，为了石头，守着一块尘土飞扬的地方，过了 8 年。在泉州的水头镇上，附近全部都是做石材的。很多人来这里建厂，交易。悟静也跟人合股建了个小小的石料厂，还在石材贸易公司里工作。在这里的日子，除去休息的时间，他就天天守着石头，以石头为生，不敢恋爱，因为曾经爱过，爱到愿意抛弃自己的生命，但女子却是个红尘女子，离他而去。8年的时间，他，曾痛苦如斯，生不如死。他伤得很深，或许痛苦会慢慢淡去，却改变不了他内心的孤独。

我知道他不舍得我们走。他在自己27岁的时候，赚到第一桶金，买下了鼓浪屿的房子，决定以后要在鼓浪屿上养老。却再也没去过那里，没去过那海边的酒吧。因为，没有人陪。因为，他一个人也曾去过，却觉得自己像个傻子。他带我们走了很多的地方，他诚诚恳恳地爬上每一块石头，说日光岩是那么完美，如果开采了可以值很多钱。我却看到他的寂寞，他渗透到骨髓的寂寞。

几天的时间，就好像经历了很久。在火山岩的海边，人很少，他绽开了孩子一样的笑容，对我们说，海边的集装箱酒店，它的顶是玻璃的，晚上，躺在床上，可以看到漫天的星星。

从再见他的那天起，他每天晚上都舍不得睡觉。临走的那天，他留我们吃饭。趁着天色没有黑，我们又去走了一趟五里桥。这回，我们走完了那十里路。我们光着脚，陪他一起光着脚。他对我们说，那么多年，他从来也没有把这座桥走到过头。

我在心里不停地计划下一次叫上他一起的旅程。心中感慨，却不知从何说起，回程的路上，我很想为他找个女朋友，从来没有那么想过。多希望他跟我们在同一个城市，我们可以一起喝酒，一起逛街，一起畅谈风月。

他是那么可爱的一个人，儿子说，这位伯伯对他很好，在大热天，满是游客的鼓浪屿一直牵着他的手，在人群茂密的曾厝安帮他一直拿着很大杯的椰汁。我笑了，是的，他就像是他画的工笔画，一种很美，看上去很简单，却很需要构思创意和内涵的画。需要内心的平静和美好，还有那底子里的天真。一个有情怀的大叔，一如我十五年前见到他。

作　　者：罗梅
现居住地：四川
年　　龄：51岁

人世艰辛，我们互相搀扶走过

曾记得，在洁白的头纱下，在圣主前虔诚地许下一生的那个诺言：不论他生病或是健康，富有或贫穷，始终忠于他，直到离开世界。而真正地彼此相随，不离不弃，却并不是那么简单。在我跟他过去的二十几年的婚姻里，没有面临过困难的抉择，直到4年前，他被查出恶性脑瘤。

这4年来，时日充满了泪水跟苦难，让我被生活一层一层地剥下脆弱的外壳。4年前的一个早上，他突然晕倒在家里的厕所，后经医院检查，确诊脑部长有肿瘤，即将转化为恶性，且已压迫了右脑运动神经，他的左半身从那以后再无知觉，也动弹不得，只得卧床。一个晴天霹雳彻底打破了原来我们一家安逸的生活。孩子还在上大学，他的生意也骤然停下。一直在家里照顾家庭起居的我，束手无策，等到那天夜里他睡下，我静静走到阳台流下了泪水。我像是突然被放在烈日下的温室花朵，只能坚强，用尽全力，保护他跟孩子们。从此，家里的大小事，他的生意，都得我自己来决定，包括我先生的治疗方案。

他，也很难受，一年，做了4次开颅手术。每次看着他憔悴的样子，我的眼泪就止不住，但他却很坚强，可能是上天的恩情，让他病情得到了奇迹般的好转。连医生都曾断言，他从此站不起来，而他却做到了。

在4年的时间里，我陪着他，从一开始可以微微动一下左边手指，到半个身子坐起来，再到可以站立，再到可以拄着拐棍踏出一小步，最后一年后可以在我的搀扶下，稍微能在家里和小区里慢慢走动。像是看着奇迹一点一点出现，伴着他的顽强坚持和对这个家、对我的爱，身体渐渐恢复。

而在这4年里，我深感我的眼泪快流干了，已忆不起自己是如何挺过来的。应该因为他，因为他没有放弃，因为我要陪着他，到老。这也许是上天的眷顾，没有完全捏碎我们活下去的信念！他能走动之后，我们决定去看看世界，让路上轻柔的风，吹走我们的苦难，让我们继续，好好地走下去。

一开始，只能看看风景，在建筑物旁边拍个照留个纪念。慢慢地，旅游的次数多了，他也成了“老手”。于是他尝试着走楼梯，非常执着，一走就坚持了大半年，每天一小步上上下下地走，他也感觉自己越走越顺溜了。一天早上，他跟我说，让我和孩子们带他去登峨眉山。我们坐着缆车走到接近山顶的地方，他坚持着下来走到山顶，虽然只有最后一公里，但他心里也是乐开了花，他脸上露出了生病以来最开心的一次笑容！

在山水之间，让我和他逐渐改变了之前消极的心态，心里的苦，好像渐渐消散，在外滩平静而绚烂的水面上，在爱的旅途中，我们彼此搀扶，心里想着只要为了爱，不放弃，并以爱之名好好活下去，到哪儿都能看见彩虹！

作　　者：王菊生
现居住地：四川
年　　龄：69 岁

这是一个
善意比恶意多的世界

这个世界上，有好人，也有坏人。旅程中遇到的人也是。好人让人感动，坏人让人厌恶，有时候想想，也许这就是真实的生活。只是看你更加在意他的哪一面。

我自己来说，旅行的感动多于不快，世界的温暖多于冷漠。

9 月 21 日早晨 10 点由悉尼飞抵墨尔本已是 11 点 30 分。

在这里，我们既遇到了好心帮忙的司机，也遇到了小偷扒手。每个地方都有各种各样的人，社会是包容的，林子大了，什么鸟都会有。

前面遇到两个好心的司机，第一个是带我们去酒店的司机，他是位年轻的黑人，一路上我们彼此聊天，有说有笑，旅途中总会认识不同的人，说着不同的语言，却抱着相同的心情，我们都很高兴能认识彼此。当他知道我们来自中国时显得十分高兴，他说他姐姐不久前去过中国的武汉，中国人是他们的好朋友，在酒店分手时他还特别嘱咐我们，墨尔本比悉尼乱，让我们多注意安全，他的善意提醒后来证明是非常必要的。

遇到的第二个好心的司机，是在乘城市火车去远郊的途中，夜晚中风雨交加，整列火车只有我们8个中国的旅行者，夜晚的市郊很黑，看不清具体站点，黑灯瞎火之中我们果然下错了站，有些不知所措，司机却从车头下来问我们去哪里，让我们重新上车，到了终点还怕我们找不到酒店，亲自带着我们去，虽然言语交流上有一些障碍，通过手势和旁人的帮助，也多亏司机的慷慨好义，我们顺利到达了酒店。

回到酒店，我和老肖有一个习惯，进酒店休息前会在外面抽支烟。也就在这时遇到了这个城市的另一面，一个似醉非醉的年轻人，嘴上叼着一支没有点燃的香烟，手臂上搭着一件外衣，向我们走了过来。我们以为他是要借火呢，可是他装疯卖傻，嘴里嘟嘟囔囔，一个劲儿地往我们身上靠，手还不老实。老肖一把将他推开，我大声地说，“我们是中国人，你要干什么！”这家伙才转身走了。老肖忙问我，“有没有丢东西？”好在我身上的口袋是空的。看来我们遇到贼娃儿了。难怪送我们到酒店的司机提醒我们要小心呢，真是不能大意呀。

虽然遭遇到小偷让人不悦，但是黑人小伙司机的善意提醒，火车司机的善意搭救，都成为这次墨尔本之旅的闪光点。

透过平凡的旅程，感受真实的世界，一个美丽的世界，一个善意比恶意多的世界。

作　　者：李山芳
现居住地：宁夏
年　　龄：74 岁

越旅游，越年轻

我是李山芳。今年 74 岁了。以前老伴还在的时候，觉得有老伴陪着就挺好的，也很少出去旅游。老伴走了后，一度伤心欲绝。现在，我不光要走遍中国，还要去国外走走。走的地方越多，越是年轻，越是不服老！

想起第一次踏上旅途，是和老姐妹们一起去世博。自那次起，就爱上了旅游，每一年都约着老姐妹们一起出去走走，几年过去也走了不少地方了。为什么要去旅行？

想想那会儿，我老伴儿不在了，没有了陪伴一生的人，感觉心里空落落的，生活也挺没劲的，总是孤单难受，又没法和儿女们说。在我孙女的鼓励下，我参加了老年大学。一来是为了给自己找点儿事干，不让儿女担心；这另外一方面啊，也给自己能找个说话的伴儿。

刚去没多久，就认识了一帮老姐妹。这人啊，聚在一起就是感觉不一样，我很快被她们的乐观感染了。陪自己走过四五十年的老伴走了，但人生还要继续啊。我们年纪是大了，可我们也不服老啊！凭什么我们就不能穿得漂漂亮亮，活得潇潇洒洒的呢？

老姐妹们商量着一起出去旅游。刚一开始，儿女坚决不同意，担心我们这些个老太太出去，再出点什么麻烦。但我却真的想出去走走。在我孙女的支持下，用了好久时间，家里总算是答应了。这就有了和老姐妹们的世博之旅。

出去一趟，才发现这世界真的是大不一样。这之后，对旅游就上了瘾呢。以前的时候，总觉得自己年纪大了，就乖乖在家待着，不给儿女添麻烦就好了。但是这旅游啊，出去看看这祖国的大好河山，心胸就更开阔了，也没给儿女添麻烦，自己也越来越开心。

说真的，我真是在旅游中改变了自己的心态。不服老！不能服老！这中国都有好多美景，我都没看呢。更何况我孙女还说带我出国去。

不光是不服老，现在我这个老人也越来越能跟上“时代步伐”。以前拿着个电话，连拨个号码都弄不明白。现在，你猜怎么着？我学会拿儿女给买的 iPad 出去拍照，也会用智能手机。儿女贴心，还给我买了自拍杆，比年轻人还爱拍照。每次我们老年大学活动，我们就一起去，用微信发朋友圈。现在，我都不打电话了，都是微信和老姐妹们约下次去那儿玩。几年下来，国内有名的景点走了不少，也拍了不少照片。

但是一直有点儿遗憾，我们几个都没出过国。年纪大了，很多旅游团都不愿意带我们。很多团我们都去不了。但这次听孙女说，同程成立的这个百旅会，我觉得就挺好的。如果真的能为我们老年人安排越来越舒适的旅游，那最好不过了。我孙女已经给我报名了，说到时候带我坐邮轮去韩国和日本。我很期待。

我还要接着去旅游，接着年轻，接着感受这世界的美景带给我的欢乐。

第二章

岁月梦想

Years Dream

作　　者：顾晴
现居住地：江苏
年　　龄：72 岁

我希望的人生是“在路上”

关于岁月，我这种年过古稀的老人也许有点发言权。倒不是活得比旁人透彻，只是经历得多了，多少是有点谈资的。倘若每个人都要给自己理想生活的状态做个概括和总结的话，我最希望我的人生是“在路上”。

一晃 70 多年，少时求学，青年求业，中年养子，老来弄孙，这日子已经很美了，可这心里老觉得自己应该再折腾点才好。折腾点啥好呢？既然生而为人，自然是想见识不同山河，体验别种风情的，最想折腾的也就是旅游了。

趁着还能走，我就鼓励老伴跟我一起，来了一趟现在年轻人时兴的“说走就走”的旅行。第一站，就是我心心念念的云南！

年轻的时候就对云南有种情结，可惜当时没有条件，也还没流行起来现在热门的出门旅游，出去看看显得奢侈极了！第一次听说云南是从邻居家的姐姐那里，整日里我俩在一块儿，她就跟我讲讲云南那些直叫我心痒痒的山山水水，大理、丽江、香格里拉、西双版纳、泸沽湖，只听这名字就觉得美得不像话了！心里就暗想着，以后有机会一定要去瞧瞧，不然就好像辜负了那大好的风光似的！

准备了大概一周，和老伴就踏上了我的圆梦之旅。那山那水我看了就觉得亲切，那人那狗我看了也觉得熟悉。说来也奇怪，虽然我是第一次来，这云南呢好像是我的第二个故乡似的。

另外的惊喜就是老伴之前学的摄影也终于派上了用场，他说要还我一场欠了半个世纪的蜜月旅行呢。哈哈哈！以前跟老伴结婚时可是没有啥婚纱照的，都是些老照片。这次，老伴还特意和我在云南拍了婚纱照。我穿着洁白的婚纱，老伴穿着西服打着领带，在云南又高又蓝的天空下照相。老了倒是学着人家浪漫起来了！

这次旅行让我跟老伴觉得自己年轻了不少，这之后就开始去越来越多的地方。

想想，人生的路还有很长，我希望跟老伴一直“在路上”，一直幸福下去。

作　　者：孙明章
现居住地：山东
年　　龄：71 岁

梦想，一直在路上

我姓孙，老兵一个。心愿就是走遍国内高山大川，但一直未能成行。

高中毕业后，抱着在部队干出一番事业的想法，我开始了一身戎装的军旅生活。然而十几年的从军生涯之后，摆在面前的，却是浓重的迷茫。与社会脱节的几年，让退伍之后的我不知该何去何从。做过保安，卖过菜，摆过小摊，也做过小生意，但都没有长久。高工资干不了，低工资拉不下脸去干，兜兜转转了半年依旧感到迷失的我，决定重拾梦想，在旅途中寻找答案。

8 月，我组织老战友们走了一次西藏，领略了西藏的美景，也尝试了年轻人都害怕的“高原反应”。十几天的西藏之旅，除了美丽的风景保存在了记忆当中，我试着摆脱我退伍之后几段失败工作的阴影，去想清楚自己内心真正想要追寻的东西。

来到拉萨，走在街头，随处可见一手拿着转经筒，一边念着真言的人们，也许他们一生就这样走过来了，信仰藏在了他们的心里。印象最深的是大昭寺，大昭寺上午是朝拜的时间，下午是对游客开放的。

我们到得比较早，大昭寺的门口广场上，到处可见的是僧众，熙熙攘攘、摩肩接踵，有的是绕寺，有的则是进寺跪拜。信徒们很多都是自己带着垫子，在寺前石板地上长跪叩拜。他们双手高举过额顶，口里念着经文，跪下，趴伏在地，再起，再跪，一遍又一遍地重复。这些信徒大都皮肤黝黑，但眼神坚定而虔诚。对他们而言，大昭寺就是他们的灵魂家园。

我在大昭寺驻足了很久，在这里忘掉了时间，忘掉了失意。我感受到那些信徒的专注和虔诚，没有一丝杂念。我想起了我退伍以来的这一段时间的生活，感觉到可能自己真的缺少了这一份的专注。在这个高节奏的社会里，我变得心浮气躁。我过于在意别人对我的看法，高不成低不就，我害怕和人打交道，总觉得自己脱离社会很久，应该跟不上了……那一刻，我豁然开朗了。也许，重要的不是做什么，而是怀抱一颗虔诚的心去做。一直以来，我都渴望开一个自己的馆子，只是一直没有踏出这一步去尝试。也许是时候去实践它了。

晚上回到酒店，我把想法和几个老战友交流了下。他们都很支持我，也很担心我，毕竟我没有任何这方面的经验，之前的创业也都失败了。我冷静地想了下，告诉大家，我要从头开始学，从端茶送水到采购推销，再到管理经营。打拼一项事业，不就是像朝圣一样，毫无杂念，专注到底吗？

几天的西藏之旅很快回去了。我感觉自己的心灵接受了洗礼一般，豁然开朗。西藏我可能还会再来一次。离开西藏的那天，我感觉有些不舍，但又有些激动，因为回去后我将迎来新的挑战。

快到站的时候，几个战友感叹，终于到了。我嘟囔了一句：梦想，一直在路上。

作　　者：马时高
现居住地：江苏
年　　龄：68 岁

在路上，感受人情温暖

行千里路，破万卷书。这是我青少年时代的向往。除了上学，读更多的书，梦想就是访古探幽，走遍名山大川，周游世界。

打拼几十年后，终于退休了。退休以后干什么？跑步锻炼、听戏、“掼蛋”；也带孙子，做个“马大嫂”（买、汏、烧）。但魂牵梦萦的依然是旅行，老婆笑我，提到跑就浑身来劲。我则半开玩笑：说走就要走，不走是老狗。

2015 年秋天，我向老婆大人请假：到上海及周边城市玩几天。结果，一下子飞到南非好望角，来到这个历史上赫赫有名的地点，心中抑制不住地激动和感动，它的名字意为“美好希望的海角”，但却是世界上最危险的航海地段，强劲的西风急流掀起的惊涛骇浪，站在岸边，脑海中浮现了迪亚士环球旅行时路过这里时的情景，5 个多世纪前当他第一次看到这个岬角时，他是怎样的心情呢？激动、兴奋、自豪、不安。我想也许都有吧，如同此刻见到好望角的我一样，有对“杀人浪”到来的担心，有见到美景的兴奋，有实现梦想的激动。

没想到这次意外的旅行，开启了我实现梦想的征途，从此“一发不可收拾”。

2016年春天，在周琳老师帮助下，我游览了澳大利亚和新西兰，虽然位于南半球，好在气候宜人。安顿好后我寻思着先去海边晒晒太阳放松放松，于是孤身一人前往最近的海边，有一段距离所以我打算乘车去。到了车站，由于不会在自动售票处买票，言语上的不通也让我感到有些窘迫，一个新西兰小学生看出我的焦急，走过来手把手地教我购票，我用中文说“谢谢你”，他居然会用中文说“不用谢”，让我格外惊喜。旅途中，总会遇到一些问题，也总是得到别人热情的帮助，这个地方的人民热情阳光，如同这里的气候一样温润，得到别人的帮助，我的心里感到十分温暖，也更加坚定了我要走遍山川河谷的决心。

陆陆续续去了很多地方，国内海外，翻山越岭，一路风景，遇见不同的人，体验不同的人文风情，感受一样的人情温暖，随遇而安，是我的最爱。顺便说一句，我的近期旅行目标即将实现，人生七十古来稀，实现自己的愿望，永远不算晚，我还将继续旅行。

每一次都是学习，每一次都有感悟，每一次都能使人体会到生命的力量。一切必然的偶然，让你充满对自然的敬畏和对生活的热爱！

七十古稀小弟弟。2017年开始，我将践行新的五年旅行计划，即每年至少出行三次，人生在世，我要继续实现我的梦，大幕又要开启了。

作　　者：张裕霞
现居住地：广东
年　　龄：37 岁

爱他，就带他去旅行

向来没什么毛病的父亲竟然肝癌晚期了，问他遗愿。他说想去香港和北京旅游一趟。我哑口无言，因为我今年独自一人带孩子刚刚去过香港和北京。唯独就是没有问过是否需要带上老爸。

也许是因为老爸一直重男轻女严重：儿子是自己的，女儿是别人的。自己是有儿子的人，住女儿家要女儿照顾是让人笑话的，也许是觉得自己经济不够宽裕，也许人就是这样总是喜欢为自己找借口让自己良心好受点，但是事实是他也许愿意跟着我旅游去呢？我却终究是没有试着问过他是否愿意跟我们一起外出旅游。

人是脆弱的芦苇，父亲开始打嗝无法控制，只能通过急诊打针和吃安眠药减缓打嗝的痛苦。一旦无药可救，癌症便发作很快，没几天，父亲已经老态龙钟，步履艰难，望着他蹒跚的背影，我知道我这辈子只能留下遗憾了：虽然我答应了他的要求带他去了大元帅府和邓世昌纪念馆，但是他最期待的是去北京和香港。

回想过去，可能每个人都有自己想去的地方，会向往远方。只是村里苦了一辈子的老人总是为儿女着想：儿女们压力大着呢，儿女好像都没空呢，儿女似乎经济也不够宽裕呢，以致老人们从来不敢说想去哪里。爱他，为何我们不多问老人几句：想去哪里走走能让你更开心？

年轻的我们有了自己的孩子，往往尊老爱幼，孩子第一。总想着旅行让孩子体验世界，总想着让孩子通过触觉、视觉、嗅觉、味觉、听觉去认识世界，能否找到两全其美的方法，能否也多点带上老人？小孩骑马的同时，老人就是观赏心里也是甜乐的。

可是，现在的我就是有心也真无法带父亲去远方旅游了。坐飞机，去北京变得越来越遥远，香港那么近，却永远是一江的距离。树欲静而风不止，子欲养而亲不待。常常挂在嘴边的话儿却仅仅成了话儿。

旅行，没有了身体，一切都只是梦。爱他为何不早点带他去旅行？回想起来真是有些懊恼。90 岁的外婆也从老家出来看望父亲，她摔伤了脚只能借助两根拐杖行走，我突然觉得无言以对。因为我曾经信誓旦旦地在外婆面前说过：等我有了车，我一定带你出来见见世面。她曾经满眼充满了期待，充满了欣慰。但现实中却总被另外一种声音所累：她有自己的儿女，你带她出去出事了你自己负责！以至于陪外婆旅行迟迟没有实现。

其实，老人才是最需要旅行，需要陪伴的。现实的生活可能很忙碌，借口也可能很多，但在有限的时间里，陪伴老人一起旅行，不正是忙碌生活中重要的一件事吗？不要被生活的琐碎延误了有限的陪伴机会。爱他，就带他去旅行。

于是，我下定决心要带外婆去旅行，去弥补我内心的不安……

作　　者：沈柱坤
现居住地：浙江
年　　龄：68 岁

旅行本就是带上灵魂的游戏

开一扇窗，即使隔着玻璃，毕竟可以看看外面的世界。
开一道门，即使幸福从来都只路过，也为注定的敲门人等待。
开一口天窗，白天黑夜，让阳光和星光照亮不会发光的事物。
开一个烟囱，哪怕圣诞只有一天，也为生命中的礼物准备着。
其余的日子，让灵魂像火葬场的一缕烟，有一个出口。
再挖一个地道，储存心里那些不为人知的秋天和落叶。

——《人是装在容器里的动物》

周国平说：“灵魂只能独行。”退休以后，总希望能有机会走遍全国，饱览祖国的大好河山。但由于结伴而行意见往往得不到统一，参加旅行社需要众多项目众多串联，旅行本就是带上灵魂的游戏，不能自由地安排游戏规则确实不是我想要的。向往古代剑客仗剑走天涯的行程已久，独行，似乎成为呼之欲出的必然之选。

2014 年 4 月，单位退委会组织退休员工去江西龙虎山旅游，我萌发了利用这个机会独自出游的想法。我向家人谎称跟单位去旅游，实则于4月3日坐上了杭州至乌鲁木齐的列车，但我的目的地并不是大西北。次日，我在洛阳下了车。

正是洛阳牡丹盛开的季节，恍然想起一句古诗："拂石坐来衫袖冷，踏花归去马蹄香。"不知道古时候赏花是否也是今日的光景，不，一定淡定文雅许多，折一枝带露新柳，架一把朴木古琴，一盏新茶，一壶浊酒，一步一吟，一气成诗，歌咏互达，骑射之乐，众享之也，待到日暮时分，钟鸣远传，城门次第关闭，街道上人烟逐渐变得稀少，夜幕缓缓落下，赏花的文人雅士呼朋唤友，一席素色锦衣的蹁跹少年身骑白马，尽兴而归，发髻上还粘着不知从哪里落下来的花瓣，真是"陌上人如玉，公子世无双"。

公园中牡丹的花容，真如诗中所云："唯有牡丹真国色，花开时节动京城。"看过了渠上芙蓉的清雅平淡，走过芍药的妖艳撩人，真正的贵气还得从牡丹中来，雍、容、华、贵，每一个字都能从牡丹身上显现，仿佛这朵花的出现就是为了向世人诠释何为华贵之美。

欣赏过了著名的洛阳牡丹，我又坐上了前往山西运城的班车，同日转车来到了山西吉县。次日我来到了黄河壶口瀑布，滔滔黄河澎湃而下，气势磅礴令人振奋。耳边陡然响起《黄河颂》的吟咏"惊涛澎湃，掀起万丈狂澜；浊流宛转，结成九曲连环，一泻万丈，浩浩荡荡；把中原大地，劈成南北两面……"这天上来水果真气势宏大，这个"劈"字也只有亲眼所见，方能体味其"跃然纸上"的美感，一股豪情油然而生，仿佛回到了热血澎湃的青年时代。要说这景也是能影响人的，遥想青葱岁月时，谁不曾有过如火的激情，谁不曾渴望那种"说走就走"的旅行，只是生活的风霜早已将独属于青春的热情磨灭，成败、名利、钱财都随着年岁的增长而逐渐看淡了，这次，黄河壶口瀑布一游，又让我仿佛回到了过去，找回了迷失已久的自己。脸上的皱纹、身体的病痛、工作的压力都像是在这"隆隆"的水声中顷刻间消失殆尽。原来，独自跋涉的意义，是趁机制造一个和自己灵魂对话的机会，在等待中找回自己。

次日，我经转郑州坐上了回绍兴的列车，于10日上午回到绍兴，前后用时8天感觉非常顺利。

有了第一次独游的经历，我决定进行一次远游，消息一出就因安全问题遭到了家人的反对，在我再三承诺若有不适立即返回并且分享了上次独自旅游的经历后，家人最终还是同意了。

从甘肃途经九寨沟，一路南下，边走边看，一路游览，旅行的最后一站是丽江。游玩丽江古城之后已是暮色十分，天边已泛起了鱼肚白，没有漫天的红霞，只有从厚重的云层中透出的几丛金黄色光束，凉凉的晚风中弥漫着青草的味道，远处炊烟袅袅，倦鸟归巢……夜，是静色的，假如有一盏灯为你而留，则整个城市都是满布温情的夜幕，安谧自然也就成了包裹夜的代名词。而此时此刻，孤身一人坐在嘈杂的火车上的我，却越发地想念那份温暖的守候，“独在异乡为异客”的酸楚，突然间涌上心头，但是转念一想，独行的自由必然要背负一些酸楚，古往今来，多少文豪侠士都是在饱览祖国大好河山之后才能谱写出好词佳句领悟人间冷暖。范文正所云“不以物喜，不以己悲”实乃大境界，人的情感如果被外在的事物所控制，就容易陷入极端，很多时候，我们把自己的情绪放得太大，而放弃了广阔的世界，眼界格局就小了。

黎明时分到达滇池，在笼罩着一片死神气息的池水边，身边尽是来来去去的游人，人声鼎沸，我却定定地想起昨晚卧铺上的情景。独行，笃行，读行，也许就是我行走的最好状态，风景已经不重要了，与自己的对话才是我渴求已久的。忘了有多久没有这样静默地思考，这样虔诚地祈望。在这一潭半死的水边，我仿佛穿过时间的城墙，看到了菩提树下顿悟的六祖，看到了被困井下放下屠刀的谢逊，看到了深夜大悟格物致知之旨的阳明先生……颇有几丝修禅悟道，醍醐灌顶的快感。虽然眼前的景色无所依恋，却阻挡不了自由潜行的心灵。

历时 12 天，回到家中，身心俱佳，家人也就终于放心了。

独游，似乎还是个能上瘾的玩意儿，有了前两次的成功经验之后，我独自旅行的次数增多了。从大西北到大西南，走遍大半个中国，我又尝试了境外旅行。

“天地玄黄，宇宙洪荒。”天地之大，江湖之远，我的旅程不会有结束的一天，就像仗剑出走的侠客，心中的目的地与脚下的路不过是咫尺天涯，越是人到中年，越是希望能够再次寻回那些年在荒芜的精神世界中迷失的自己。有时，我幻想自己就是那浪迹天涯的令狐少侠，一壶浊酒慰风尘；有时我又希望自己是那隐于尘世的扫地僧，佛门青灯伴残生；有时我甚至觉得自己的灵魂走进了驼铃声声的大漠中，苍茫大地我独行……独自旅行更像是自我梦想的实现过程，孤独而闪亮。

通过旅游，我心情愉快，很有成就感。所见所闻深感祖国伟大，人民幸福。

作　　者：邹燕
现居住地：四川
年　　龄：47 岁

317，那些风景那些故事

我们常常赞叹最美国道 318，似乎很少人谈及过 317。然而当我们从色达启程前往德格时，才发现 317 的美绝不逊色于 318，就这个夏季而言，或许这里的色彩更为丰富！

我在当天的说说里写道："317 国道，从河谷平川、藏寨民居、田园风光、高原海子到高山峡谷，再到古冰川悬崖峭壁，一日看尽无限风光，但这也是一次勇敢者的旅行，为亲爱的王哥点赞！为我们勇敢而精彩的生命点赞！"

那一天，我们是很兴奋的，天气依然不好，正是因为这不好的天气，我们临时改变行程，先去德格，但这一临时的改变，却在冥冥之中让一个个奇迹、奇遇上演！

一、去时风光特别美

早上 9 点出发，晚上 8 点才到，所以得赶路。由于计划里没有这段行程，加上不了解这里的情况，所以这一路，我们是没有任何希冀的。

12 点左右，河滩丛林红色的藏居让我们有了第一次停留。初次见面，就让我对这条路充满希望。河滩丛林的藏居虽少，却一点不逊色于色达，红的黄的绿的色彩缤纷，赏心悦目，我忍不住按下了快门，本以为这一路的时间会浪费掉，却给了我们一个大大的惊喜。

二、翻越雀儿山

我从没想过，我能站在这么高的险峰之上！

对于一个曾经去过稻城，4000 米的高度便头痛欲裂、痛得大声哭泣的我来说，可以站在 6000 多米的高山上俯视群山，简直是异想天开。可是这次，我登上了雀儿山，这个高达 6168 米的高山。

雀儿山藏名“措拉”，意为大鸟羽翼。刚开始我确实不知道德格会翻越一座 6000 多米的高山，当我们沿着陡峭崎岖的盘山道行驶到 5050 米的垭口时，才意识到，我们完成了一个壮举！

三、回程故事尤其多

这一次，我默默地流泪了！

且不说，我们在德格经历了一个怎样的盛事，当地人告诉我，他们这一辈子都没见过，这个故事等下回分解；只说从德格回色达这一路上，就有许多奇遇，许多感动！

（一）泪洒雀儿山

20 日我们离开德格时，朋友就叮嘱我们“雀儿山下雪了，你们要小心哦”。风雪中翻越五六千米的高山，时时刻刻心弦都绷得紧紧的，当气温降至零下一摄氏度时，从王哥紧紧皱着的眉头上我明显地感觉到了他的担忧，因为我们从未行驶过冻土。

一个多小时后，当我们终于离开雀儿山时，我哭了！这哭声里有感动，有担忧，有释然轻松，更多的是遗憾！

虽然我一直很勇敢，但是在如此恶劣的天气下翻越如此险峻的山峰，不紧张是骗人的！我们都佩服王哥的冷静与果敢，也为没有在这样的险峻之地留下一个生命的影像而遗憾！虽然在雪山上要求王哥给我拍个照，当他拒绝时，我知道，在那上面多留一分钟也许都有危险。但下了山，我还是遗憾地哭了。我告诉王哥，雪景也许还有很多，也有比这更美的，但是在我今后的生命里可能不会再登上这么高的地方，而且是在风雪之中，我多么想留下一张做个纪念呀！

这一天是情人节，这一天我们生死相依！所以这天的说说也真是有感而发："真正的爱情是不畏艰险，为共同的梦想和目标，行走在海拔 6168 米的风雪高山上，生命相依！我们去见证一个个文明奇迹，创造一个个生命奇迹！"

（二）玉隆拉措

下了山，再次见到那个让我心动的湖泊。

雀儿山下，川藏公路侧，是甘孜州著名的冰蚀湖。这个湖泊，我们在去德格时就注意到了，再次见到它时还是有种心动的感觉。趁着王哥翻越雀儿山后休息的时间，我便与英撑伞走进了景区。

这个冰蚀湖的藏语名为玉隆拉措，"玉是心，隆是倾，拉错是神湖。"相传藏族的英雄格萨尔爱妃珠牡也来过这里，和我一样，被秀丽的湖光山色吸引，碧绿的湖水，如同一汪清澈的明眸，温润可人，雨雾之中都如此让人心动，微风拂面，我也渐渐沉醉在其中。

（三）做客活佛家

离开玉隆拉措，继续向甘孜行驶。傍晚时分右边出现一座金碧辉煌的寺院，我惊呼："太美了！"本以为要赶到甘孜县住宿不能参观，不料王哥一个拐弯……

是的，就是这一拐，便成就了一份佛缘！

我在当天夜里的说说是这样写的："一拐弯，一座精美的寺院，一个善良的孩子丹增，一份神奇的佛缘！又一个奇迹让我难眠。我们竟然有幸见到旦美活佛并受邀到活佛家做客，我们鉴赏着他创办的精美的扎西寺，我们聆听并感受他的博爱博学。感谢生活、感恩生活！

我再一次彻夜难眠！”

旦美活佛有着雍容的容颜，一口流利标准的普通话。一阵摆谈，活佛邀请我们去他家做客。远望着活佛与王哥信步前行的背影，陪我走在后面的丹增告诉我，这个寺庙是活佛修建的，他还在这里办了一所佛学院和一所小学，小学里收养了许多家境贫寒的孩子。

夜里10点多，我们终于到了甘孜县。一路游历，多有朋友关照安排，心中甚是感激，由于旅途劳累，第二天我们晚起了，吃过午餐，这时王哥接到了朋友打来的电话，才得知原来一路关照我们的朋友的老家就在甘孜县。她约王哥去给一个病人会诊，王哥去了，过了一会儿就在朋友侄女的陪同下回来了，才知道会诊别有用意。

原来朋友的老祖母在20年前得了癌症，王哥是她的主治医生，现在老祖母还健康地活着。一大家子几十号人，正齐聚家里，备上了丰富的藏餐来迎接他们家的救命恩人呢！会诊是个托词，一家人把所有好吃的都打包给送过来了，让我们看着天气好，去耍坝子（这是个新词汇，就是野餐之类的意思）。

王哥给我们讲着，我们被这个故事打动了，也被藏族人民的真诚打动了！天越发地晴朗起来！

傍晚时分，天边出现了色彩壮丽的晚霞，王哥说这是火烧云，我本不知这么精彩的一天当如何结束，大自然为我做了个最完美、最壮丽的结尾！

感谢生活！感恩生活！

作　　者：王文田
现居住地：山西
年　　龄：52岁

平凡之路上的节点

我曾经跨过山和大海
也穿过人山人海
我曾经拥有着一切
转眼都飘散如烟
我曾经失落失望失掉所有方向
直到看见平凡才是唯一的答案

——《平凡之路》

一个单反，一场梦，看惯了职场的尔虞我诈、世间的人情冷暖，终于，开始了我自己说走就走的旅行。

人越到中年，就会越发感觉到身上的重担，让生命无力前行，这种巨大的虚无，很大程度上无法靠工作跟生活来填平。

那天，我是坐着从山西直达昆明的飞机到达目的地的，在昆明停留一天，体验完世界奇观石林后，晚上 10 点就乘坐火车，开始了泸沽湖的旅行。

晚上10点左右，在朦胧的月光下，车声隆隆，也感觉月光越来越近，坐上火车，眼前的旅程名叫未知，身后的过程灰飞烟灭，心中不知为何，还有一种深深的禅意。

一路翻山，说说笑笑间，渐渐进入梦乡，第二天一觉醒来，满满的惊喜，左边紫色、粉色、白色，满满的都是格桑花，从里格下来，我们也没有打伞，就这样来到心驰神往的泸沽湖。

白云深处有仙境，景在缥缈天地间。

来到泸沽湖已经下午4点多了，时间尚早，我们决定游草地、走婚桥，来到各种水草满满地覆盖在湛蓝湖面湿地，其间点缀着美丽的花朵，各种水草翩翩翱翔，走在走婚桥上感受着当地古老的婚嫁习俗，到现在他们还一直延续着男不娶、女不嫁的习俗，延续着母系社会生活方式。

到了晚上还有篝火晚会，晚上是村上每户派一个人来表演，最后收入按人头分配，在这里完全体现了遵循平等的权利，不管是骑马，划船还是在篝火晚会，都是每户派一个成员参加，最后收入按人头平均分配。

点起篝火，跳起舞，一二三左脚踢，一二三右脚踢，在这样的节奏中，圈子已由一圈变两圈，手拉着手，欢声笑语交织在一起。

泸沽湖的星空让你觉得感觉很近，静静的夜里湖水一摇一摆，真的分不清楚是在梦里，还是在路上。

作　　者：朱骏
现居住地：江苏
年　　龄：62 岁

夕阳金，人生之升华

动笔之际，正值欧洲旅游归来，手机中珍藏一幅照片，最后的景点——意大利米兰大教堂。平时洁白淡雅的大理石建筑，落日余晖之下，金碧辉煌。欧洲之行，照片不计其数，而我最钟爱这张，曰之：夕阳金。

花甲之年，似乎夕阳已近黄昏，我却不甘如此。夕阳不只是日落黄昏，亦是璀璨流年，金色的年华。

我今年六十有二，却从不想用老汉二字定义自己，在岗工作几十年，跑遍了祖国大地，本以为一生也就如此，待退休回家养老，不再折腾。怎料临至退休，突遇心肌梗死，大病一场，送至医院抢救，先后装了三个支架，成为抄着家伙过日子的钢铁人。

我望着医院的白布纱，心里琢磨，如此"钢铁侠"，日后人生还能否有戏？

事实是，不仅有戏，还是一场人生悲喜剧。短短两年，我放下病历、背上行囊，走出国门，周游列国，从鬼门关到满天飞，惊叹天上人间的轮回。

年过六旬了，"夕阳红"已成老年生活代名词，我欲以"夕阳金"

取而代之。我说，它是"夕阳红"的升级版。我不要被贴上发挥余热，多做奉献、化作春泥更护花的“夕阳红”使命标签，而是转换思维，要打造金色人生，享受生命的价值。

“红”是温情燃烧、缓慢持久，“金”则激情奔放，辉煌一时。由此，人生不可无“金”，宁为“金”碎，不为“红”全，或许是一种新的人生观。人至老年，或坚守岗位，或家中忙碌、带孩子，这样的老年生活我们已习以为常，但老人自身的幸福，生命的价值往往搁置一边。老年是一个渐进的过程，有其阶段性，特别是六十至七十之间，我认为不是垂老之时，而是卸下担子享受人生的黄金时期。我们更应该把握机会，放下复印机似的生活，去看看那些不容错过的美好风景。

而生命的价值又是什么？在行走的路上，我慢慢体会。

是去感叹世界的惊奇。走在巴塞罗那最繁华的格罗尼亚大街上，人行道两侧，一边是精品店、奢侈品店，另一边是铁柜式的简易商店，首尾相接、延绵数百米不见尽头，却只能卖一种商品——书。反观我们国家的一些著名步行街，琳琅满目的各式商店中，书店又有多少？相比之下，我更加震撼和汗颜。

是尝试新鲜事物，让自己保持年轻。在柏林的青年旅舍，我与一老外帅哥分别就寝上下铺，梦酣之时，忽听一人推门进来，是个洋妞背包客，吓得我心脏直跳，没事，不要想多了，这就是青旅，一个青年们相聚相会，还有可能邂逅“艳遇”的地方，谁让你我这个老汉混迹于年轻人之中呢，我偷偷地乐了。

在路上，或喜或忧，让我拥有了属于自己的“夕阳金”，经历了前所未有的体验，更让我回到年轻的世界。不要仅仅做他人眼中的“老人”，而应该在金色的收获时期，让自己的人生得到升华，伙伴们，年龄不是问题，安装好搜索地图，下载好翻译软件，让我们走出去，外面的世界很精彩！

作　　者：黄文生
现居住地：海南
年　　龄：60岁

记一个萍水相逢的少年

你从远方来
我到远方去
遥远的路程经过这里

——海子《黑夜的献诗》

“美丽的西双版纳，留不住我的爸爸，上海那么大，有没有我的家。”

美丽富饶、风情万种的西双版纳，不仅没有留住阿西的爸爸，也没能改变他成为孤儿的命运。

黝黑的皮肤，身上弥漫着一股咖啡特有的焦香，眼前的这个人叫阿西，一个典型的傣族人，手上拿着精致的白瓷咖啡杯里的是版纳地区特有的小粒咖啡。

与阿西相遇，是一个美丽的意外。在一家卖咖啡豆的小铺子里，阿西拿在手上的咖啡豆引起了我的兴趣，我们就这样水到渠成般地聊了起来，从咖啡豆的种类、研磨方式到版纳的气候环境……我们从店里聊到了店外，在卡座上坐下来，依然滔滔不绝。直到傍晚时分，我们甚至有一种相见恨晚、期待秉烛夜谈的感觉，就像是沙漠中的旅人遇见一股清泉，酣畅淋漓。

后来我才知道，眼前这个约莫十八九岁的年纪，却对咖啡研究颇为深入的少年，是一个被咖啡店老板收养的孤儿，从小的耳濡目染，让他对咖啡有了独到的见解，比起同龄人，他更多了一份稳重和洒脱。

“你想过未来吗？”他稚气未脱的脸上透出一阵迷茫，似乎有一阵烟雾蒙住了他的眼睛，低下头叹了口气，这个话题，我终究没有与他聊下去。不知过去，也不知未来，懵懂和迷茫，可能是年轻的常态。

五光十色的霓虹灯映衬下，版纳的夜市显得分外夺目，炫彩迷离的灯也让这座城市少了几分热带的勇猛和无畏。我没有再追问他的过去，我理解他，对一个萍水相逢的陌生人，赤裸裸地说出真心总是不合适。

我跟他聊起了我一路上的旅行经历，讲到经乌兰巴托开进莫斯科的跨国际专列上的震撼欣喜，讲到初次看到西南“虫宴”的震撼与不适，讲到这些年在路上遇到的人和事，他不时捧腹大笑，眼里满是羡慕与无奈。

年轻是最大的资本，一个人，无牵无挂，无拖无累，也一无所有。我也年轻过，理解这种囊中羞涩的尴尬，更理解这种对浪迹天涯的渴望。可是生活就是这样，当你有强壮的体魄，你便没有充足的财力和时间，当你拥有足够的财力和时间，你已经没有了强壮的体魄和饱满的热情。完美二字，从来就不属于这世间。

“年轻人不闯一闯，老了以后会后悔的。”临走前，我拍拍他的肩膀，终于说出了这句话。阿西低下头，好像是应了一声“嗯”，没有听清，也不知道他听进去了没有。我想，他这一生还要遭遇许许多多这样需要抉择的时刻，而我却终究只是他生命中的一个过客，有限的善意，只能给到这里，因为青春，是永不停息的疯狂。

离开了阿西，我继续踏上未知的旅程，缘分戛然而止。

也许千百年来，我们都是这样，在路上成长。

作　　者：丁民乐
现居住地：浙江
年　　龄：64岁

让我的足迹遍布世界

俗话说："读万卷书，行万里路。"我是20世纪50年代出生的，我们这辈人，经历过特殊历史时期，读书机会没有现在的年轻人这么多。但是我想，读书是丈量世界的一种方式，旅行又何尝不是呢？既然无法读万卷书，那就争取行万里路，所以我毅然决然地加入到旅游的队伍中。

旅行一旦开始，根本停不下来。这么多年下来，我也算在"周游世界"了，对旅游的热爱也是只增不减。我喜欢在旅行中，感受风土人情；我喜欢在旅行中，寻找青春记忆；我喜欢在旅行中，体悟百味人生。

现在的年轻人或许永远都不会明白，出境游对我们这代人意味着什么！过去我们的生活非常单调，也没有开始对外开放，受到国家政策、物质条件、交通等多方面因素的影响，根本没有时间出去看看世界是多么的精彩。现在真真切切的，我站在异国的街头，欣赏异国的风景，呼吸异国的空气。在金发碧眼的外国人群中，在欧洲的古建筑前，在美国的华尔街上，似乎有种梦想成真的感觉？不，是恍如隔世！激动兴奋！

在旅行的路上，遇到过形形色色的人，感受了缤纷多彩的世界文化，也能成就更好的自己。在美国，不仅不能在公众场合吸烟，每个人还会随身携带一个类似不锈钢的小盒子，把抽的烟灰和烟蒂都小心地放在小盒子里的，等满了再倒掉。在日本，接打电话，当地人大都是找个墙角轻声细语地说话，绝不大声喧哗……这些都在提醒着我，虽然我已经年老，但是认识、改变跟学习的地方还有很多，我不停地督促着自己不能放松，而是应该更加努力，变得更优秀。

人老而心不老，这是不简单的。随着年纪的增长，旅行就是身心愉悦、抛却烦恼的过程，在美国的大公路上，我遇到了一名司机先生，已经 95 岁高龄了。在中国，你绝对看不到 95 岁还开车的司机吧！从这一点我领悟到人生不应该设限，生命当真可敬、可畏。

记得小时候，最开心的就是放电影的人来，早早地吃饭，搬着小板凳，聚在月光下看俄罗斯的电影。对莫斯科、圣彼得堡、列宁、红场、克里姆林宫等，都充满了向往，也会唱一些苏联著名的歌曲，像《喀秋莎》《莫斯科郊外的晚上》之类的。现在，我要亲眼看看这些歌曲所描述的地方，用旅行重温青春的味道。

毛泽东主席曾说过“踏遍青山人未老，风景这边独好”。在有生之年，我将继续用双脚丈量大地和人生，让我的足迹遍布世界。

作　　者：夏惠农
现居住地：江苏
年　　龄：52 岁

在旅行中品味岁月

时光是无情的，让我们变老，让许多美好的事物一去不复返；但它又是有情的，时光流逝，给事物积累留下了古老的味道，也带来了新的生机。

我的孩子们都已经长大离开我组建了自己的家庭，原以为会变得孤独，但可爱的孙子让我的老年生活变得色彩缤纷，他常常好奇地问我为什么奶奶的头发是白的，我骗他说，只要你在幼儿园好好听话，好好学习，每天拿一朵小红花，奶奶就会长一根黑头发。他咧开肉嘟嘟的小嘴巴说："那我每天中午一定要把我的饭都吃光光，那样老师才会夸我，给我一朵小红花，让奶奶变漂亮。"跟孩子在一起，我每天都很开心，他慢慢长高，我慢慢变老，但是我的心却因为他而更加年轻。他还小，不懂时光的匆匆，只知道要追着时间的脚步，不断往前跑。

在泰州望海楼底下，看着上面的一砖一瓦，突然觉得这座古楼仿佛有很多古老的故事在向我倾诉，看着潇洒的三个大字"望海楼"，仿佛我突然回到了那个修建古楼的场景，人来人往，身边场景飞快地流逝，白云苍狗。时光，好像谁都没有饶过。

时光却又是美好的，泰州的望海楼上，见证了当年范仲淹这位大家的诞生，“先天下之忧而忧，后天下之乐而乐”的名言仍然响彻在中华大地，继续在我的小孙子一代传承，这是时光留下的精髓。在简朴的古楼里，品味着古老的精神，让我觉得振奋。

初春的小雨滴滴答答，更加衬托着这古老的历史。古石级上，坑坑洼洼的水塘中，飘落着几片树叶，仿佛诉说着古老的故事。大自然的新老更替好像总是这么的无情，树枝上的新芽争先恐后地排列在树枝上，想起那句“落红不是无情物，化作春泥更护花”，但又如春泥般像是一种更替，产生新的生机，带来新的希望。人又何尝不是？看着身边的小孙子，我又何尝不是把所有的精力都放在他身上，希望他能够开心地“茁壮成长”？

登上望海楼，眺望远处的风景，远处城市的高楼林立，山躲在雾色中，隐隐约约，忽远忽近，岁月流转，沧桑变迁，如今登上新建的望海楼，已然无法望见大海，然而，凤城河畔的秀美风光却一览无余。凭栏远眺，水天相接，浑然一色。目之所及，有新建的高楼大厦，亦有古老的历史遗存。正如余秋雨所说：“本为望海筑此楼，岂料远近皆望楼；风晨雨夕独登临，方知何处是泰州。”

突然想起“哀吾生之须臾，羡长江之无穷”，在无穷无尽的大自然面前，我们人是多么的渺小啊，根本就不值一提。“自其不变者而观之，物与我皆无尽也，而又何羡乎”，人过半百，很多事情都已看淡，尽心慢慢品味这岁月之美便好。

作　　者：陈廷伟
现居住地：江苏
年　　龄：60 岁

在路上

我旅行是因为喜欢到处走动，我享受旅行给我的自由感觉，我很高兴摆脱羁绊、责任和义务，我喜爱未知事物；我结识一些不同的人，他们给我片刻欢愉，有时也给我写作主题；我时常腻烦自己，借助旅行可以丰富个性，让我略有改观。我旅行一趟，回来的时候，不会依然故我。

——毛姆

我和我的妻子，都是银行的工作人员。之前的几十年，一直因为家庭和工作，很少有出去旅行的计划。印象最深的一次旅行，是去参加儿子的毕业典礼。也正是因为这一次我才真正意识到，真正的羁绊是自己的执念。

突然发现儿子已经有他自己的世界，有他自己的生活和经历，有独属于他自己的情感感悟，已经渐渐地从我们的生命中剥离开去，成为独立而陌生的个体。纪伯伦说过：“你的儿女，其实不是你的儿女。他们是生命对于自身渴望而诞生的孩子。他们借助你来这世界，却非

因你而来，他们在你身旁，却并不属于你。”孩子终究要离开父母有自己的生活，这是每一个生命个体必须经历的情感走向，稍许失落，也只能坦然放手。

我们两个老人也是时候重拾自己的生活了，忙忙碌碌的半辈子，生命的运动轨迹只围绕着家庭原地打转，无心流连身边的人与事，看遍草木衰蓬，人间冷暖。但也许人生不止眼前的萧瑟和平淡，还可以有更多的可能性。

在威尼斯的时候，印象特别深刻，有一个年纪和我一般大，甚至比我还大一些的意大利的老爷子。他只是威尼斯小船的一个船夫，工作了几十年，心态却依然很年轻。在接触的过程中了解到，是工作让他变得有趣，在和来自世界各地的游人们的接触中，他学到了这种年轻的心态。他很少出去旅行，但是他人生的修炼，却一次都没有停止。

古刹青灯的功课可以称为一种修行，游历四方的艰险可以称为一种修行，瀑下静坐也可以称为一种修行，一花一世界，一叶一如来；须弥藏芥子，芥子纳须弥。修行，并不拘泥于形式，呼吸吐纳间，浮生枉过，流踏千年。很多时候，修行是对心灵的磨炼和雕琢。

旅行很神奇，你可以在这个过程中结识不同的人，他们就像一座座桥，把大家对于这个世界的理解连接在一起，给自己的人生拟定一个新的定义。

回不去的地方叫故乡，到不了的地方叫远方，多少人就这样，一直在路上。

作　　者：琳子
现居住地：四川
年　　龄：46 岁

我无法说一别两宽，因为你对我永远“亏欠”

世间事，除了生死，哪一件事不是闲事。我这样认为。

阿光走后，我一个人坐火车去了拉萨。我听说，失恋的人要去高原，那里是疗伤的好地方。

我对西藏一直有着深深的好奇，阿光走前跟我说，没陪我去西藏是他的遗憾，于是我买了火车票，没有任何计划地去了。

我本是无神论者，没有宗教信仰，阿光的离去让我的整个精神都近于崩溃。在西藏，我明白了信仰的意义，不是迷信，不是无知，而在于一种追求过程中的虔诚，让我得以一种精神上的寄托，释放压力，放松自己，洗涤灵魂。

在贫瘠、荒寒的大山大川里，宗教给生存以诗一般的美好憧憬。皑皑白雪、莽莽草原，经历着时间的沉淀，告诉着我不必伤心，这都是人生的轮回。乡间僻壤和无数颗朴素的心灵中，在天地间得到安慰，“一个人需要隐藏多少秘密才能巧妙地度过一生，这佛光闪闪的高原，三步两步便是天堂，却仍有那么多人，因心事过重而走不动”。

在拉萨，朝圣的人，来自各个地方，有的徒步而来，有的甚至一步一叩首，令人动容。好像生与死也变得不那么沉重，每个人都有着不能尽说的苦难，每个人都在咬牙坚持着。

阿光，我的爱人，你也看到了我吗？在虔诚地为你许下祝愿，我们一起经历的人生艰难困苦都没能将我们分离，却让半年前的一场病，让你我分离。我用尽了任何办法都没能挽回你，那种感觉就像是将我身体里的肋骨生生抽离，痛不欲生。

我无法说一别两宽，因为你对我永远“亏欠”。

阿光曾经承诺过要带我去西藏看看，如今我一人去寻求救赎，身边没有谁。我在拉萨某餐馆读到了仓央嘉措的诗，“笑那浮华落尽，月色如洗，笑那悄然而逝，飞花万盏”。他说“住进布达拉宫，我是雪域最大的王。流浪在拉萨街头，我是世间最美的情郎”。我在餐馆里抱着他的诗集痛哭失声，店员轻轻地过来安慰，没有受惊与诧异，他说这里已经承接了很多客人的眼泪，愿我们能走出伤心。

住的地方有一位老先生，他见证过许许多多跑到高原来疗伤的客人，我跟他说起我的阿光，他告诉我，死，在藏族大众观念中并非意味着生命的终结，而是预示着新生命的开始。在藏族这块艰苦的土地上，让人明白只有经历死亡、苦难才能理解幸福的含义。

我在离去前给了老先生一个拥抱，我没有《生死墨脱》作者的勇气与决心，我只是个来高原完成心愿的普通人，我跟所有人一样带着虔诚的心，在这里祈祷，这里是我内心要回去的远方。

“假如真有来世，我愿生生世世为人，只做芸芸众生中的一个，哪怕一生贫困清苦，浪迹天涯，只要能爱恨歌哭，只要能心遂所愿。”

我多了活下去的勇气，让我不再畏惧与悲观，把生死看得清透，内心宁静。

离开拉萨前，我去了一家时光邮局，我给阿光捎去了一张印有高原景色的明信片，上面写着：

月亮不抱你，时光摧毁你，可我爱你。

作　　者：蒋小瑛
现居住地：山西
年　　龄：52 岁

旅行，只为遇见那个被我遗忘的自己

人生的前半辈子我可以说是完全为了我的女儿在过活。因早年离异，我独自带着女儿生活，要照顾她的饮食起居又要独自承担起一个家，我几乎忘记了我也曾是那个爱做梦的人，除了眼前的苟且，也想要诗和远方。

2013 年，女儿考入了外地的一所大学，我这些年的辛苦也值得了。送她去学校的路上，在火车的车窗外，不停地闪过树影斑驳，在阳光的照射下显得格外和煦。我竟有一种如梦初醒的感觉，心里松了一大口气，才意识到过往的数年里，我错过了太多。过往每天在城市中呼吸着混沌的空气，挣得微薄的薪水，疲于讨生活，以至于忘了自己想要的是什么。女儿常说："身体和灵魂，总要有一个在路上。"我当然欣赏她的浪漫主义，但也不知以后数年她还有没有这样的情怀。不过正是这句话和火车上匆匆掠过的风景，点醒梦中人。

人活一世，跑得再快，也快不过时间，反倒是想要活得优雅从容却很难。也正是那时开始，我有了没事去周边转悠转悠的习惯，开始了我的旅途。

我或登台赏花，或是在水边驻足，就这样在路上慢慢地充实着自己，很难表述出旅行的意义也一点点浮现。登上山顶，才能真切体会到“会当凌绝顶，一览众山小”；看到瀑布，才觉“捣珠崩玉，飞沫反涌，如烟雾腾空”是多么美妙；看到高塔，方感“塔势如涌出，孤高耸天宫”。看山看水，惊叹着大自然的鬼斧神工；看人看事，认识到世间的喜怒哀乐。

一切种种，自然万象，在旅途中，我找到了那个迷失的、被我遗忘的另一个自己。活了大半辈子，也算有所交代了。追逐着名利的牵绊，其实人生啊，无须太匆匆，脚步放慢一点，才好让自己的灵魂赶上来。

草木荣枯自有时，好一番流水落花春去也，在行进中，找回自己，感受人生。

作　　者：谢景华
现居住地：宁夏
年　　龄：50 岁

我和她，去看最美的风景

我跟她相识在海边的凤凰花下，海风吹起她的长发，和煦的阳光照射在她的脸庞，是那样美丽动人。我们在这里相识、在这里相爱，从黑发变成银丝，一起走过人生的点滴岁月。每一年，我们都会回到这个海边。她说，我们一定要去外面的世界看看，而我每次都是点头，却从未放在心上。

常年烦琐的工作，让我们很少有一个完整的休闲、全身心放松的假期。时光如沙漏，日子一天天地悄然飞逝着，我和老伴也逐渐地走向衰老，有时候真是挺害怕的，曾无数次地对自己说：我都这把年纪了，现在儿女也都长大成人，有了自己的家庭和幸福生活，是时候也该让自己多年疲惫的心灵去放松放松了，让自己也去旅行。

直到那一天，老伴被查出得了肝癌，我像是被一头打醒，看着她受着病痛的折磨，我握着她的手，那一刻，才知道，我是有多么害怕，害怕她会离开我。她望着医院窗外的黄昏，说：真是遗憾，没能去外面的世界好好看看，去看看每个地方的日落。这一次，我答应她，一定要带她去看最美的日落、最美的风景。

9月的新疆，是那里最美丽的季节，她看到，如同上帝打翻的调色板一般的新疆的秋天，五彩斑斓的。她笑了，虽然岁月在脸上留下了痕迹，病痛让她憔悴，但她依然还像年轻时一样，那样动人。我们一起走在神仙的自留地上，迈着缓慢的步伐，到处都是层次丰富的彩林、雪杉、河流、森林，就像在油画里行走一样，我跟她一起回忆起年轻时的浪漫往事，回忆起我偷偷给她写的第一封情书，是那样青涩而萌动；回忆起我第一次牵起她的手；回忆起我们有了孩子之后，生活的艰辛，彼此的依靠。我们就这样，在铺满落叶的小道上，轻轻地说着我们过往的青春。

在我们路过鼓楼的时候，看见了一家牌子，鲜亮显眼，我跟老伴被门前黑板上的字吸引，“活到一百岁，游遍全世界”，老伴说：我们能像他说的一样吗？一起结伴走到人生的尽头。活到一百岁，我恐怕是不行了，你还可以试试。我笑着说：不知道能不能陪你到一百岁，不过我要跟你走过全世界倒是可以的。我们像孩子一般，许下诺言，因为我要一直看她在最美的风景下，最灿烂的笑容。

不久前，我们又回到了那一片开满凤凰花的海边，风还是那样温柔，花还是那样灿烂。她微笑着，挽着我的手，我们的步伐不再像年轻时那样轻盈，我们一起在拍着海浪的岸边，走着。在落日的余晖下，我拿起相机将她跟她最爱的日落定格在了照片里，那照片里的日落，因为有她，真的很美。

首届中老年旅游春晚节目海选现场
中老年会员风采

首届中老年旅游春晚节目海选现场
中老年会员风采

首届中老年旅游春晚节目海选现场
中老年会员风采

首届中老年旅游春晚节目海选现场
中老年会员风采

首届中老年旅游春晚节目海选现场
中老年会员风采

首届中老年旅游春晚节目海选现场
中老年会员风采

首届中老年旅游春晚节目海选现场
中老年会员风采

首届中老年旅游春晚节目海选现场
中老年会员风采

首届中老年旅游春晚节目海选现场
中老年会员风采

首届中老年旅游春晚节目海选现场
中老年会员表演节目《团队风采》

首届中老年旅游春晚节目海选现场
中老年会员表演节目芭蕾舞《天鹅湖》选段

首届中老年旅游春晚节目海选现场
中老年会员表演节目旗袍走秀《中华韵》

首届中老年旅游春晚节目海选现场
中老年会员表演节目伞舞《女儿会》

首届中老年旅游春晚节目海选现场
中老年会员表演节目舞蹈《芙蓉雨》

首届中老年旅游春晚节目海选现场
中老年会员表演节目舞蹈《火把节》

首届中老年旅游春晚节目海选现场

中老年会员表演节目《养生武舞》

第三章

一路寻觅

All the Way to Find

作　　者：韩永达
现居住地：天津
年　　龄：69 岁

末班车

鸣笛声悄悄地刺进耳朵，这一次回眸恐怕再没机会问候。别逗留，末班车要开了，你不过先走，深爱是让不舍离开的人好好走。

“老伴儿，带我出去走走吧。”

“好，听你的。”

我不是个文人墨客，写不出华丽的文章，但是我可以用最朴实的语言和行动表达对老伴的爱。

我和老伴相守相伴 46 年有余，这也许是我至今印象最深的一句话了吧。老伴儿是个慈祥善良的老太太，信佛，最后的愿望就是去拜拜佛。我说：“我带你去五台山吧。”一辈子没去过哪儿，我们去看看，希望佛祖能让你多留在我身边几年。

嗯，几年就好，哪怕多一天，让我牵你的手去看看水乡乌镇的夕阳，划着船，你在船头，我在船尾；再去看看山水相依的洱海，像年轻人一样，买一听啤酒，你弹着吉他，我唱着情歌；再去看看满地牛羊的草原，最后把我们这把老骨头留在西藏的净土，你在我怀里，我在你心里。

还记得前几年孩子们带我们一起去武汉，你的身体还很硬朗，去小吃街，一向贪吃的你乐开了花，热干面、鲜鱼糊汤粉、老通城豆皮……你真是吃了个遍，很多人都看我们，我猜他们大概或是羡慕或是惊讶吧，怎么会有这么能吃的老太太，其实他们都不知道你每样只吃一口，然后就抛给我和孙子吃了。没关系，只要你开心就好。

孙子说武大的樱花很好看，“我给你们带到武大，二老自己去看看吧，享受一下二人世界。”孙子很淘气地说。

嗯，的确很美，一阵风吹来，下起了樱花雨。在樱花树下的你仿佛回到了少女时代，还是那么美。你在赏樱花，我在赏樱花雨下的你。现在想想，也只能用一首小诗缅怀：“樱桃千万枝，花迎少女至。雨落不上天，下生弥勒见。”

晚上你说要去坐轮船看一看这里的夜景，风很大我把我的外套脱下来给你穿，你很倔强就是不穿，其实我知道你是在关心我，怕我吹风生病。那时的你，表面看上去硬朗，实则癌细胞已经在渐渐蔓延。这也是我们这一生去过最远的旅行吧。

你还说想去看看极光，我说我们年纪大了，我们怎么去，走路都走不动了。现在好了，听说有邮轮可以去了，你却不在了。没关系，我会替你去看一看，有机会到那边给你讲。

在去五台山后没有多久老伴儿就去世了，很安详。就像踏上了人生旅途最后一班车一样。鸣笛声悄悄地刺进耳朵，这一次回眸恐怕再没机会问候。别逗留，末班车要开了，你不过先走，深爱是让不舍离开的人好好走。

如果再给我一次机会，在你生命最后的一年，我要带你去环游世界，把我们走过的没走过的，看过的没看过的风景全部欣赏一遍，让孩子教我拍照，我要把你拍成世界上最美的老太太。

你走了，我还有个任务，世界那么大我要替你去看看。

作　　者：孙健
现居住地：北京
年　　龄：45 岁

少女，这是一封送与你的情书

嗨，我亲爱的少女，还记得我们共度的旅行吗？你可知，旅途中的点点滴滴都记在我的镜头下，印刻在我的心间。现在我想创作一首诗，把我的情感诉与你听：

少女，你还记得吗？
那时你躲在墙后，
莞尔一笑，
那羞涩的模样令我怦然心动。

少女，你还记得吗？
日落时分，你伫立河边，
亭亭玉立，温婉动人。
那时，我的耳边不再充斥着吴侬软语，
寂静的，
只剩你。

少女，你还记得吗？
当你迫不及待地走到小河边，
水面随着你的手泛起涟漪，
你可知我的心也如同水面一般，荡起波纹。

少女，你还记得吗？
你好似随意地拨弄头发，
笑容可爱，
阳光好像嫌这样还不够似的，
洒下一缕金丝，
在我看来，
那时的你仿佛散着光。
少女，
若说之前的你借着阳光来人间顽皮嬉戏，
那么现在的你，
仿佛如太阳般温暖着我的心房。

嘿，少女，

还记得那逗你开怀大笑的象先生吗？

他坏心眼儿地向你鸣叫，

卷起那柔软的鼻子要搭在你头上，

你笑着向我控诉象先生的恶行，

让我帮助你，我这次却也坏心眼儿地没有理会你的请求，

希望你原谅我小小的恶作剧。

少女，你还记得吗？

在海上的你如此潇洒不羁，

我只想问：

这位女侠，在下可否与你一同行走江湖？

少女，你一脸虔诚，

在许什么愿呢？

是否与我是一样的心愿呢？

若是，那可太好了，两份一模一样的愿望，保不齐哪位神明觉得有趣，就给实现了呢？

少女，我已知你不是“少女”，甚至我们的女儿都早已过了豆蔻年华，你眼角细碎的皱纹更是诉说着沧桑。但这又如何？你的一颦一笑，一举一动，依旧是你当初的模样，后悔那时没有写下些什么诉说我的心动，现在还不晚吧？所以，我依旧想称呼你为“少女”。

听说最动听的情话是执子之手，与子偕老；而我更愿执子之手，与子浪迹天涯。这是我最真诚的愿望，少女，你可和我一样？

作　　者：齐琳
现居住地：浙江
年　　龄：59岁

爱情阶梯

1973年，一名法国女游客在柬埔寨攀登陡立的“天堂阶梯”时失足跌落致死，她的丈夫悲痛之余捐资在西面台阶一侧修造了一条铁杆扶手，加宽了边上踩踏的石级，一则借以纪念亡妻，二则方便游客安全地攀登。从此，这一阶梯也被称作“爱情阶梯”。

2010年9月，我和爱人一起去了趟柬埔寨，看到了梦寐以求的吴哥古迹，也攀登了这座著名的“爱情阶梯”（Loving Terrace）。

一场考验爱的现场作业

吴哥窟的核心建筑建在一个大平台上，主建筑分为三层，第三层呈正方形，边长75米。这是神庙的最高层，四座小莲花塔拱卫中央主塔，象征着诸神居住的圣地须弥山。

通向主塔的台阶（东南西北共四面）被称为“天堂阶梯”，高13米，坡度为75度，几乎与地面垂直，有36个台阶，每个台阶进深仅

15 厘米，只能踩半个脚掌，攀登时必须手脚并用，借此让信徒们体会到天堂之路的艰辛，表达无限的虔诚。

现在的爱情阶梯，在原石级两边各修铺了一条装有双扶手的木板阶梯，一条作为向上进去的通道，一条作为向下出来的通道。走完比较陡窄的石级，登上殿顶，往下看，不由胆战心惊，两腿发酥。真钦佩那时的信徒如此的胆量和心虔。

我们这是在完成爱的旅行吗？我们更像是在进行一场考验我们爱的现场作业。天堂呈回字形，中间是一凹形圣池，说是要去天堂的人必先下池净身；池里现在早已无水，为了表示对神的尊重，我们象征性地绕池一圈。

“来世，我穿上漂亮的婚纱，你套上庄重的西服，咱俩就在这里举行浪漫而神圣的婚礼！”

“我们不已经在爱的殿堂了吗？”说完，一个含笑的深吻让两颗爱心融合成一颗大大的爱心，那是世上对爱最完美的诠释。

我俩是 20 世纪 50 年代的人。在 80 年代结婚。那时，根本就没什么婚车录像之类的婚礼服务。我们的婚宴就在学校食堂操办。几桌酒席总共花了 500 元都不到。婚房是 70 平方米经济适用房，那时已不错了。所谓的“三大件”，我们刚刚只完成一件：自行车。连婚纱照都是在我们有了孩子后再补拍的。那时结婚哪能和现在比。冰箱、空调和彩电等是后话。我记得甚至从恋爱到成婚，彼此竟连一句“我爱你”也成了我俩爱情史上的遗憾。也无定情物。那时的人就是这么“实在”！

“爱”成功登顶

回想当初，我俩的爱，总像两条无限长的平行线，望不到交点。因为爱，有时需要等待；爱，有时可能会遇到“难产”。后幸亏老同学的“搭桥术”高超，两根爱情线终于相交并完美地并成一根了。

我们没有坐进爱情“早班车”，搭上一辆标准晚婚车。那时他大学毕业刚工作几年。我大专毕业不久。我们都在杭州工作。这是南北美爱：他是杭州人，我是山西人。我大他一岁，当过部队护士，喜欢唱唱跳跳；他比较内向，朴实低调。就是这一岁之差，让我又当妻来又当姐，家务重担一肩挑，做得一手北方好菜，特别是面食类。

我们的婚后生活，大风大浪没有，小风小浪难免。但我们都能互相克制，互相忍让；为爱为家，夫妻间有什么过不去的。这些年来，我们是生活平淡，内心幸福。简单就是生活，平淡就是幸福。爱的故事和爱的续唱，就像生活中的柴米油盐酱醋茶，有酸有涩，有苦有甜，此为后话。不过，有一点是肯定的：爱的正能量，使我俩的爱，总像雨后的花朵那样，娇艳欲滴。

爱，从来就是神圣而庄严的！不论是浪漫的还是纯朴的爱，不论是年轻人的爱，还是夕阳红的爱，只要你的爱像冬天里的一把火和夏日里的一场雨那种激情，爱永远不会孤寂和干枯。爱将永远成为你我“灵魂两岸之间流动的海洋”。

爱是一种全心的付出；爱是一种超越自我的责任；爱是一种包容；

爱是一种良缘。爱是某种精神上的自我战胜和互相交换：我不能没有你，你不能没有我。你是我的全部，我是你的全部，你我从此不离。

时代在变，爱的情景在变，爱的故事在变，爱的本义没变，爱的情愫没变。知爱者，爱得最深，爱得最久，爱得最甜。人好心好爱好。凭着“爱觉”走真好！尊重“爱”的人必被爱所尊重。真爱经得起一切风雨，抵得住任何“忽悠”。去爱是自由的和自愿的，但被爱却是互尊和互守的。爱上一个人，也许是件易事，也许是件难事；但要爱他一辈子，绝非易事。

他下意识地紧挽了下我的手：“‘不求同年同月生，但求同年同月死’，你听说过吗？”我也停住脚步，突然严肃地看着他。我坚定地点点头，眼里要涌出泪花，赶紧把头扭向一边，装着在看什么。“妻啊，即使你我肉躯化零，我们的心灵永远在一起！”他轻闭双眼，默默祈祷着，“亲爱的，你给了我太多太多；除了爱，也许我这辈子不能给你更多；歉疚之下，我下辈子找你，会让你得到更多的。”母爱伟大，妻爱一样伟大！

常言说，笑到最后的人是笑得最好的人。我们都成功地登上了爱情阶梯。因为有你，一路有爱。我俩的爱永远是那么的年轻，我俩的爱就像吴哥景那样石坚不烂，就像千年金银树根那样根深叶茂，就像

“高棉人的微笑”那样，永远微笑。

这就是旅行的意义，它可以是五花八门；但旅行的目的只有一个：我的岁月充满生气。如今我已退休，他也已近退休年龄，我们的旅行永不退休。让心自由翱翔，让旅行跨越岁月。吴哥的“爱情阶梯”登完了，

我俩的爱情阶梯，我们会一直走下去。

作　　者：赵妍
现居住地：江苏
年　　龄：39 岁

在路上，那一场场山长水远的相遇

喜欢旅行，因为行年渐长之后，我们越来越活成固有的模式，生活平淡而踏实，却是少了些许惊喜，不再有那种初遇时的悸动，越来越多地把生活过成习惯，活成了踏实的样子，却不再鲜活。

儿时的我一直有一个梦想，带着最微薄的行李和最丰盛的自己在这世间流浪，在前行的时候你永远不知道下一刻会发生什么，陌生的城市，陌生的风景，在时空交汇的那一刹那，去体会一种我没有经历过的生活。

旅游给了我流浪的机会。

第一次旅游是去北京，其实很小的时候也跟着妈妈去过一些地方，只是印象并不深刻。这次北京游却意义不同，因为这是我第一次用自己打工赚的钱，进行人生中第一次一个人的旅行。

那一年，初二的暑假，挣到了生命中的第一份工资，尽管只有 50 块钱，还是决定要奖励一下自己，于是，一个人背着包，跑到了北京。那时候的火车票还只有 4 块钱，只是时间也要 4 个多小时，那时候没有手机消遣，一路上望着窗外傻傻地笑，觉得风景好美啊！为了当天往返，我只来得及到天安门看一眼，没舍得吃午饭，买了一块巧克力，坐在5毛钱的公交车上，一点点儿把巧克力抿进嘴里，午后的阳光温暖，那味道一点点甜进心里，至今难忘。

从此，旅行成为我生活的一部分。

我的旅行大多是有目的的，为了最后的香格里拉去了稻城，为了蓝洞去了塞班，为了喀纳斯去了新疆，为了撒哈拉去了埃及。相信许多人也是大抵如此，为了曾有一刻打入心扉的感动，一首歌，一本书，一部电影甚或只是一句诗，于是，便想亲自去看看，那曾经让我们落泪的故事，背后的风景。

上大学的时候有个男孩吉他弹得很好，那是一个夏夜的傍晚，在校园的湖边，他给我弹了阿尔罕布拉宫的回忆，给我讲那个遥远的红堡，男孩说那首吉他曲练了很久，他说如果可以，想带我去看看那个梦幻般美丽的夏宫。时过境迁，当初的男孩杳无音讯，而我，终于走进格拉纳达，落日下的阿尔罕布拉宫壮美得不知道怎么形容，夕阳的余晖下，整个城堡都被暖光包围着。

我该怎么形容这座宫殿的美丽，无一处不精湛，无一处不细腻，每一个雕花，每一根柱子，每一处回廊，甚至每一棵树都是对称的，人说天然去雕饰，阿尔罕布拉宫的美却在于它的刻意和匠心，一个沉醉在历史中的天堂，柔美而浪漫。

旅行已经散落在我的生命中，在已知，抑或未知中，和风细雨、高山白云、雕梁画栋，途中的美人、美景每次都能唤醒我对生活的激情。旅游，让人更鲜活。

因为男孩的吉他，我遇见了阿尔罕布拉宫，而这次遇见又把高迪带进我的生命，爱上高迪你有一百个理由，但圣家堂无疑是最有力的，这个美得让人心碎的建筑，有着无与伦比的视觉冲击力，我看到每个人瞬间放大的瞳孔，听到耳边不住地赞叹，逝者如斯，却给了这个城市无数的传奇与荣耀。

旅行，也是为了遇见你不曾体会的生活。关于柬埔寨，这片土地你可能不会来第二次了，却是一生中必去一次的地方，到过很多古迹，看过更多的精美绝伦，因此吴哥并不多么让我慨叹惊艳，但是吴哥是安静的，如同他的微笑，静静地陪着你，即使游人如织，你也会觉得，有一朵微笑地绽开，只为你。在去古城的路上，导游讲了一个很长的故事，90 年的法殖民地，10 年的越殖民地，漫长的 27 年内战，曾经被众神眷顾的土地，如同这恢宏的建筑一样成了被神遗弃的地方。红色的高棉，一个多么浪漫的名字，带来的却是 300 万生灵的屠戮，近一半人口的消亡，这个国家已不仅仅是血流成河，而是人间炼狱了。于我们，战争、死亡、饥饿、困苦，都是祖辈口中的故事或者教科书上的警示，但于他们，这些就是昨天，许多人亲身的经历和留存于记忆中的梦魇，即使现在，1400 万颗地雷，依然像达摩克利斯的宝剑，高悬于这片土地。我们只是过客，终会离开，希望，这曾经众神的居所，太阳升起，一起欢笑，太阳落下，一起欢乐，高棉的微笑，存于现世，活在当下。

旅行最感动的是过程值永远大于结果值，我相信，山川、大海、荒漠、草原，都会在那里等我，人生山长水远，遇见，锦瑟无端。

作　　者：朱勇明
现居住地：浙江
年　　龄：55 岁

生活不该是一段走向坟墓的旅行

生活不该是一段走向坟墓的旅行，应该让旅行成为丰富生命轨迹的调味剂。

——题记

旅行是什么？是走很多的路？是看很多的风景？是去吃很多的美食？于我，旅行就是生活，旅行就是放下手头的生意，陪家人出去走一走。

而这个道理，我用了将近 20 年才想明白。

1992 年，我跟太太外出开始做生意，一年 365 天，早上 6 点起，晚上 12 点睡，日复一日。那个时候，我只有一个想法——赚钱，根本就没有旅行的概念。

唯一的一次旅行，也等到了 5 年后的 1997 年。因为放暑假，母亲把小孩从老家送到我们做生意的地方，为了带孩子和母亲转转，才去了一趟上海外滩。那是我人生中的第一次，也是这么多年来仅有的一次，我带着太太和孩子去旅行。

当时，去上海旅行是一件多么了不得的事情，外滩，黄浦江边，一幢幢西洋建筑透出浓浓的异国风情，当夜光渐亮，夜色渐浓，洋气的外滩开始亮起绚烂的霓虹灯，林立的摩天大厦配合着幻彩的灯光，展现着它的风情万种。那个时候站在外滩的我，对这些都不感兴趣，我的眼里看到的是孩子对大城市的向往跟好奇，太太第一次出门的兴奋跟胆怯，母亲对大千世界的感叹。

今天看来，同样的景，同样的人，而当时我的想法和现在却是完全不同的。

在那一瞬间，我没有一丝的心意去感受那种家人的情绪，我只是对自己说，要努力奋斗，要给家人好的生活。但这一次旅行在另一个方面激励了我。

生意越来越好，我兑现了站在黄浦江边许下的诺言，给了家人良好的生活条件，给孩子很好的学习环境，为孩子找到了称心如意的工作。

现在，我有时间了，有钱了，但是年纪也大了，身体也大不如从前了，开始有点跟不上时代的脚步。想到旅行，我开始遗憾，遗憾在年轻的时候，没有带太太出去走走，甚至没有几张合照，只有翻出旧相册里找到的这几张照片。

我明白了，生活不该是一段走向坟墓的旅行，应该让旅行成为丰富生命轨迹的调味剂。

作为过来人，我想对正年轻的你们说：趁着年轻，多出去走走。去邂逅一场天时地利人和的日出日落；去感受穿越古今沧桑的历史遗迹；去拥抱活泼浪漫热情奔放的大海。

你会发现，原来很多东西，是在之前照片里是没有看到过的；在之前读过的书中也是没有读到过的，只有置身其中，你才更加深刻地体会到每一所寺庙，每一个建筑，甚至每一个不起眼的角落，都有它独特的味道。风景已然美好，只要带着一双眼睛慢慢发现，慢慢体会即可。

作　　者：赵华生
现居住地：浙江
年　　龄：71 岁

一次旅行一段回忆一抹憧憬

都说岁月无情催人老，转眼间，我已退休整整十年。

我一直非常喜欢旅游，退休前就已经国内国外地跑了，退休后，我有了更多的时间和精力，世界这么大，在经济条件、身体状况允许的情况下，我希望去更多的地方走走看看，看看儿时向往的大海高山、看看各个国家的风土人情。如今，我已经走过了 40 多个国家和地区。

我把曾经旅行过的地方分为“昨天、今天和明天”，通过旅行，我深深地感受到在同一个地球上，人们的生活和观念却是迥然不同。

1996 年，我曾经去过朝鲜，那里虽然城市建筑高楼林立，但是生活水平与我们 20 世纪 60 年代差不多，食物都要凭票供应，首都民众每人每月定量 14 斤大米，另外还会补发些杂粮。

这些年去得相对比较多的，无论是美国、英国、瑞士、奥地利，还是新加坡、阿联酋、马来西亚、泰国、印度等许多国家，只要条件允许，女儿都尽可能安排自由行，创造更多机会去体验百姓的寻常生活，例如搭乘各种公共交通，抽空逛逛当地的菜场超市……

让我印象深刻的是新加坡的市容非常整洁，完全看不到地上有乱扔的垃圾杂物。出行中，常常可以感受到各国民众的友善，比如有一次在新加坡问路，对方觉得路太绕怕我们弄混，还亲自把我们送到目的地。还有一次在马来西亚的地铁站买票，因为不知道如何操作，请教了一位当地人，对方耐心地教会我们使用自动售票机，还热心地指点路线。在印度，曾在入住的酒店里，看到花园里正在举行盛大的婚礼，好客的新娘父亲当即邀请我和女儿参加了婚礼，而我们也为新人送上了来自中国的美好祝福。这些都是旅行中特别值得珍藏的美好。

我也曾两次出游祖国的宝岛台湾、我发现台湾人的素质很高，在捷运（也就是我们的地铁）车厢内，有很多爱心座位，他们称之为“博爱座”，一般都被安排在靠门处，这样就可以方便身体不便的人上下车，在台北自由行期间，我们每天出行的方式多半选择捷运，经常看见车厢中很多人站着，但博爱座都空着，人们站在博爱座前聊天，却不占座位，非常有秩序。而坐扶手电梯上下时，人们也会自动站在电梯的右边，把左边让给需要急行的人。

虽然目前国际上对中国还存在着很多的误会，虽然中国人各种不文明的举止也时有报道，虽然出行时总被老外误认为是日本人，但每次女儿都会立即告诉对方：“I come from China. I’m Chinese.”作为一名中国人，我非常自豪。我出生和成长的杭州，现在已经成为一座国际化城市，历史悠久的文化，美丽的自然风光，日新月异的市容……都令我们万分骄傲，尤其是G20峰会第一次在中国举办，就选择了杭州，这是一届成功的会议，让世界认识了杭州，认识了发展中和壮大中的新中国！

2016年的中秋之夜，我们是在希腊圣托里尼岛的Volclcanoblue悬崖餐厅度过，在享用丰盛的六道式大餐的同时，团友们也纷纷拿出了带来的月饼，开心热闹的气氛感染了同时用餐的老外们。一位来自加拿大的女孩主动和我们交谈了起来，看到团友手机里杭州G20峰会的照片，外国友人们都激动不已，连呼；“Hangzhou OK！

HANGZHOUOK！”还特地留下E-mail索要照片。国界的距离消失了，彼此互相拥抱、合影，然后有更多的老外加入了我们，最后我们把月饼全部分给餐厅里所有的外国友人，包括工作人员，领队向每一桌的客人介绍：“我们来自中国。我们正在庆祝中国的传统节日中秋节。今天的月亮是一年中最圆的。我们吃月饼代表团圆和幸运。”我们成了民间交流的友谊使者，笑声和掌声在爱琴海边连绵不绝，如此难忘的中秋节，将永远铭记于心。

就在今天，我度过了自己的71岁生日，我许下了自己的生日愿望，希望能保持健康的身体和心态，继续去看世界，也继续向世界介绍和传递新中国的强大和美好！

作　　者：郭先伟
现居住地：重庆
年　　龄：59 岁

爱，在旅行中升华

读了巴金写的《海上的日出》，我对海上看日出充满了期待。但因为家里经济拮据，旅游只是一种奢望。

有了女儿后，我觉得自己出不出去没关系，但应该带着她出去走走看看，去认知外面的世界。于是在女儿小学六年级毕业那年存足了第一笔旅游经费，带着她去海南三亚看海。

那是我们第一次去海边旅游，第一次去海边游泳，第一次去海边潜水……这次旅游，我知道了外面的世界很大、很美，我可以不给女儿买高档的衣服，但有条件的情况下我们一定带她出去走走看看……

我告诉女儿：如果你想去看外面的山山水水，那你一定要好好学习，以后你有了一份稳定的工作和收入，你可以去你想去的地方，甚至环游世界。女儿爱上了旅游，学习也有了动力。

女儿从小生活在童话般的世界中，去欧洲旅游一直是她的梦想。也是因为女儿，让我第一次萌生出国旅游的念头，心里虽然这样想着，但是生活中总会出现各种状况，于是一拖再拖。直到 2014 年元旦，我去看望姑妈，她因为膝关节磨损严重，做完手术后回家疗养，曾经的

她是那么精干，每天忙上忙下，大包小包地买菜给女儿和儿子家里送去；如今，她静静地躺在沙发上，连上厕所都要姑父扶，看到姑姑这样，我心中充满了感触，一定要善待家人、善待自己。一定要趁现在走得动，多出去看看外面的世界。

我决定在女儿大学毕业前来一场说走就走的旅行。2014 年 2 月 10 日我和女儿怀着激动的心情第一次出国了。

我们在多哈机场看到了第一缕阳光，我们在法国的雨中漫步时，在奥地利的雪中玩耍时，我想起了自己的妈妈。妈妈对我们的旅行一直持一种反对态度，她觉得旅游是一种浪费，既花钱人又让人受累，而我一直想带妈妈坐飞机去外面的世界走走看看，她身体条件还好时总是不愿意走，即使本来说好了要走，等我把一切安排妥当，准备订机票了，她把身份证和户口本藏起来，总之她以种种理由拒绝。

直到 2014 年，有一次妈妈住院咳嗽一直不好，医院检查肺癌晚期，并已扩散，70 多岁的她羸弱的身躯不堪再做手术，医生建议保守治疗，于是我把妈妈接到我家，有一天她忽然对我说她和邻居聊天时闹了一笑话，因为她说她去世以后要像周总理一样把骨灰撒向祖国的大江南北，邻居说上飞机后机舱门根本就不能打开，一生好强的她忽然觉得没坐过飞机很遗憾，但是那时她的身体状态已经无法坐飞机了。

坚持了一年多，妈妈累了，她带着遗憾离开了人世。也许是妈妈他们这个时代的人不忍心给子女增添负担，所以一直不愿出门旅游吧，我不想像妈妈这一代人这样生活了，我要改变身边最亲近的人。

回到国内，我决定和老公带着公公婆婆去厦门看海，公公 82 岁了，而且心脏又安了支架，婆婆当时也因为腿脚扎针灸肿了，因为身体原因没有成行。值得欣慰的是我姑姑手术成功后不但身体恢复正常，心态也与时俱进，不再整日为儿女操劳，不再固执己见，和姑父一起，和儿女一起出去看世界。

从以前为了让女儿高兴带着她去旅行，到现在带着公公婆婆去旅行，旅行已经成为我们全家的一种增进感情的方式。

岁月无声流逝，人有旦夕祸福。趁着有时间，身体也允许，还是应该多出去走走，让亲情、让爱情在旅行中升华。

作　　者：赖海京
现居住地：广东
年　　龄：47岁

大理，二十年的眷念

二十多年前的大理就已经因为其独特的民族风情和古老的大理古城，吸引了众多金发碧眼的外国游客的到来，大理古城当时就有了一个别称叫洋人街。我还记得在大理古城的年初一，我和我的朋友还有在古城旅馆认识的朋友们一起，跟着白族居民在古城的街道上跳舞巡游；我还记得我们与素未相识的朋友一起穿过荒草地攀登苍山；因为春节三天不通班车，我们和其他几位中外的游客，一起合租中巴车去丽江。过去的大理依旧历历在目，2016年的时尚浪漫却依旧保留着独特民族风情和历史的大理，同样带给我新的、无限的憧憬，它吸引着我，渴望着有那么一天，静静地在洱海边住下来，看日出日落！

大理一直是我心中的一份眷念！在大理还没有成为“中国最适合发呆的地方”，在大理还没有吸引全国人纷沓而至去开客栈、开酒吧、开餐厅之前，我就已经与几个朋友相约，背上背包坐着火车和汽车，从遥远的深圳去到了大理，去到了90年代初期还完全没有被开发的大理，那时候的大理古城就是镶嵌在苍山和洱海之间的一座牢固的城池，低矮的房屋、独特而古老的建筑，孤独地被包围在辽阔的田野中；那时候的崇圣寺三塔，孤独地矗立在苍山下，周围同样是一片荒凉的田野。厚厚的白雪覆盖的苍山俯视着这个古城，碧蓝的洱海静静躺着陪伴着质朴的大理白族居民。

多少年来，关注和爱好旅行的我，不断地听到大理的一点点变迁：美丽而宁静的大理，独特的民族风情和四季如春的气候，开始吸引了越来越多游客的光临，清澈如蓝的洱海吸引越来越多城市人的到来，他们在宁静的洱海旁释放了都市的压力，他们陶醉在大理的风花雪月的浪漫中，他们愿意就这样每天坐在洱海旁看日出日落，他们被这里深深吸引而不愿意离开。

于是，他们在这里开了第一家浪漫的客栈、他们在这里开了第一家时尚的酒吧、他们在这里开了第一家民族特色的餐厅，一间间充满诗意浪漫，却依旧保留着大理民族风情的客栈、酒吧、餐厅，如雨后春笋般开遍了大理古城的周围，具有“三坊一照壁”“四合五天井”“六合同春”“走马转角楼”等白族特色的新房屋也在大理古城周围落地开花，吸引了不少人来到大理定居，大理人也摆脱了贫穷住上了新房子，古旧破败老屋的农村换新颜，苍山洱海间大理更充满了浪漫气息。

新大理成为我心中最想去的地方，渴望拥有一个闲暇的时间，一杯清茶一本书，一张躺椅一张桌，就这样坐在洱海边，看白雪覆盖的苍山和湛蓝的洱海，品一杯清茶阅读一本好书，或者在笔记本电脑上敲下内心深处的文字，这样的意境一直是我内心最梦想的画面。

2016 年 2 月，因为家人的选择，很偶然的一个机会，我再次走进大理，时隔二十多年，踏上昆明开往大理的列车上，几乎无法抑制澎湃和激动的心绪，我在内心不停地呐喊着：“大理，我终于即将踏上你美丽的土地，二十多年的光阴，我还能认识你吗？中国飞速发展的二十多年啊，我还能找到记忆中的你吗？我是怀念曾经那么原始古老但落后的你？还是会喜欢小资浪漫却仍然保留着民族风情的你呢？或者会看到改变成一个充满现代时尚而失去所有特色的大理？这可是我最不愿意看到的呀，我心中的大理还会在吗？我默默地祈祷着、焦躁地等待着！

穿行在大理古城的大街小巷里、乘着汽车穿梭在苍山洱海间的大理马路上、乘着游船航行在洱海上，我的担心是多余的，我心中的大理还在！古老的城墙依旧透着斑驳的历史痕迹，大理古城内依旧是鳞次栉比的灰色老屋、古老的青石板路特别有历史的沧桑感、小巷里一家简陋的客栈似乎还能找寻到当年的记忆。

而大理古城周围纵横交错的街道，清一色保留了原来建筑风格的客栈、酒吧、餐厅、商铺，虽然有别于当年记忆中的大理，繁华了的大理增添了浪漫和小资的气息，但依旧保持其独特的民族风情；乘着车去往崇圣寺三塔、蝴蝶泉、游船码头等景区，一路上无数的美丽的白族姑娘深深吸引了我的镜头，也拍下了无数有着丰富多彩立体图案的飞檐、有着精美绘画的白墙，有气派的民居、有精致小巧的民居，那些精美的绘画、那些精致的砖雕，俨然是一个个独特的艺术品；下关风，冬天的大理风真大，站在游船最高的甲板上，肆虐的风吹得头发凌乱寒意不断，但我依旧不忍离开甲板，就为着这比大海还湛蓝的洱海，享受着湛蓝的洱海之水带来的宁静思绪、享受着无数的海鸥跟随在游船翻起的浪花里飞翔，再看远处的苍山下洱海旁散落的民居，仿佛回到了当年，一样是这样站在甲板上欣赏风景。

再次看到一如二十年前一样湛蓝美丽的洱海，我按捺不住激动的心情，写下了这样一首诗，借此来表达对洱海的情感：

冬日的洱海（诗一首）

冬日的洱海
碧蓝无垠
在朦胧云雾中宁静如一面镜子
虽然寒冷的风

肆虐地刮着双颊

但我
依旧
偎在高高的五层甲板上
不忍躲进温暖的船舱
就为着
看尽那高原上碧波荡漾的明珠
那令人无法游离视线的碧蓝
白了头的苍山注视着洱海
连绵的山峦环绕着一汪蓝色的湖水
苍山和洱海之间
是一栋栋错落有致的白族民居
是一片片灰蒙蒙的田野
是一丛丛落尽了树叶的灌木
是一处处挺拔的树林
冬天里
只留下树枝的一棵棵树
泛着点点的枯黄
整齐地守候着洱海
在风中摇曳
却依旧坚毅地矗立着
唱出了一曲曲凄婉的歌曲

倾心地聆听着凄婉的歌曲
双眼凝视着比大海还湛蓝的湖水
内心为这片土地惊呼

白头苍茫的苍山
犹如人耳一般蜿蜒的洱海
蓝色的洱海旁散落着的一颗颗珍珠
引无数人纷沓而至
浓缩六百年皇都风采的南诏风情岛
蕴含着千年历史的大理古城
法式浪漫的双廊小镇
风景秀丽的洱海公园
有着美丽传说的釉珍小普陀
……
环湖漫步看尽洱海
是一种写意
呆坐在洱海旁看日出日落
是一种人生

上关风下关花
苍山雪洱海月
看不尽大理的风花雪月
只愿把心留在
大理的苍山上洱海里

游船绕过南诏风情岛，突然，眼前的景色令我惊讶万分，“如梦如幻”“如诗如梦”“世外桃源”等各种词语从脑海中跳出来，正是夕阳倾斜的时候，阳光照在苍山下，留下了金色的光芒，金色的苍山脚下，顺着山势而建的古老民族散落在洱海旁，一条木栈道水平地架在水面上，蜿蜒在洱海旁，一间间石头和木头砌成的房屋沿着木栈道而建，小资浪漫的酒吧、面朝洱海春暖花开的客栈、飘出大理各种美食香味的餐厅，还有弯弯的小桥，这就是有着“大理风光在苍洱，苍洱风光在双廊”之美誉的、吸引了古今文人墨客的历史文化小镇双廊，我为这如此写意的小镇震撼！如果可以，这是我最愿意留下来发呆的地方。

小资双廊（诗一首）

倚在高高的游船栏杆上
畅游在蓝色的洱海
陶醉在宁静的思绪中
看碧波荡漾
看白雪覆盖的苍山
看明镜般的湖面
看游船后泛起的白浪
留下的白色线条
看追随者的无数海鸥
在蓝色的湖面留下的点点白帆

突然
如平面一般的洱海上
跳出一个绿色覆盖的小岛
半环绕着小岛的洱海旁
栉比鳞次的民居
错落在苍山下
洱海边

洱海边
木质的栈道蜿蜒着
蓝色的湖水

栈道旁一溜儿的小屋
法式浪漫的小资跃然纸上
石头堆砌而成的唐朝酒吧
浪漫而静逸
原木构筑的客栈
典雅而小巧
民族风的古色建筑
却飘来阵阵的咖啡浓香
白窗下盛开着鲜花的后街5号
仿佛遁入欧洲的小镇
窄窄的小巷
一个孤单的长椅
却让人有坐下来看海的冲动

漫步在栈道上
听洱海的浪花拍打着岸边
穿过小桥
看清澈的溪水汇入洱海
点上一杯咖啡
坐在洱海旁
看湖面上荡漾着的狭长小船
和快乐地划着船的人儿
看蓝色如镜的洱海
心已陶醉其中
等待夜色降临
等待升起的洱海月
任时光匆匆地流逝

作　　者：孔六
现居住地：浙江
年　　龄：91 岁

游台随记

来到台湾，给人第一眼印象是城市大多低矮老旧，民众穿着一般，似与世上所誉的亚洲四小龙之一的称呼不太相符。

随着视觉和“触觉”的深入，印象渐渐清晰起来：当地导游的简单一句，解开了大家心里的疑团，台湾人很务实，不喜欢表面花里胡哨的东西，你把门面街面开始装饰一新，过几年不又渐渐显旧了吗，我们不会把钱扔在这方面。不过旧归旧，但市面都很洁净，井然有序。不准乱设摊点。在士林和高雄夜小吃，地面整洁，干净卫生。你很难看到马路中央有交警。空气清爽，视野开阔。市民很自觉遵守交通法则，因为你乱窜马路，引发人身事故，责任全部自负。公共场所禁烟。这里常见的马路上乱吐乱扔的恶习在台湾是看不到的。没有那种让人讨厌的“牛皮癣”。乞丐鲜有所见。山清水秀自然美，一点也不夸张。

台湾人的务实，表现在家坊业。工人学会和掌握了一定的工作技能后，可以把产品拿回家做，即在家里上班的劳作形式，这是一种很开放和很人性的工厂和员工的劳动关系。

台湾人的务实，还表现在购物上。台湾的大型百货商厦不多。我走进高雄一家知名（A+I）百货店，货物似乎还没杭州这里多。购物气氛不浓，不大不小的店堂没几个人。你买东西，没拿购物篮，他们会主动送到你手上。

台湾民众对大陆同胞很有感情。在一家面店，当家人和我们聊得非常投入。毕竟是同是中国根，同是中国血。

台湾人的务实精神也随处可见。为我们开车的台湾师傅已有点年纪了。一天车开下来，奔南奔北，很是辛苦。所以，车每到宾馆，我们起先不知道当地“规矩”，各自往车里提行李；不一会儿，师傅来了，“你们都下去，不要影响我工作！”一句话，把大家说得不知如何是好。后来，我从导游的交谈中悟知，台湾人对应该自己做的事，如无例外，不喜欢别人搭手，否则会生出工作没做好的感觉。

台湾的物价水平是比大陆高。很多水果好吃但价不菲。因为很多农作物，包括水果，是不施化肥不打激素的，这样人工栽培的成本大幅提高，东西贵点也就不足为奇了。你可以在店家开放货架自由挑选物品，但要记住挑好后，一定要把挑乱的物品原位放好，否则，服务生会提醒你，“请把它们原位放好，好吗？”“您好”“再见”则几乎是所有商场客人进门和出门的口头禅。购物环境安静，不放音乐。

台湾人讲务实，也讲诚信。离开台湾前还有一事让我印象深刻。这是台湾游的最后一日。导游带我们去一家土特产品店，让大家买点台湾的土特产带回家。我买好欲离，忽然觉得自己某个品种数量似误。柜外服务生拿出原始单据让我看，原来是我的笔误。我想退掉一件，很快得到答复。他们不是先让我把货拿出还给他们，而是让我给他们原始收货凭据，在上改了下，把钱退还给我，然后忙别的事去了，丝毫不问我有否把东西退还。我不禁条件反射地问是否把东西还你们。服务生随口应是。整个过程完全无人监管。

台湾人对游客的生命安全很重视。我们乘坐的大巴，时遇交通检查人员上车检查。

一个城市，就像一个家：可以旧，但不能破；可以挤，但不能乱；可以暗，但不能脏；可以不华丽，但不能小处不忍看。

台湾的大景小景，分散各地，但多是走路少，观景多，有特色，让人玩不累。台湾很小，台湾也很大，从城市到乡村，高山到大海，峡谷到湖潭，每个地方都散发着不同的风情，值得细细品味。享受台北，品味台南，领略高雄，漫步垦丁。很多景点保护得力，游客可以亲身体验一番。

我们的第一站和最后一站都在台北。最后一天的台北，下起了毛毛细雨。台北的雨，下不大，但雨很密，似如雾雨，打在身上，不打伞，会很快湿衣的。来得快，去得快。如果你夏天来，真有点天然桑拿浴的感觉。不过，此刻，“冬季到台北来看雨”，感觉也是挺不错的。想想也是，别老围着办公室和家转悠了，出去走走看看，外面的空气好清爽，外面的世界真精彩。

良好的生活环境孕育人们良好的个人素质。在结束本文前，我还想说个有意思的现象。前文已述，台湾很多公共场所是禁烟，更不得随地乱扔乱吐痰的。我们这个团队，从始至终，没有一人“越线犯规”；我也没看到有其他游客做出丢尽人格事的。看来，多去外面大走走，对提高个人阅历和修养，得益多多。

最后，我想再说一点，台湾是我梦寐以求的旅游心愿。我去台湾那年，已 88 岁高龄，是整个团里年龄最大的。不论是跟团的旅友，还是两地陪导，对我一路很照顾、很友善，使我的台湾之旅，非常成功，非常满意；两地陪导，特意准备了生日大蛋糕，为我在台搞了个生日小欢聚，借此一并致谢。

台湾好，台湾美。山美水美景美人美。我爱台湾，我爱旅行。年龄阻挡不了一个爱旅行者的脚步。旅行让我的岁月总是像绽放的鲜花一样美丽。宝岛台湾，下次我还来。

作　　者：郭丽蓉
现居住地：贵州
年　　龄：52 岁

行走是一种信仰

站在海拔 3658 米的西藏首府，仰望宏伟而素净的布达拉宫，让我解开了一直萦绕在脑海中的问题——支撑一个人以坚强的意志生活在这个世界上的唯一事物就是信仰。

这一点我是非常肯定的，因为信仰能给你带来源源不断的动力去追求那些看似不可能的东西。

在西方人眼中信仰甚至大过生命，我们生活在一个没有宗教信仰的国家，于是乎很多人忘记了它的重要性，甚至不知道真正的信仰是什么。

我们整日陷在琐碎的生活旋涡里，被各种情绪左右着，高兴时大笑，不幸时大悲，我们缺乏一种力量，让每个人不以物喜不以己悲。

但信仰不是充分的自信，信仰是一种最原始的根，不被任何情绪因素所影响的，存在于内心的一种动力。就像 ATP 对于人体的作用一样。

我的信仰是什么？我是一个喜欢各种美景的人，我把行走作为我的一种信仰，因此，我把去领略大自然的风光这一过程，称为朝圣之旅。

世间难道还有什么比自然更神圣吗？以我虔诚的心，最卑微的足迹，带着我的双眼，窥见这世界每一个美丽的角落。尝试用心与自然沟通，你会听到他的回应。

当然这一朝圣之路只是我生活中的一部分，每个人都有自己的朝圣之路。而导致人最大的区别就是信仰的不同，从而决定道路不同。或许我们曾在某个路口擦肩而过，但最终也会因为各自的信仰不同而失之交臂。

信仰金钱的人，于是乎开始着手准备发财的资本，他没有成功或许缺少的不过就是一个机会。

信仰爱情的人，于是乎开始着手准备感人的情书，他没有成功或许缺少的不过就是一种感觉。

信仰事业的人，于是乎开始着手准备丰富的简历，他没有成功或许缺少的不过就是一位贵人。

信仰有太多种，我们必须了解自己的信仰，并且跟随它的指引，才能找到生活的方向。不管是在现实的生活里还是你幻想的条件下，这个最基本的东西是不能丢的。

朝圣之路，谁人不曾起步？只需跟随你的信仰，冲破黎明的黑暗与世俗的眼光，终究会找到属于自己的那片天空。

生命不息，奋斗不止！望吾辈，血气方刚，意气风发，逢困顿迷茫之际能互勉共提气！

我总觉得，生活需要自己去体验，眼界需要自己去开阔。年轻时为了家庭，为了事业牺牲掉了大部分的时间，我无怨无悔。但是，现在退休后，该好好为自己活一把了，人生虽有限，思想和眼界总是无尽的。随着每一次的旅游行程，净化了自己的灵魂，愉悦了自己的心情，开拓了自己的思想，热爱生活，热爱旅游，每一次行程都是我记忆银河中的点点繁星。

作　　者：赵惠如
现居住地：江苏
年　　龄：68 岁

梦回水乡

“摇那叶乌篷船，漂进荷花荡，翩翩的少年郎拨动起星光，我在桨声灯影中远远眺望，谁又推开那一扇雕花的窗……”如诗的歌谣，让我魂牵梦萦，梦回水乡。

苏州东山有我的青春年少，太湖水沐浴着我的成长。第一次坐船，就是那乌篷船。从槎湾到东山，宽广的太湖，水连天，天连水，水天一色。10 岁的我，感觉到天地之大，湖水茫茫，一个小小我，多么渺小。不时有水鸟在湖面上空自由飞翔，让人不由想到勇敢的海燕。

初到东山的我，常怯生生地跟着阿姨，连她到学生家家访，我也会紧紧相随。阿姨总是鼓励我：“你去跟你的同学玩呀。”以后慢慢熟悉了，我就放开地和小朋友们一同去玩了。我们会一同去山上捡野兔屎卖钱，买小人书，办教室里的图书角；我们会上山采野菜、摘野果，采好多乔乔豆，剥来蒸饭吃，那就是和粽子一样的香味。在那个困难年代，吃糠咽菜，其实也有许多快乐。摇船到鱼池去采桑椹，吃得满嘴黑。几个小屁孩还比赛谁的嘴最黑，一边也在那里寻着野菜带回家。

我和阿姨会经常到杨湾鱼行买鱼虾。每次看到渔民拿来的活蹦乱跳的太湖鱼虾，心生喜欢，感染着跳动的活力，那种生命的美好会在心目中漫延好长时间。

还有忘不了的是王老师的父亲，一个很壮实的中年人。他常常会煮好香喷喷的藕粥送到学校，王老师总是与我和阿姨分享。那藕就是王老师自家太湖边荷塘里的，那粥红红的色，清清的香，一直记得。

有一次我们几个中学生还跟着船家一同去太湖采莼菜，这可是太湖独有的一种水下生长的菜，有点深度，一般要整个手臂伸到水里才能摘到。有点像小荷叶嫩芽，表面有一层透明好似蛋清一样的黏液，烧鸡蛋汤很好吃的。

最是忘不了的当然是那太湖水。中学时我常常和同学们一同去游泳。那时我们很是恋水，一游起来就忘了回家。直到那大大的太阳落在水面，把整个湖面映照得金光闪闪，我们还舍不下那闪光水波，拼命地游啊游，我们甚至梦想有一天可以游到水天相接的天尽头。拍打着水花又好像泼洒着几许凌乱无序的碎银。仰泳最是舒展惬意，看小鸟在自由地飞，看白云在蓝天轻轻飘荡游走，我好想一直静静地躺在水面，跟鸟飞，随云走，仿佛自己也是一只鸟，也是一片云……初学游泳时，常常梦中都在游。

那时的我们畅想着人生：不管风吹浪打，胜似闲庭信步。

生活如诗如歌。前不久一帮同学再回东山，不正好是雨中的灯光下，撑伞走在老街青石巷，回味着在东山中学的同学少年吗？

最近晨练一直在唱“水乡新娘”。一唱起歌，便唤回我的记忆。说不清道不明，不知是歌美好着我的记忆，还是记忆美好着歌的诗意：“撑那把油纸伞，走过青石巷，诗中的你和我还是旧模样……”再别那条落花的雨巷，你还是我那淡淡的丁香，昨日的落花依旧芬芳，又把我带进那梦里的水乡。

作　　者：陈永兰
现居住地：江苏
年　　龄：55 岁

"谢谢阿姨"，一次返璞归真的旅行

小男孩不经意地将双手在衣服上擦拭，低下头，然后恭恭敬敬递上双手来接，嘴里说道，"谢谢阿姨"将我内心优越感的虚伪的外壳击得粉碎。

——题记

4 年了，一句再平常不过的"谢谢阿姨"，穿透着我，让我惭愧不已。

2012 年 5 月，我跟随旅游团到云南大理、丽江旅行，在坐车去丽江的公路上，中午时分，车停在一饭店门口吃饭。因为游客较多，需要分批次进餐。趁等候的空隙，我出来转悠。见一小男孩一人坐在那儿玩耍，看上去七八岁的样儿，脸色是特有的高原红，一双炯炯有神的大眼睛特别显眼。

我问他："你怎么不去上学呀？"他回的话，我不是听得太懂，意思是上过学，后来因为没钱交学费，就辍学了。我无语，一时也不知道是该安慰还是该继续和小男孩聊下去，沉默了片刻，将随身携带的几粒椰子糖，掏出来，准备给他。让我始料不及的是，小男孩先将双手在衣服上擦拭，低下头，然后恭恭敬敬递上双手来接，嘴里说道，“谢谢阿姨”，便转身走了。

刹那间，我被惊呆了。一件微不足道的平常之举，何以承受这么“隆重、正式”的礼仪，得到如此厚重的回报，担当不起。只可惜，因为时间的关系，吃完饭，我们就匆匆忙忙地离开了，小男孩也早已不见踪影。但那句真诚的感谢之语，那优美的肢体语言，一直在我心里萦绕，受之有愧是我挥之不去的情结。

4 年过去了，每当我一个人静下来的时候，时不时会想起那个小男孩，想起那句“谢谢阿姨”，扪心自问，自己送糖给小男孩的初衷是除了觉得小孩子可爱，更多的是怜悯，觉得自己也有点优越感，觉得山里的孩子缺衣少食，一定也缺少关爱。但是小男孩一个不经意地将双手在衣服上擦拭，低下头，然后恭恭敬敬递上双手来接，嘴里说道，“谢谢阿姨”将我内心优越感的虚伪的外壳击得粉碎。

自己的内心有那小孩子纯净、善良、朴实吗？“人之初，性本善”被成年人天天挂在嘴边教育小孩子的话又有几个人能做到呢？感恩别人，不管别人给予自己帮助是多么微小，尊重别人更是尊重自己。

越是简单，越是本真的感恩，在大人看来往往是难以启齿。遇事大人总会多想几个为什么。他为什么要帮我？他是不是想给我个人情，日后有事麻烦我？……这种世故有时候是能帮我们防备一些居心叵测的人，但是世故往往也会迷失了本真，世故的人真累。

放下世故，就如同放下面具，轻松了自己也轻松了别人，从明天起，放下世故回归本真吧！

作　　者：李俊萍
现居住地：山东
年　　龄：47 岁

每天的太阳都是新的
——“蓝宝石公主”号邮轮游记

在那个地方出现了太阳的小半边脸，红是真红，却没有亮光。这个太阳好像负着重荷似的一步一步、慢慢地努力上升，到了最后，终于冲破了云霞，完全跳出了海面，颜色红得非常可爱。一刹那间，这个深红的圆东西，忽然发出了夺目的亮光，射得人眼睛发痛，它旁边的云也突然有了光彩。

——《海上日出》

这是我读小学四五年级时的一篇课文，至今记忆犹新，没想到，时隔 30 多年后，我也有机会身临其境。邮轮稳稳地漂荡在无边的大海上，我站在甲板的一头望着东方。看那太阳，几乎是弹跳着升起，那一刻，时间尽管短暂，但紧盯着看的这一过程，心也是跟着跳了一下。特别是在晚上，海面上漆黑一片，似乎要吞噬一切，带来一丝恐惧，而解除恐惧也就是对光亮的盼望。当太阳升起，光明重现。

墨蓝色深海荡起白色浪花，载着这艘巨轮乘风破浪驶向目的地。终于有机会亲历这一场景，无法抑制内心的激动。刹那间，感慨时间的流逝，感叹这一奇妙的亘古不变。

这是我第一次乘坐邮轮出游，但却给了我其他方式无法比拟的感受，有景也有人。在这艘轮船上，有父母怀抱中牙牙学语的孩子，有七十多岁坐着轮椅的老人。看着他们，我们没有理由不热爱生活。

对着无边无际的大海，从心底发出“啊—”的呼喊，仿佛一切都被它包容了、吸纳了。不知是拥抱大海还是想让大海拥抱，它的胸怀太宽广了。海涛阵阵，风大浪急，怎不叫人心潮起伏。风平浪静之时又是别样的温柔。不知不觉已沉浸于它的怀抱和智慧的海洋里。

下船登陆，又是一番别样的风情。在济州岛、在釜山、在鹿儿岛，在经过的每座城市，都领略着不同的气息。干净，特别干净，这是最直观的印象。在这些地方，我一直都在不停地拍照，拍到相机里，拍到心里，很多时候，真想此时拥有分身术，变成两个自己。眼睛睁大，耳朵竖起，第一次出境游对他国的一切都感到新鲜好奇，只想能多待一会儿。

当地人以好奇的眼光注视着我们时，我们同样以新鲜的目光回视着他们，尽管语言不通、文化不同，但那份情绪在那一刻是相通的。我们体验着他们的生活方式，他们也感受着我们的文化。

回到船上已经是 7 点多，外面播放着音乐，听起来很伤感，来到阳台看到码头上有好多荧光棒在跳动，是当地的人们用这种特别的方式在送别我们，还不停地呼喊着再见再见，直到船开出好远好远，还能隐约听到。我们可以感受到当地人那种细腻的情感，感受到了他们的独特，真诚地祝福每个人都幸福快乐。

大约凌晨 5 点船已停在上海码头，当晚就能回家了，带着满满的收获回到我的小窝。

旅游调剂了生活，旅行就是一场充满了未知和期待的出走。匆忙中接触到不同的人，不同的景，留下了不同的印象。

每天的太阳都是新的。这句话很励志，亲身感受让我更加相信这句话的意义所在。感谢这次邮轮旅行。

作　　者：凌天禄
现居住地：江苏
年　　龄：78 岁

此生有幸
——结缘同程、结缘吴总

网上往来并力助我两度境外游的毛丹丹女士要我写一篇感想，“瞌睡送个枕头来”，我正想跟旨趣在“游”的“同好”们聊聊，这机会岂能放过？

结缘同程这个关怀我们老年弱势群体的旅游公司，是我三生有幸——这就是我最大的感想。

也算是机缘凑巧吧，正当我因年过七旬、在家乡单个报名出游，遭几家公司婉言拒绝的时候，我跑到了苏州，请一个我往日的学生载着我专车驰驱，几经曲折，找到了心仪已久的同程。不好，假日，空城一座！只有一间大概是值班室的门开着。闯进去后，一位正值中年的先生接待了我们。他耐着性子笑嘻嘻地听我讲述了来意后，让一位正巧从门前经过的青年带我们参观，并嘱“尽量满足老人家的要求”。就他一句话，成就了我韩国济州岛之行。

此后，又在微信上结识了小毛女士。证实了我推测的是跟小毛女士的一次电话交谈。

——这是我跟同程歪打正着的相逢！

小毛女士是一位热心的姑娘，在她的引荐和安排下，我又尚属顺利地出游了两次。

为了巩固既得“成果”，方便今后的出游，我奋笔疾书，写了一封长达五页的书信，挂号寄给小毛转呈同程领导。一个糟老头子，竟然不揣鄙陋，给大公司的领导写信，这是不是“踮起脚来亲嘴”——巴结呢？管他呢，认定了的路，走下去，我行我素！

没想到同程的领导百忙中竟然耐下心来读了我那懒婆娘裹脚布似的长信，并且当即给我回了电话。接听之际，我深感受宠若惊。内心的窃喜，那是不言而喻的——有生之年的出游，有保障了！同程听说我出游写有日记，很感兴趣，并表示要帮我出书。我那个高兴劲儿就甭提了。

今年九月一日，我趁着到苏州办事的机会，专访了同程。同程还特地安排了几位负责接待的青年才俊，对我专访、跟我交谈。交流中，我深受他（她）们青春活力的感染，我老朽仿佛又回到五十年前那花样年华的美好时光。

最近，我受同程公司之邀，参加了百旅会的成立发布会，并光荣地接受了公司颁发的百旅会会员证书。

应该说，我跟同程的关系又拓展了一层——这该算是相识了。

若论相知，我深深地认识到，尚需时日，尚待努力！不过，我虽年迈，却深具信心，希望我跟广大的中老年人能够活到一百岁，游遍全世界！

作　　者：陈乐群
现居住地：浙江
年　　龄：46 岁

她，一直在路上

走过太多的路
看过太多的景
有些故事值得珍藏
有些更值得一诉衷肠

早前，很多人把去另一个地方睡觉，坐车和拍照叫“旅游”。

她说：如今一半人依然用这种方式“旅游”，好在剩下的一半人知道，要开始做除了睡觉、坐车和拍照以外的事情，不再走马观花，她说自己就是想成为剩下的那一半人的其中一个。

旅游的确是玩，可是对于有些人来说又绝不仅仅是玩。不要只去自己了解的地方，不要因为语言和宗教文化就想要放弃，不要让节奏太快，不要匆匆而过看景点，不要不和陌生人说话，但也不要不顾安全。

全新的旅行归来，她觉得得到了一个全新的自己，得到一些没有办法拿出来展示和炫耀的东西。一次高质量的旅行，可能没有办法帮助你明天就升职，却一定会在你接下来的人生中起到很重要的作用。

而这些只有我们自己旅游过体验过了才知道。

那些印象深刻的足迹

旅行让我们开阔了视野，也有了故事。一个地名、一张留影……足以让我们回忆这段旅行的点点滴滴……

她说：工作的烦冗让大多数人都对生活失去了很多乐趣，自己的现状到了这个年纪就是平平稳稳在工作和家庭两者盘旋生活，少了年轻时对梦想的憧憬和冲劲，但满足这样规律的生活。偶尔空暇时间，再在旅行中发现除日常生活外的美好。

旅行到底为了什么，我想每个人心中的标准答案都不一样。陌生的目的地，生疏的人物和景色，用自己的双眼去看，双耳去听，双脚去行走，用心灵去感受，在旅途中发现另一个真我，这是不管你是 18 岁还是 25 岁或者 38 岁、45 岁、56 岁、67 岁……都不会限制你对自我的新发现对生活的新认知。

结语

时光里慢慢知味，岁月里渐渐沉香。

关于旅行的故事，想让你讲给我听。

陈女士也说：我们从出生那一刻开始就一直在路上，在生活的路上，在学习的路上，在从无知到有知的路上，在旅行的路上慢慢前进。

作　　者：邝清菊
现居住地：广东
年　　龄：71 岁

去圣托里尼寻找宁静

总有那么一个地方能让思绪宁静下来，静得心跳声都能听见。你会发觉原来并不是没有地方去安置你那颗躁动的心，只是你尚未发现，也许它就在世界的某一个角落等候着你的到来。

希腊的圣托里尼岛一直都在微博各大旅游号上刷爆。都说是什么人生 10 个必去地点之一，浪漫而美丽。看见图片就如水彩画般精致，弄得国人心痒无比，而我也是其中的一个。

乘坐飞机在高空上鸟瞰，发现圣托里尼原来还是蛮大的一片岛。然而一看下去不是照片上的蓝白色屋子，而是大片大片的墨绿色的植被，还有零零星星的小民居。我第一感觉，怎么实物和图片之间有这么大的差距。直到飞机缓缓降落，才慢慢看到那些地中海风格的蓝白色小建筑。

我们把行李都收拾到住房以后，导游便开始引领我们出发了。他介绍说我们中午就在东边走走，傍晚时分到西区看看日落。据说很值得一看。

第一站就是去了他说的国家地理杂志上的位置。到了那里才发现原来不过如此，说白了其实就是一家酒店上的一个圆顶建筑，景致面向爱琴海，感觉确实比较开阔。但我坦白说肉眼看和拍到照片上的感觉有点差别，现实中你还无法避开一两件民居晾晒的衣服，大煞风景。感觉这个圣托里尼确实有点虚假宣传。导游手往右指又开始介绍，只见他所指的方向看到一大堆白色的建筑群，我想那应该就是我们在网上看到的那些地中海风格的小屋子了。原来离远看，根本还看不出什么效果来。

我们解决了午饭后便继续西行，路途上见到小毛驴，说这里的人喜欢用毛驴走悬崖路。这说来也是件有趣的事，据说我们一向对圣托里尼的认知和了解就是蓝白为主色调的地中海小房子，却一直不知道，这些房子原来都集结在小岛的悬崖上。我们终于走进西区，看到了大片的建筑群，从高处看来，这确实是一层又一层的，像阶梯式地递进而建。岛上的这些小房子原来大部分不是酒店就是商铺，有些商铺是卖些世界名表的。虽说这些房子建得都非常文艺，可这一下子让这个岛上的感觉变得有点商业化起来。顿时让我想起了厦门的鼓浪屿。我经常笑称这里其实是希腊版的鼓浪屿。 逛完商业区，继续向传说中看日落的最佳境地前进，那里又是另一个区了，可是那个区的名字我真没法想起来。岛上很静很静，居然没有我们在国内那种喧哗的感觉。反倒大家都投入到圣托里尼的这种气氛当中。我们一路经过好多房子建筑，只见许多人都朝着同一个方向走，岛上的一个老外一见到我们就知道我们的来意，用手指示方向。我们开始还有点不太确定，可那女人说，Sunset！！可见圣托里尼日落有多么的闻名。

沿着老外的指引，确实越来越多中国人的身影出现了，尤其年轻的女孩子，他们都穿着漂亮的裙子衣服，都是为了拍照而来的。慢慢地前进，似乎日落时间也随着我们的步伐渐渐靠近。

在来圣托里尼前我其实没有听说过关于圣托里尼日落的描绘，我只是凭借着我对一般海上日落的旧记忆去期盼这次经历。当日落渐渐靠近海平面那一刻，我顿时发觉周边的一切都发生了神一般的变化。房子都被染成了粉红色。脸庞更映照得像桃花般的红润。这一刻恍如仙境般一样，安详而美丽。人们坐在房子的围栏上或是站靠着，朋友知己，或是情侣间都不用说话。只要静静地看着远方的天空就已经觉得十分美好。另说一下爱琴海，我觉得爱琴海是我看过这么多海之中最为安静的一个。拍打在海岸上的海浪都是那么轻柔，船过之处，如雪橇在冰上滑行，去留无声。大自然的震撼有很多种，或许它会以气势磅礴的姿态呈现在你面前。又或许它以无比的安详恬静走进你的内心。圣托里尼日落正是后者，短短 10 分钟的时间便能让人有进入天堂般的感受。

夕阳西下断肠人在天涯，你会发觉这种大自然的力量瞬间能修复那颗躁动不安的心。在太阳还未潜到海底之际，思想已经被放空，心情无比地沉静。原来，我们不是没有修复心情的地方，只是我们还没有去找到它而已。也许属于你的那片安详正在世界的某个角落静静地等候着你的到来。

作　　者：钱雯
现居住地：宁夏
年　　龄：50 岁

旅行中的人，才是绚丽的风景

从年轻的时候就很喜欢旅游，喜欢那种无拘无束的感觉，喜欢一路走走停停，喜欢沿途不同的风景。年轻的时候整天忙于工作没有太多的时间旅游。现在退休了，空闲时间比较多，每年总要出去个两三次。

九寨沟是一直很想去的一个地方，倒不是因为它的风景多么美，只因曾经听人说过从山底爬到山顶都不会气喘吁吁，因为那边的空气含氧量很高，从那时起就一直很想去一次，可因为各种原因都没去成。

2016 年约了几个老姐妹终于去了，从准备出发一直到下飞机心情一直很激动，最后真正到了九寨沟和黄龙看到那么美的风景，心情更加愉悦，因为除了风景，一起旅游的都是多年的老朋友，有的甚至是发小，平时大家都忙于工作、忙于家庭，见面的机会少，但时过境迁，美丽的风景依然在，我们的友情也一直都在。

旅行于我，感受风景，也感受人情，这是我多次出行的最大感受。

一直很想出趟国，于是早早地就把护照办好了，欧洲和美洲的签证办起来很麻烦，东南亚国家人又很多，想了一圈儿不知道去哪里。之前听一个朋友说俄罗斯现在对中国公民实行免签，于是决定去次俄罗斯。

离出行还有半个月，我和另外两个同行的朋友就开始计划着要往行李箱里装什么，穿什么样的衣服，配什么样的帽子和丝巾，背个什么样的包，怎么样拍出来的照片才好看，总共去八天，需要带多少套衣服等，虽然都是中年妇女了，但那会儿我们却仿佛回到了年轻的时候，你一言我一语，叽叽喳喳说个不停，恨不得带两大箱东西。我把出行前的准备工作也当作是旅游的一部分，乐在其中，非常享受。

俄罗斯的建筑类似欧洲建筑，教堂比较多，大多有很鲜明的色彩，很多红房子绿房子映衬着蓝天白云，美得像一幅画。尤其到了贝加尔湖，看见火红的夕阳笼罩着湛蓝的湖水，波光粼粼，这一刻时间仿佛都静止了，此时的风景，此时的心情都难以用言语表达。

对我来说，旅行就是一场心灵的洗礼，来到一座陌生的城市，看着不同的风景，听着不同的语言（方言），感受着来自五湖四海的人，发现生活本就是由酸甜苦辣组成的，不必羡慕别人的生活，享受自己的当下。

正如卞之琳的诗句：“你站在桥上看风景，看风景的人在楼上看你。”

作　　者：刘美仲
现居住地：四川
年　　龄：54 岁

生活不止眼前的苟且，还有诗和远方

曾有人把人生比作一棵树，从生根、发芽到枝繁叶茂，开花结果，最终枯死山林，化为尘土。

也有人愿把人生比作一条河流，由开始的涓涓细流到中游的奔腾咆哮，最后汇入大海归于平静。

诚然，这些比喻都非常生动形象地描述了人生的成长过程。而我更愿把人生比作一次别开生面的旅行。由于每个人的人生经历不同，所以轨迹各异，相当于各自选的旅行线路不一样。

造成这些差异的原因是多方面的，由于每个人的出生环境不同，所受教育不同，所以在人生观、世界观和价值观上也不尽相同。同样的事物，也许我们正在抛弃的，却是他人还在梦寐以求的。所以我们要珍惜属于自己的一切，无论沿途是风和日丽鸟语花香，还是风雨交加曲折坎坷。我们要好好热爱生命，人生苦短，要在有限的时间里，认真规划和走好属于自己的人生路。

我们来到这个世上，从懂事之日起，就开始了人生梦想的追寻，开始了对大自然的美好向往和无尽的求索，一生致力于把有限的岁月尽情地装点，让我们的日子过得更加多姿多彩。

儿时骑在父亲肩头看世界；青少年时期我们畅游于书海，感悟知识的浩瀚；中年时期则奔波于事业，历尽父母膝前儿女灯下的责任交替；当我们的人生之旅就到了夕霞满天的晚年，在畅享天伦之乐之余，我想，怀揣着多年以来对生活的积累，我们应该出去多走走多看看，抛开那句人不出门身不贵不说，相信我们的灵魂一定能够在亲近大自然的旅途中再次升华。

但对于很多人包括我而言，旅行在很长一段时间内停留在喃喃自语中。自从来到这个世界，光阴荏苒，日月如梭，因各种忙碌和烦恼迫使自己一次次放弃了去观光旅游的计划。我深知大自然的美无处不在，每个景点在不同时间，不同角度去观赏，也别有一番韵味，正如苏轼的《题西林壁》诗说：横看成岭侧成峰，远近高低各不同，就诠释得淋漓尽致，但最后那句：不识庐山真面目，只缘身在此山中，更加印证了熟悉的路上没有风景这句话。一个人长期生活在同一个环境中，哪怕这个环境再优美，日复一日过同一种生活久了难免就枯燥了、乏味了。

时代在进步，既然我们赶上了这美好的时代，它给了我们让岁月增辉的物质条件，我们更应该充分地利用好它！随着生活水平越来越高，我们更应该去获取更多亲近大自然的机会。常言登山则情满于山，临海则意溢于海，我们应该走出自己的小圈圈，走进绿水青山去拥抱自然，走出自己的小天地，去感受世界各地的人文关怀，去看看碧水蓝天，去听松涛阵阵、海浪声声。

旅途中短暂的陌生，一定会让你绷紧神经，精神亢奋，你会发现听觉更敏锐了，视觉更清晰了。我们在捕捉异域他乡的风土人情，享受快乐生活的同时，既开阔了视野又陶冶了情操。在我们亲近八方圣贤的同时，我们自己的灵魂也进行着一次次洗礼。这切身的感受和体验，唯一的来源那就是旅行。

行万里路，读万卷书。经过一次次旅游，我深深感受到，生活中没有什么能比旅行更快、更直接、更深刻地影响到人们的思维了。一路走来，不论是异域风情还是人文故事，都以无法比拟的形式在熏陶着每一位游人。不论目的地是超出期望还是些许的失望，这都是宝贵的人生体验，是难得的收获。大自然是公平的，它的美充分地展现给每一个欣赏它的人。它不属于任何人，只要你亲近它，它就会给予你意想不到的收获。

旅行是让你换一种生活方式的绝佳方法。如果你是个勤勤恳恳、为生计奔波的人，那么应该选择上邮轮，晒日光浴，去体验那金碧辉煌的奢华；如果你是个养尊处优、大腹便便的人，那么你应该去跋山涉水，感受大自然的雄奇与山民的艰辛；如果你是没有信仰的，你应该去拉萨；如果你是颓废的人，应该去纽约；如果你是怯懦的人，应该去罗马。生活在别处，那些名胜古迹是有灵性的，可以传递力量，鼓舞人心。相信在旅途中，经过若干次灵魂的洗礼后，我们的思想、人生境界和灵魂都会得到提升。

来吧朋友们！让我们安排好自己的工作，准备好行囊，再次来个携手联袂的旅行吧！让我们抛开所有的烦恼，忘掉眼前所有的得与失，在人生途中努力寻求生活中的快乐，幸福每一天。正如高晓松所说，生活不仅眼前的苟且，还有诗和远方！

作　　者：陈祥文
现居住地：浙江
年　　龄：66 岁

夕阳无限好，越走越想走
——邮轮上的广场舞

旅游是我一直向往的事情。

以前是忙于工作，忙于照料老人，忙于培养儿女，外出旅游总是那么可望而不可即。转眼，快退休了，外出旅游的想法变得更加强烈，如潮水一般层层叠叠涌上心头。常念叨：等老伴退休后一定要好好地到外面去走走看看。

转眼间，退休已有 17 个年头。我们没有辜负这 17 年的岁月，在这 17 年中，我们的足迹遍及城市、乡村，游历了 10 多个国家。有自驾游、跟团游，也有自由行，而这一游，一发不可收拾。

刚退休那会儿还“年轻”，选择了自驾游，由老伴开车，约上几位好友一路游览去了山东各市，在美丽的山东留下我们幸福的足迹。而随着国内旅游行业的发展，我们也与时俱进，和一起晨练的小伙伴们准备进行一次惬意轻松的邮轮旅行。

当我们一行踏上“赛琳娜”号邮轮那一刻，一切大事小事、烦心事、家务事都抛在脑后，我们一个个简直就像小孩，成了老顽童，蹦啊，跳啊，那股开心劲儿真是不知如何形容。新奇，除了新奇还是新奇，从下走

到上，从里走到外，从船头走到船尾，欣赏着这艘漂荡在无垠大海中的庞然大物。

迎着湿润润的空气，仰望着湛蓝湛蓝的天空，眺望着一望无际的海洋，沐浴着洒下来的温柔阳光，我们的邮轮如白色的鲸鱼在大海中逐浪前行。我好奇地欣赏着船上和海上的一切，年轻时的那些浪漫的故事不由自主地浮现在了眼前。

瞬间感觉年轻了很多岁，不由得感叹，“夕阳无限好，越走越想走。”

船上的每一天都是惬意的，我们把生活中的娱乐健身活动搬到了邮轮上。姐妹们早上打太极拳，晚上跳舞、打扑克，还有的去泡温泉，学游泳……尽情地享受着这美好的时光。船上新奇的生活让我们过得充实而开心，旅友之间原来的陌生感慢慢消失，觉得什么事都能自如应付，我们一个个变得自信起来。

但很快，我们遇到了经历了一次有惊无险的尴尬。初登邮轮，我们一直在九楼自助餐厅就餐，后来看了邮轮的报纸才知道，邮轮餐厅很多。有一次，我们来到了位于三楼船尾的瑟瑞斯餐厅，那里没有自助餐，只提供点餐服务。一进门，热情的外国小哥就给我们找好餐桌坐下，并递过来一张菜单，笑容可掬地用英语“招待”我们。

我们面面相觑，你看看我，我看看你，不知小哥在问些什么。因为我们都不懂英语啊！我们都傻了眼，怎么办呢？小哥也不会讲中文，幸好，旁边一桌就餐的有个中国小伙子，我急中生智，立马去请教。一问才发觉，外国小哥是问我们“想吃点儿什么”。后来发现，其实点西餐挺简单，不像我们中国菜品类型多，西餐一张菜单分三组，每组才两三个菜，每组只能点一份，如果我们几个分开点不就都尝到了吗？尴尬的一幕终于被我的小聪明化解了。

旅行中，遇到的事情多了，反而让我更加觉得：虽然我们老了，但不能老待在家里，过着单调而乏味的生活，要对得起自己的人生，趁着自己身体还行，一定要让自己的老年生活增添乐趣，要像年轻人一样活出精彩。

离开邮轮的最后一个傍晚，船上举办船长答谢宴会，也叫龙虾晚宴，提供就餐服务的程序也一样，随着服务员的一声“你好”就递过来一张菜单，并用英语问我们吃点什么，因为有了上次的点餐经历，这次一点儿也不怕了，我们现学现卖，如法炮制，自信地点好菜，一边舒心地品尝着美味的西餐，一边欣赏着邮轮员工与游客互动节目，宴会十分热闹，尖叫声、拍打声、嬉闹声此起彼落，一浪高过一浪。

“邮轮生活”很快就结束了，我们的心却久久不能平息，船上那快乐时光仍在眼前一幕一幕地展现。邮轮旅游虽然没有陆地上的奇山异水，鸟语花香，但那份独特的惬意和浪漫却是我们从未感受过的。

旅游让我们变得年轻，变得可爱，更让我们变得自信。我们要拥抱这幸福而美好的时代，我们要让属于我们的那片夕阳变得更加美丽、更加灿烂。

作　　者：董光成
现居住地：浙江
年　　龄：56 岁

最好的幸福是陪伴

听说过很多对父母爱的故事，有物质的赠送，有精神的支持，有时间的陪伴，其中最让我信服的就是时间的陪伴。你可以选择在家依偎着，享受他们照顾你日常生活的幸福；可以选择带着他们一起走遍天涯海角，而这样一种浪漫不仅仅属于情侣之间，更是子女对父母爱的一种表达方式，如果可以，一起出行是最佳选择。

我和哥哥在大学期间因为社会实践都到过四川，却因活动的原因并没有去九寨沟，我和哥哥一直想着有机会一定要去实现多年前的梦。无意间我发现四川的这条线路，和哥哥一拍即合，就决定带着爸爸妈妈一起去中国最美的九寨沟，来一次说走就走的旅行，一路上有最亲的家人的陪伴。

我们的出行选择在 5 月，在带足了御寒的衣服后，我们的行李箱变得很有分量，正如这次的行程，一样分量十足。

第一站即九寨沟，导游贴心的安排，给我们留足了游览时间。九寨沟的美让我们赞叹不已，尤其是对于不常出远门的父母来说更是难得的体验，我扶着爸妈走过木桥，走到溪水边，他们看着这秀丽的山水，对视了一眼，笑了。

第二站是黄龙，在那一片片白皑皑的雪中，我们就像乘坐时空穿梭机，从罕见雪景的江南来到了白茫茫的黄龙，这里的夜特别的寒冷，但这里的藏族朋友却特别的热情，邀请我们进屋取暖，煮上酥油茶，拿出风干的牛羊肉，穿着传统的服饰唱着歌跳着舞，欢迎我们的到来，爸妈和藏族老人特别聊得来，一场晚宴只见他们不时地举起杯子示意对方，喝一口茶，吃一口肉，聊着属于他们之间的话题，辅以丰富的表情和肢体动作，让坐在不远处的我感受到双方的老人聊得很开心。

临别时，藏族朋友特地送我们出门，还送了一些当地特产，他们的盛情款待，让寒冷的黄龙之夜变得温暖可人。回到入住的宾馆后，一家人围在一起聊天，我问父母和藏族朋友聊了些什么，看起来很开心的样子。老妈双腿盘坐在床边，低着头笑了，对我说：“其实我也没听懂老人说了什么，双方只是各说各的孩子和家庭情况吧，但在那个情境下却不知为何聊得那么开心。”听到这儿我们大家都笑了，原来，只要拥有一颗善良的心，出门远游真的会遇到一样善良的人，即使语言不通，却一点儿也不妨碍大家在一起分享幸福的心。

回程，我们购买了很多礼物，带着高原上的特产，打算回到家分享给其他人。这一趟不仅收获了风景，也加深了感情。带上父母一起出门旅行，给了他们更多的陪伴，也尽了一份孝心，我将永远珍惜并保存这一趟我和妈妈一路上的美照，这是秀丽的风景和愉悦的心情所带来的难忘记忆。希望下一次依旧是和家人们的旅行，美景与家人的相伴，才是我所能想到的最幸福的模样。

作　　者：张文山
现居住地：北京
年　　龄：65 岁

旅行
——老年人的走读大学

离休后，我为自己设定了两大文化生活主题——读书和旅游，并力求两者互为融合。那就是选择旅游目标后，先读相关的书，然后带着思考与问题到当地去消化吸收；消化不了的同样带着思考与问题回来，再读书，而且是延伸性阅读。如此一来，感觉良好，以前读书不求甚解的学习习惯得到很大的改善。

儿女们戏称我这种读书旅行为“老年走读大学”。

2016 年“十一”的“老年走读大学”课程是到甘肃南部游览。回来之后深有感触。正好此时应同程之邀，写一篇有关老年旅游的文章。我也就借此既能抒发一下感慨，又能完成“作业”，一举两得。

退下来之前，曾经因工作需要，去过两回甘肃：一次是去酒泉参观卫星发射场，另一次是去兰州开会，但两次均来去匆匆。去之前未读书，回来也未“复习”，只凭感觉和当地简要介绍，认为甘肃实为西北贫苦之省，并未有太多其他感触，更不认为甘肃是人文圣地，可再游之心未存。然而，2016 年“十一”甘肃之行后，特别是按照自己“老年走读大学”方法出游、复习，我对甘肃的看法和认识发生了巨大的变化。

此行首站天水，游麦积山石窟，在家读书预习时，知晓甘肃有两大佛教石窟，西北敦煌、东南麦积，且兴建时间相距不到百年，泥塑佛像方面在中国佛像造像史上起着开拓与典范作用。从地理形胜上讲，甘肃形若如意，头尾均有大型佛窟石像群，呈祥瑞呼应之态，而中间又有汉武帝设四郡，文治武功之河西走廊，如此大格局天下诸省，能胜者谁。而今国家提出的“一带一路”，又让甘肃有复兴之态辉煌之望，汉唐商贾之盛不日可复也。

再细读“天水”，惊晓为伏羲、女娲、轩辕、三皇之诞生地也，开华夏人文之史。此次到天水，则心怀仰望之心，开始学游。

自天水到礼县，参观甘肃先秦文化博物馆，得知，礼县为秦族、秦文化之故里，秦国雄并六国，后居于此勃发于陕，从礼县到渭源，沿渭河而上。到渭河源景区一游，进山门拜大禹庙，而后登山而望，见左宗棠任陕甘总督时游渭河源所书“大禹导渭”四个榜书大字，刻于山壁，气势雄奇，看罢又生敬仰之意。园区中有一石碑，上刻《渭河流向图》，看渭河之形胜，横连甘陕，其西通河西走廊，东连古都咸阳西安。而天水是渭河在甘肃途经的最大城市，故华夏文明源渭河一语，可谓确认无疑。站在渭水之滨，望水流中去进黄入海，那不尽的感慨感叹又可否随水而逝呢！

坐在回京的飞机上，俯视甘陇大地，为自己曾经对甘肃的漠视表示惭愧，同时对自己能在退休之后，就读自己创办的“老年走读大学”，重新认识甘肃，重游甘肃，带着仰望之心而来，带着仰望之心而归，可谓人生幸事了。

甘肃之学游，让我对读书、旅游有了一个提升认识，让我对祖国大好河山人文历史的伟大，有了进一步的认识与自信。感谢同程永安国旅为我此行的线路精心安排与服务，也感谢永安国旅宣传部的文章约稿，使我能在回京之际，马上直抒胸臆，一吐为快，此为可遇而不可求之快哉事也。

作　　者：王鹏
现居住地：山西
年　　龄：43岁

幸福就是和喜欢的人去旅行

回顾自己的成长，童年生活造就了我今天的乐观开朗。我成长在一个爱旅行的家庭里，一个从小到大带我去看世界、一个风雨无阻都会冲破云霄的家庭里。从小，父母就尊重我的想法，在他们看来，孩子可以按照自己的意愿做事，多出去看看也是人生的一种体验。成熟几分后，深深地感受到这种氛围所带来的力量。

关于旅行，我有着自己的理解，幸福就是每天和自己喜欢的人，一起旅行，一起完成共同的梦想，人在旅途，感悟

人生，享受人生。

一道美丽的风景，一道沿途所见的风景，关键不在风景秀美程度，而在于能否给你的心灵打开了明窗，让你豁然开朗。比如从昆明到石林，各种各样奇特的石头，让我感受到石林和溶洞奇特的风景；又一路来到大理，感受到洱海的平静，苍山下的巍峨，一句“苍山不墨千秋雨，洱海无弦万古琴”将洱海苍山描述得淋漓尽致，走进古城，就如同走进一幅古老的高原风貌历史画，老街上古色古香，错落有致的房屋，清澈透明的流水，远方高耸入云的玉林雪山，呼吸着清新的空气，感受古城的美丽。神奇的泸沽湖，讲述着爱情的传说。云南真的是七彩云南，让你感受水天相接依山傍水体验。

有时候，旅行中的插曲本身也成为一道风景，包括不幸悲伤的经历。有一次，我们一家人开车去峨眉山，在高速路上，货车侧翻直接压在了我们小车上面，当时脑子一片混乱。车辆巨大的撞击声，打破了高速周边村庄的宁静，许多村民很快过来伸手相救，拨打 120 电话，我们深深地感受到了人间的温暖，一方有难八方支援，那时我感动得哭了，同时也为自己的家人安然无恙感到放心。汽车报废了可以再买，但是人没有了就再也回不来了。所以不管在什么地方，只要有跳动不停的心脏，就永远将旅行进行到底。

走过很多地方，有着不同的陪伴，有过各异的故事，心灵与岁月都在旅行中砥砺前行。时光匆匆，岁月沧桑，只要我们的脚步不停留，那旅行就一直进行下去。人生在世，一定要在走得动的时候去看看，不要等走不动的时候再抱有遗憾。

作　　者：王扬群
现居住地：江苏
年　　龄：62岁

那些景那些人那些故事
——腾冲之旅

腾冲美，美得让人措手不及。虽说地处云贵高原，却感受不到大山的险恶、峻岭的威严。放眼望去，湛蓝的天空中白云在悠闲地飘荡，而苍穹下涂抹着郁郁苍苍养眼的绿色。

腾冲县城——这座西南边陲的小城依山势而建，上下坡的道路线条舒缓、宽阔。道路两旁，到处可见笔直挺拔的棕榈树与造型优雅的酒瓶树相互交错，到处是色彩艳丽的三角梅怒放的身影。这些多彩的植物在道路这个线谱中似跳动的音符，弹奏一首首令人舒畅的乐曲，带给人平静与安宁。集市上，从未见过的许多奇珍异果常常留住我们的脚步，诱人的各种特色小吃满足了我们味蕾的需求。

腾冲之美，美出了一段精彩的旅程。

一座有生命力的城

在叠水河瀑布，飞流直下三千尺，欣赏阳光下的飞瀑怎样生出彩虹；

漫步银杏古村落，一身披金，享受难得的宁静，在铺满金黄的厚厚的落叶上喝茶聊天；

在还未开发的黑鱼河，感受满山野猴的任性，认识地摊上的各种山珍野味；

在北海湿地，在绮罗侨乡……到处景美如画。我们与清澈发亮的山泉亲热，听它们激情地歌唱，看着它们跌入山谷的放浪与欢乐，与它们拍照留影。

腾冲美，就美在动静皆宜。

在火山景区，放眼望去，满山郁郁葱葱的树木、藤蔓、灌木下，谁又能想到这里曾经发生过妄图毁掉人间一切的骄横地火！只有当你爬上大空山的山顶，看到那巨大无比、深深的火山喷火口，才能感受到火山喷发时锐不可当的气势：一时间浓烟滚滚，草木焦黄，火到之处一切尽毁……现在，唯有那留存人间的火山石，由火山石堆砌的雄伟壮观的火山公园门、石柱，用火山石做成的各式各样的花盆，在向人们诉说这里曾经发生过的一切……

腾冲，这颗祖国边陲的明珠，到处都给你新奇，到处都给你快乐，但给我震撼最深的是腾冲的“热海公园”。

首先映入眼帘的便是缭绕在山谷间的雾气，婀娜柔软充满灵气。走进它，脚边，不知何时一条较为宽阔的溪流就突然冒了出来，淙淙的水声似悦耳的乐曲陪伴着我们前行。蓦然眼前一亮，发现一树奇花，花随着枝条长，枝条有多长，花也就开多长。枝条上的叶片不多，只生长在花枝的头尾两端，叶片细而狭长。清晨的阳光下鲜红的花儿含羞带露娇艳欲滴，细长的花叶生于花枝头，像在花头上长了几个绿色的尖角，萌萌的，在满眼绿色的山谷中犹显耀眼。它的整个树身斜着伸向溪流，花枝下垂好像在对溪流诉说它的美丽源于溪流的滋养。

不只是花儿，其他的树啊、藤啊，无论什么植物在这里都显得异常的肥壮、异常的鲜亮、异常的精神。转过一个弯道，人一下子多了起来。在人最多的地方我们发现了：几根细长的水柱直冲天空，随着水柱的升高，雾气也随之散发……

疾步向前，原来这是一个地下温泉的喷发口，是几只“绿背白腹的蛤蟆”相聚一起，齐齐向天喷吐水柱，好像在比谁的神力更大。听说这些水柱的高度要有19米高。看着眼前这一群逼真的巨大岩石蛤蟆，仰望冲天的水柱我不禁赞叹，只有大自然的神力才能造就这样的奇景！

一座热气腾腾的城

腾冲素有“天然地质博物馆”之誉，地处世界瞩目的阿尔卑斯——喜马拉雅地质构造带之印度板块和欧亚板块急剧聚敛的结合线上，地下断层非常发育，岩浆活动也十分剧烈，为我国最为著名的火山密集区之一。

在热海公园内有火山和温泉，较大的气泉、温泉群就有80余处，其中有14个温泉群的水温达90摄氏度以上，到处都可以看到热泉在呼呼喷涌。在高寒的云贵高原，一池池温泉，热气腾腾地驱走了所有的寒意。

世界上有温泉的地方很多，但像腾冲热海这样面积之广、泉眼之多、疗效之好，实属罕见。热海中最典型的是“大滚锅”，它的直径3米多，水深1.5米，水温达97摄氏度，昼夜翻滚沸腾，四季热气蒸腾。为了证实它的热力，我们也买了一串鸡蛋放在了热气上面蒸，约十来分钟，鸡蛋果真熟透，且味道鲜、口感嫩……

路过“眼镜泉”与“珍珠泉”，看着那细而浅的泉流，我不相信它会有多高的温度，伸出手指就往泉水里触去。手刚触及水面就不由得缩回，原来，那看不出热气的水一样烫手。

这样美好的地方是不舍得轻易离去的。泡温泉的池子是露天的，可以看见蓝天白云在天空中飘浮，阳光透过大树照射在身上，到处是奇树、鲜花、艳石，真是太美好了。我们在这里泡着温泉吃着山野小吃，这样的惬意哪儿去寻！

一座见证历史的城

腾冲，最美的还是它的历史，美得可歌可泣。所有到腾冲旅行的人，必去一地——国殇馆。

从入口进去，便开始接触了一段让人无法控制情绪的历史。时间拉回抗日战争时期，中国军队入缅作战，当地村民捍卫家园国土，国际盟友开创死亡航线——驼峰航线，前面倒下了，后面补上来，一批批勇士前赴后继，为国捐躯。

军民抗击日本侵略者的无私无畏、英勇卓绝的许多斗争事迹，给我们的心灵一次又一次强烈的撞击，我为有这样的同胞自豪。躬身行礼祈祷他们天堂快乐之时，心里也在默默地告诉他们，他们的血不会白流，他们的精神万古长存。

历史选择了腾冲，腾冲选择了义无反顾。在有名的弯楼子民居博物馆，当地老百姓在纪念他们祖先的祭词上有一句这样写道："富而仁厚……"据历史记载这些富人平时救济穷困乡邻，做无数善事，特别在日寇入侵时，他们捐钱、捐物、捐飞机，甚至生命毫不吝惜地为国为民付出了。腾冲军民尤其在抗日战争的历史上写下了光辉的一笔，在这片热土上抗击日本侵略军，首创全歼侵略者的战例，捍卫了中华民族的尊严……

腾冲的历史之美，如今就渗透在腾冲的葱葱郁郁之中，渗透在大街小巷之中，渗透在一座座名人故居和场馆之中。当你走进和顺古镇，依次拜访名人的故居，你的心灵还会接受一次又一次的洗礼。走进一座座明清古寺、古碉、古城，走进一座座清幽古老的院落和一道道石板小巷，你会在一种特别的文化氛围中受到感染。和顺图书馆是中国最大的农村图书馆，这里的居民自古就喜欢读书，热爱书籍已经成为他们生活的必需。

腾冲天清、水秀、石奇、景美、人和！美景与人文相容共生，历史和现代相映生辉。

作　　者：徐家凤
现居住地：上海
年　　龄：60 岁

有一种相识，叫缘分

友谊，是一把刀，将我心中的石块敲碎；

友谊，是一盏灯，照亮我心中的黑暗；

友谊，是一个巨大无比的箱子，收获快乐，也分享快乐。

茫茫人海中，找到一个朋友？难！找到一个知心朋友？难上加难！但这一切相遇，仿佛是老天安排的，让你无意中得到一份珍贵的友谊，就看你愿不愿意珍惜……

也许，友谊就是这样，来得意想不到，当然，我也不例外。

在茫茫人海中，能够相遇、相识、相知，实在是种缘分。人和人之间是需要这种缘分的，不管是友情或者是爱情，也不管信或者不信。有句老话说得好：有缘千里来相会，无缘对面不相识。嗯，这次我信了。这次旅行的最大收获就是结识了三位朋友，我们一见如故，彼此留了联系方式。

朋友有很多种，有至交密友，有一见如故，有工作上的伙伴，也有生活中的知己，性格各异，爱好不同。不论是哪一种朋友，深交也好，浅交也罢，只要是彼此真心地交朋友，我们都将会获得最为纯洁的友情。

友情是一种心情，是一种直觉，更是一种真诚。和朋友交往要懂得付出真诚的心，可以是一句暖人的话语，可以是一个关切的眼神，也可以是无声的行动，或是在朋友最需要帮助的时候，给予的是自己最大的支持。

9 月 24 日在同程顾问江帅的推荐下，我跟随同程快乐大巴来到了太湖边上的千年古镇——震泽。

人生就像一场旅行，让心灵去旅行你会看到不同的风景。然后就遇到了聊得来的三位朋友。

现在的人们因为工作，往往忽略了身边最珍贵的东西，例如：亲情、友情。这么多个漫长的日子里，我们都一样，不管再怎么疲倦，也要继续走在这风风雨雨的人生路上。而友情是你在漫漫的人生路上不能缺少的，有了他们你的人生才会立体，才会有色彩。

在人来人往、聚散分离的人生旅途中，在各自不同的生命轨迹上，能够彼此相遇、相识、相知，分离再到相聚，可以说是一种幸运，一种幸福。缘分不是时刻都会有的，应该珍惜得来不易的缘分。

作　　者：姚一鸣
现居住地：上海
年　　龄：64 岁

在旅行中，梦想成真

每一次经历，都是一个故事。

我的人生经历从毕业后下乡插队开始；其后，为了心中的一个梦想，进入中国人民军队；现如今，为了梦想，我又爱上了太极……

但无论是已成为现实的梦想，还是对未来的梦想，一滴不落地照进了现实的旅行中。

“I have a dream”

2016 年 9 月 28 日，我到美国华盛顿旅游，华盛顿纪念碑、林肯纪念堂和杰弗逊纪念堂是众多游客必去的三个景点，如今也是中国游客相对集中的地方。

不少人到那里主要是露个脸、照个相、到此一游，回来再看已想不起哪儿是哪儿；当然也有人喜欢听听讲解、看看图展，对美国的昨天、今天多一些认知，对世界历史稍有了解和略感兴趣的我，也算是其中之一吧。

美国历史上曾有过 44 位总统，但真正能树碑立传的可能也就是如今我们能看到的——独立后的首位总统华盛顿，起草《独立宣言》和《弗吉尼亚宗教自由法案》的第三任总统杰弗逊，颁布《解放黑奴宣言》废除黑奴制度的第十六位总统林肯，这三位总统代表了美国“独立、自由、法律、平等”的精神，奠定了美国的社会形态。

在林肯纪念堂前的地面上刻有“I have a dream”，那是纪念马丁·路德·金于 1963 年 8 月 28 日在此发表著名演讲《我有一个梦想》，其内容主要是关于黑人民族平等。对美国甚至世界影响很大，曾被我国编入中学课本。

有了平等，才不会有弱肉强食；有了平等，个人的能力才可得以充分发挥；有了平等，竞争方能避免暗箱操作；有了平等，每个公民才能真正享受到国家的红利和福利；有了平等……这抑或也是每个普通老百姓心中的梦吧。在一定程度上，中国梦的创造与实现，也得以平等为基础。

当梦想照进现实

有人说，退休生活是“健身、旅游、带孙儿”，这话对我来说也是真实写照。退休后数套太极拳是越打越有劲，哪怕在国内境外旅游也每天拳不离手，单刀双刀也日渐上手。每年境内境外长线旅游不少于两次，短途出游说走就走。同程、携程、

途牛，用起来得心应手。接送孙儿，游戏玩耍不亦乐乎，这在上班时只能想想而已。

如今，不管在欧洲、美洲、大洋洲，不管是飞机、火车、邮轮上，都能看到国人摩肩接踵，都能听到乡音耳边缠绕。当年做梦都不敢想的出国旅游，如今已飞入寻常百姓家。不少老友都说，趁现在身体还行，还跑得动，祖国的大好河山、世界的人文景观真得多饱饱眼福。

心中有梦，生活就有奔头；国家有梦，国人就有盼头。让山川锦绣编织你的梦，让东西南北连接你的梦，让梦回萦绕化为现实，走起！

作　　者：司旭胜
现居住地：山西
年　　龄：50 岁

每天的人生都是进行时，我们在路上丰富自己的故事

从小，我就想做一个有故事的人，以备老来能有更多的谈资，或炫耀，或回味，或说与后人听。但是青丝轮转，无痕岁月匆匆流过，却徒增了年轮。2016 年，已是虚度半世年华。很容易受叶芝的诗触动，因为，他显达出来的句子，不是平仄的虚叹，亦不是文绉绉的酸楚文字，而是时光碾过的车辙。因为有光阴凝结，所以熠熠生辉；因为有岁月沉淀，所以其深度足以触动每个人内心敏感的神经。生活在和平年代的我们，没了动荡、战争和抵抗，那些平平淡淡的快乐与满足，历经岁月的风吹雨打，也弥足珍贵。看多了别人的人生，总幻想着自己的人生也能多姿多彩。

于是，背起行囊，像年轻时那样，说走就走。旅行的意义不是走过多少路，探过多少险，而是在陌生与熟悉不断变换之中，择一城终老。2016 年，去过云南的两座城，丽江和大理。不同的城市和自然都是有截然不同的灵性。丽江，岁月之尘并没有将其湮没，反而，在穿透历史厚重尘土的同时，更有了现代人的忧郁。而大理，虽也有历史的积淀，但是并没有为其所累，却是靠着那一湾湖水，涤荡了岁月的折累，

反倒更加清丽脱俗。许多人说这两座城都是艳遇的好地方，络绎不绝的青年来到这里想寻求一段美好的邂逅。

而年过半百的我，走在街上，置身于来来往往的人群，却越发感到孤独和落寞，此生并没有像儿时期望的那样有可歌可泣的故事，有茶余饭后信手拈来的谈资，余生仅为追寻着人生的意义而来，不奢求伟岸，只求平凡而不平庸。唉，为人者，终究逃不过命运的藩篱，沦为尘，沦为土，委身于路旁的坟冢。

年少轻狂时，总以为自己可以顶天立地做成一番大事，世界是唾手可得的，生活是放荡不羁的，曾经逃过的学、打过的架、爱过的人都已飘散在记忆的深处，偶尔翻开相册才能依稀被记起。后来啊，我们过上了曾经被我们鄙视过的父母的那种生活，结婚，买房，生孩子，整日忙于工作，疲于奔命，每天看着同样的人、吃着同样的饭，做着同样的工作，盼着放假，盼着孩子快长大……

蓦然回首，半生韶华已逝。某日，一如既往去到公司上班的我，突然发现：每个人的生活圈子都是有限的，但是人生的意义就在于，去吃去看去体验，有生之年，尽可能与他人的圈子多些交集。于是，我背起行囊，开始走向远方；于是，我抓住最后的岁月，去书写余生的故事。而习惯了远方，留给他人的并不都是背影。

记得罗宾·威廉姆斯在《死亡诗社》里说过，每天的人生都是进行时，没有排演的过场，亦没有倒带，留人唏嘘。现在的我，抓住最后的时光，去做一个有故事的人；现在的你，行动起来，活出别人眼中的钦羡！

作　　者：李琼香
现居住地：西安
年　　龄：46 岁

说走就走，遇见不一样的惊喜

微博上曾有一段转发过百万次的话——

当你盯着电脑时，阿拉斯加的鳕鱼正跃出水面；

当你愁眉发呆时，梅里雪山的金丝猴刚好爬上树尖；

当你挤地铁时，西藏的云鹰直入云端；

当你忙碌手头工作时，尼泊尔的背包客已端起酒杯围在火堆旁。

这个世界，有一些穿高跟鞋走不到的路，有一些喷着香水闻不到的空气，有一些在生意场上永远遇不见的人……平常压力大，就想放下一切琐事，让大脑注入新的事物，于是我就想来一场说走就走的旅行。

逃离做不完的工作和理不清的纠纷，从武汉出发到乌鲁木齐，凌晨 6 点，天气微凉，穿上事先准备好的衣服，感觉温度刚刚好。从布尔津到喀纳斯的路上，某个不知名的草原撒欢了，天空中吐出一片片绚烂，倒映着神秘，有人说新疆太荒凉，我偏喜欢这种寂寥，赏心悦目的旅途，没有人打扰，没有工作的烦恼，我可以随时走、随便看、随意停。

有人说，世界上总有人过着你想要的那种生活。来到新疆，我才真的深有体会，在草原上，在飞驰的公路上，在雪山脚下，在马背上，在赛里木湖边……吃烤羊排，仰望璀璨星空，宿蒙古包，听着马儿在帐外吃草的声音入眠。清晨，赏着湖光山色迎着日出刷牙，风吹着泡沫到处飞扬，还有起舞的凌乱的发，夹杂着远处的山、近处的泥土和青草的味道，那是自由的味道，那是生活的味道。

就让我暂时忘记自己存在的渺小，什么烦恼也都统统忘掉！迎着风一路狂奔，跑跑停停，无拘无束，这种感觉真的太好。在赛里木湖边散步时，突然响起一个声音：

“嘿，美女，你今天的服装真好看，介意我拍几张照片吗？”站在不远处的他微笑着，旁边是架着三脚架的相机，镜头正对着我。原来，他正在拍摄赛里木湖的景色，是我无意中闯入了他的镜头。

“啊，可以呀，很高兴。”我微笑着回答，随即在他的指导下，摆起了 pose。

只见他转动镜头，调整角度，一会儿往左一会儿俯身拍摄，不一会儿，成品出来了，他举着相机走过来，递到我面前，镜头里的我和湖光山色相辅相成，和谐悦目，我惊道：“从来没有人把我拍得这么美！”

“你本来就很美啊，你今天穿的这条民族风格的长裙尤其适合这样的景色。”他微笑着对我说。

“我再为你拍几张照片吧，摄影是我的爱好。”说着他退回去重新架起相机，我也更加自信地舒展自己的身姿。

照完像，摄影大咖赠送了几张照片给我留作纪念，我们互道感谢，期待有缘再见！

想尝试不一样的体验，于是我想徒步 20 公里从禾木到贾登峪，看看途中会发生什么不一样的事。我们遇到了徒步的驴友，他们正在路边准备午餐，见到我们，便主动打招呼并招待我们一起吃饭，拿出刚烤好的肉，把餐具分一半给我们，就着不远处打来的山泉水，我们一行人吃着喝着，听他们说着徒步中遇到的惊险经历，分享着我们的城市生活。原来，大家都是为了暂时放下繁重的工作，抛掉扰人的烦恼，为了放松身心前来，只是方式各有不同而已。饭后，我们和驴友们一起徒步了一段路程，其间了解到许多户外运动的知识，原来有一种生活，真的可以随心所欲。我们相约，有机会再在一起徒步。

毕竟我们没有很好的体力，不久后就觉得体力有些透支了。这时附近根本没车，驴友们建议大家坐下来歇一歇，他们建议我们，可以搭过路的车到贾登峪，不一会儿果然有车来了，还有马队，同行的小伙伴觉得新鲜骑了马，而我则搭了摩托车，飞驰在松散的石子路上又体验了一把惊险刺激，走出困住自己的牢笼，人生处处是惊喜……

一路上遇到很多朋友，大家互相帮忙拍照，分享好玩搞笑的故事。旅途能认清一个人，更能拉近一伙人。缘聚惜缘！这一路，有朋友的陪伴，懂得了感恩！旅行，让我们每一天都有不同的惊喜和收获！

人生，就是要来一场说走就走的旅行，遇见精彩，遇见一切的美好！

作　　者：潘小华
现居住地：江苏
年　　龄：67 岁

点滴烟雨，情怀岁月

年轻时，一些事，我们习惯“等一下”“以后再说”，比如旅行。而错过了东升的太阳，就不要再错过夜晚的浩瀚星空。

——题记

烟雨江南，一杯青涩的茶水，淡然芬芳的清悠之径，是一次回忆，也是一种回味，或许更多的是一份留恋。

曾经沧桑的岁月，曾经彷徨的岁月，也是曾经迷恋与执着的岁月。

很久很久之前的计划，也是很久之前的一股执念。在以往，总是想着去哪里走一走，看一看，留下点纪念，留下点感慨……只是，时间久了，一直因为人生的来来往往而停留至今，直等到现在，才去实现年轻时候的一丝青春之梦。

脚下，不再是熟悉的故乡土，不再是浓郁的故乡味……都是新的气息。新的祖国情，陌生热情的风土，还有那时间沧海中种种的晦涩情怀，是让我回味的时候了。

过去？现在？更多的是未来……过去的徘徊，是心中所支撑迷恋，现在……是一步一步走过、看过、摸过那寸寸土地的珍惜。未来，是怀念，是依旧，还是……与之为伍，不知道，我觉得我是不想知道，因为我对于它，是欣慰，是欢迎。

一方祖国故土，我许久之前的期许，现在的感悟……无数的计划在历史中反反复复，直至此时，才许下一抹意愿。

走了，看了，纪念了！

走过了，看过了，纪念……走过那一方少许接触之后的故土，我想，会是记忆，不会再过。

锦瑟情怀，光阴岁月。旅途结束了，景，很美，很美，美得让我回味无穷。情，很纯，很纯，纯得让我流连忘返。人，很真，很真，这是无法用言语形容的民族兄弟姐妹情！

感恩，有如此的机会让我在踏在祖国其他的故土之上，多走一步，多感受一番人间亲情，多了一丝的恩谢……

收齐自己的行囊，坐下，端起刚刚抛开的那一杯茶，很普通的一杯茶水，闭上眼，抿一口，这个行程结束了。我感觉，我是个爱唠叨的人，或者有些爱计较，结束了，我回味完了。

年纪大了，喜欢上了最古老的方式，点点滴滴，只能用笔，用本子把它记录下来，哪天，当我再也记不起来的时候，想起来有这么一本小册子的时候，拿出来，翻开，再回味一下吧。

感恩，结束，期许，开始……

作　　者：任玲芳
现居住地：江苏
年　　龄：69 岁

陪伴，是最长情的告白

以后有机会经常一起出去玩，哪怕周边的景点也行，外婆需要的只是你们的陪伴，一家人在一起，怎么样都开心！

——题记

我旅行的足迹遍及美国、俄罗斯和欧洲诸国，但这篇有关几个月前的泰国游记，却是我第一次用文字的方式记录，于我，注定这是一份具有特殊意义的游记，因为这次旅行，是和两个外孙女一块儿去的，是一场天伦之乐之旅。

这是一段以匆忙开始旅程。6 月，外孙女高考结束，希望去旅行，但女儿又没时间陪伴，因此，将近 70 岁的我临时做起了这趟旅行的领路者。

这是一场开头不太满意的旅行。这次参团旅行是女儿让朋友帮忙订的，据说是甩尾的。价钱非常地划算，但以我的经验，行程中安排的购物点似乎有些多。不过行程也已经确定，最重要的是有两个外孙女陪伴，其他的都不重要。出发的航班比较晚，在机场等得有些疲累，

但看着两个刚从高考中解脱出来的外孙女喜悦得蹦蹦跳跳，感觉到很开心。

当飞机起飞后，一切开始顺利起来。到了曼谷，接待我们的导游很热情，每天的行程安排也很合理。连刚开始被我诟病的购物点问题，反而成了旅行中的亮点，两个外孙女都是购物狂，不仅感觉不到无聊，每每都要催促她们才肯离开。

对于我来说，饮食还是有些不习惯，幸好当地的水果丰盛，年纪大了，平常在家其实吃得就不算多，在这边每天多吃点水果整个人也觉得很舒服；而住的地方挺干净的，比我们预期的要好。

虽然整个行程玩下来，还是有点累，毕竟岁月不饶人，但是每当看到两个充满活力的永远不知道累的外孙女，我就能坚持下来了。每天的行程走下来，回到房间我就想早点睡，而她们又要出去逛街，放不下心的我只有紧随其后，用现在年轻人的话说“累并快乐着”。

这一辈子也不知道还有没有机会，还有几次机会可以和两个外孙女一起旅行，我非常珍惜这次旅行。其实，好多年前，我到过泰国一次，当时的印象并不是太好，但这次，同程的安排，女儿朋友的关心、外孙女的陪伴，都让我体验了一种不同的旅行。

如今，两个外孙女也都离开我外出上大学了，希望她们在外面能好好照顾自己，常回家看看，以后有机会经常一起出去玩，哪怕周边的景点也行，外婆需要的只是你们的陪伴，一家人在一起，怎么样都开心！

作　　者：余美娣
现居住地：江苏
年　　龄：63 岁

和老闺蜜的一场说走就走的旅行

夕阳的余晖洒落在塞纳河面上，复古式的大理石砌成的教堂伫立在岸旁。

远处，近处，前方，都轰隆隆地发出沉闷的马达声；

路边，船上，掺和这有节奏的节拍，依旧有三两个游客行人交谈着。

我，余美娣，62 岁。

我闻过迪奥的香水味，体验过香奈尔的滋润，感受过兰蔻给予的美丽，但是我却没有去过法国。

我自己的一生都献给了工作和家庭，从年轻的时候辛苦工作到老

法国凡尔赛宫留念《摄于2016·8·18》

了帮儿子带孩子，自己的生活逐渐被平淡所取代，我也曾经爱美过，也曾经幻想过浪漫是怎么一回事，想感受一下巴黎的空气，也想要嗅一嗅巴黎热情的味道。但是我这一生从来没有这么冲动过，就这么和我的老朋友，也就是现在年轻小姑娘嘴里说的闺蜜，任性地来了一场说走就走的旅行。

没怎么坐过长途飞机，我的心情既是躁动的又是不安的，我对整个行程的期待，让我久久地无法入睡，当我真正地踏上了巴黎的土地，我发现自己是从未有过的冷静，我不敢置信地告诉我自己，我真的在法国了，真的。

其实再华丽的辞藻也无法描绘从我的瞳孔中释放的美，维纳斯的爱、蒙娜丽莎的笑和赋予生命力美的胜利女神维多利亚，只能说如果不是我身处卢浮宫；接着就是巴黎水上的香榭丽舍大街——塞纳河，塞纳河的两岸是巴黎最繁华的黄金地段，巴黎最有名的一些建筑物基本都坐落在塞纳河的周围，经过巴黎人世代的修缮和美化，现在的塞纳河河水清澈碧绿，两岸绿树成荫，风光旖旎。

巴黎是座不夜城，塞纳河也从不入眠。灯火阑珊时，塞纳河映照出整个巴黎城，点亮了无边的夜色，我，如痴如醉。

之后的法国小镇——参观法兰西帝王的避暑胜地凡尔赛宫，凡尔赛宫的外观宏伟、壮观，内部陈设和装潢更富于艺术魅力；铁力市雪山——搭乘铁力士 360 度全景旋转缆车上山，山顶终年不化的白雪仿佛纯白的面纱，可以将阿尔卑斯山脉中让人惊心动魄的全景尽收眼底；

新天鹅堡，也叫白雪公主城堡，它是德国的象征，它的建立者是巴伐利亚国王路德维希二世，里面有大量德国天鹅雕塑，好像是一个童话般的城堡；乘坐贡多拉游船——沉浸于碧波的浪漫梦中；还有花之圣母大教堂和乔托钟楼。其实让我聊，我三天三夜都说不完，我也不是想分享些什么，只是我感受到了不一样的城市，不一样的味道，不一样的风情。

走在繁华的奥斯曼大街上，拉上我眼里最美的老年闺蜜，我也可以点一杯摩卡，静静地坐着，和我的闺蜜笑着、闹着，说着周围人都听不懂的中文。在我梦寐以求的法国，在这个浪漫的巴黎，我好像看到了 20 多岁的自己。

第四章

行走足迹

Walking Footprint

作　　者：邓晓蕾
现居住地：湖南
年　　龄：54 岁

走进张谷英村，探索岁月的秘密

怀着一种猎奇，走进张谷英村，走进历史的深处，去探索一个家族得以繁衍的秘密。

张谷英村是我国目前保存最完整、明清时期聚族而居的古建筑群，被誉为“民间故宫”。它位于湖南省岳阳市外 100 公里处的笔架山下，檐廊衔接，像一条青色巨龙，环龙形山蜿蜒二里之遥。建筑基本上保留了明代的原貌。

入村，见龙珠石，与古建筑群形成“龙戏珠”的格局。最有名的“当大门”始建于明代的万历年间，规模庞大，422 间房，9200 平方米，能够住上百户。步入“当大门”，古朴的气息扑面而来，天井直射下

来的阳光笼罩着古老的院落，好似舞台的聚光灯照耀着张谷英村昨日的辉煌。

穿过一座座院落，跨过一道道门槛，这里的每一块砖，每一片瓦，每一扇门都渗透着一种自足为乐、繁衍生息的淳朴民风，令你感动。踩着麻石，一路前行。穿过庭院,无论你向左还是向右，两侧的巷道都会将你引向另一个几乎相同的空间。这里的每户都独成一院，每个房屋之间都有连廊相接，就算下雨不打伞，都可以从这家串到另外一家。

薄雾迷漫的早晨，缕缕清风迎面而来。熙熙攘攘的游人，或紧或慢从石板路上走过，清脆的足音在小巷深处回响。步履声声，幻化出古琴古筝的音韵，勾勒着古老的城楼，编织出古朴的街道，令人痴迷。

我无拘无束地走在狭长的巷道，恍如翻动着一本封存已久的书籍。一条小河从村落民居中蜿蜒而出，两边就是触手可及的斑驳房舍。有“百步三桥”美名之称的畔溪长廊，是旧时为南来北往的过路商客歇脚而设立的风雨亭，也是当地居民谈天说地的休闲处。那靠背椅、喂马槽、拴马桩之类的旧物都保存完好。

张谷英大屋的绝大多数梁柱、门窗、都雕刻着不同的花纹图案，有麒麟送子、鲤跳龙门，喜鹊衔梅、马蹄踏雪等。细细品味，让人感受着天人合一的整体和谐。

夕阳渐渐西下，村里的一切都静了下来。带着未尽的快意，听着潺潺的流水声，沿着渭溪河，我走出了张谷英村。

作　　者：陈文杰
现居住地：浙江
年　　龄：68 岁

60 多岁南极探险旅行，0℃挑战冰泳

去南极探险旅行在旁人看来是一次冒险，但对于我们夫妇来说，恰似去赴一场精彩的人生盛宴。

狂飙的德雷克海峡

2011 年 11 月 21 日傍晚，我们搭乘“快马探险号”科考船，迎着夕阳，从南美洲阿根廷火地岛的乌斯怀亚港启航，经毕哥水道绕过合恩角，即进入太平洋与大西洋的交汇处——南纬 60 度海域，号称地球上最南端的城市、世界的尽头至南极半岛，中间隔着 600 海里的德雷克海峡，即凶险狂飙的西风带。

午夜后风浪剧增，刚刚兴奋激动的心情一下子被颠簸的巨浪冲得一干二净，汹涌的浪头猛烈地击打着船窗。虽然事先大家都服了晕船药，但这一夜，几乎所有队员都晕得卧床不起，忍受着翻江倒海般的煎熬。昏天黑夜中，不知时辰。第二天依然是上下颠簸、左右晃荡，真有度日如年之感。

餐厅是无法去了，也根本吃不进东西。据说只有十几个陪同的科

考队员坦然如故地就餐，而我们只能是以矿泉水解渴、用苹果充饥，没有呕吐算是大幸。最可怜的是我们中国 23 人团队的领队，一位 29 岁、1.8 米高的北京小伙子，为照顾所有队员，自己晕得不行，竟然爬行在走道上，一屋一房地敲门送水、送水果、送饼干。其敬业的工作精神让人钦佩，狼狈的窘态让人觉得可爱之极。

经过两天两夜的痛苦煎熬，“快马探险号”科考船终于战胜了可恶的德雷克海峡，载着我们进入南极半岛平静的群岛峡湾。我此生初见的巨冰浮山，也徐徐漂来……

登南极拍日出

此后的五天中，“快马探险号”沿着南极半岛一路南行。每天分上午、下午二次登陆，为保护南极生态环境，以防将细菌带上陆地，每人上橡皮艇之前要经过船上的一池消毒水。

穿着笨重的长筒靴和肥厚的防水冲锋衣，加之背着几十斤的摄影器材，攀登约 45 度雪峰可不是件轻易的事。每上前一步，脚都陷入几十厘米深的积雪，每前进一步，都得付出艰辛的努力。

令人感到欣喜和安慰的是，一路爬坡上来都会有成群的黑嘴阿德利企鹅或红嘴的巴布亚企鹅陪伴同行。它们那憨态可掬的优雅形象，由我们任意拍摄的绅士风度，让人忘了疲惫的身躯，转而沉迷于拍摄它们可爱的姿态。

当及至坡顶，人人已是汗流浃背、内外湿透。眺望四周洁白的雪原，在碧空蓝天下更显浩瀚无垠。弯腰抓把脚下的积雪，那或许就是数百上千年的冰川。此时此刻，不由得令人感慨，在大自然面前人类显得多么的渺小，生命显得多么的短暂和可贵！

陆地拍摄雪峰，与船上拍摄可是截然不同的视角与效果。第三天凌晨 1:30，我从温暖的舱房出来，抱着相机来到寒风刺骨的顶层甲板。子夜的极地冷风横扫而来，冻得我手脚发麻、全身发抖。此时甲板上仅有我和一位来自北京的摄影师朱先生以及其他两位队员在默默地守候着。

船缓缓地沿着群岛峡湾并避开巨型浮冰向南推进。南极的夏季凌晨，天空灰沉似光非光，朦朦胧胧，周边的雪峰时隐时现，仿佛将我们带进了一个奇幻的冰雪世界。唯有沉闷的机器马达声刺破这寂静的夜空。

我们忍饥挨饿地等待着期盼中的极地日出。2:30 左右，前方雪峰顶上有道亮光出现，还没等我们反应过来紧接着迅速扩大，我们早已麻木的神经即刻兴奋起来，真是老天不负有心人，终于等到了日出的一刻。前奏的霞光转眼间遍铺雪峰，其倒映在海面、浮冰之上，形成难得一见的多彩画面，煞是漂亮耀眼。

由于船体的震动不能用三脚架拍摄，只能用身体紧靠冰冷的船舷护板固定位置，脱掉肥大的手套用几近麻木的手指按动着快门，同时还不停地更换着中长焦相机。轮番使用、拍摄不同的视角，其紧张、兴奋的程度至今仍在脑海中历历呈现。约半小时后，晨光万丈、气象更新，眼前又逐渐恢复到往日的景象。

总算拍到了一组较为满意的“多彩的南极”日出画面。南极唯有在日出时的瞬间，能看到金灿灿的雪峰及倒影的场景，它给蓝天白云的冰雪世界增添了一道亮丽的风景线。

此作我定名为《多彩的南极》，在 2014 年纪念我国极地科考 30 周年而举办的首届“魅力极地”摄影大展中入选，并在当年 9 月 30 日—10 月 12 日国庆节期间在首都北京王府井大街展出，真可谓一分耕耘一分收获！

夫妻挑战南冰洋

在整个 19 天的南极探险旅程中，有一项挑战南冰洋下海游泳的活动项目。由队员们自愿报名，全团 120 名队员，其中外国游客占

80%。那天海水温度在0℃左右，室外空气凝重刺骨，仅穿泳衣颇有凛冽之感。

在船的左舷架设有下水的平台，两位船员负责帮泳者系安全带，水面上一艘橡皮艇中有两位船员做救护兼摄影，一切准备就绪，总共有十几位队员报名。此刻，不下水的队员们大都拿着相机在甲板上等候大戏的开场。

一般队员只作秤砣式的下水即上来，挑战一下自己的勇气与体魄，而我们夫妇俩则是各自来回游了几十米，而且是全船唯一的一对夫妇。我俩时年年龄相加为121周岁，引得大伙喝彩，几乎所有的相机都对准我们俩，我们俩仿佛成了明星似的，倒也为中国人挣了点脸面。

上岸后，被奖励一杯烈性伏特加酒去寒以及一张由船长与科考队长签发的证书。此次探险旅行我们俩出发前就带上了泳衣，准备去挑战严酷的南冰洋，去赴一场精彩的人生盛宴。

这次南极之行，收获了无数新的体验。旅游，每一次出发，都是一次未知的旅程，有无数美好的事情等待着我们去发现。

作　　者：罗克平
现居住地：上海
年　　龄：65 岁

一场说走就走的旅行
——南非之旅

2016 年 7 月下旬，上海的气温高达 40 多摄氏度，暴热肆虐。我正计划外出度假避避暑，在微信群里看到同程旅游公司的旅游顾问李斌先生发的“南非旅游特价信息”，对此我很感兴趣。一查询南非开普敦的当地气温最高 18 摄氏度，十分凉爽，立即向朋友邀约：“同去南非旅游怎么样？”。于是我们第三天上午就向旅行社提交了护照和申请签证所需要的材料，第七天就出发成行了。

我们乘坐的是埃塞俄比亚航空公司的航班，从上海浦东国际机场直飞到埃塞俄比亚的首都亚的斯亚贝巴，再从亚的斯亚贝巴转机到南非的开普敦，整个行程光飞行时间就需要 16 个多小时。

坐在埃塞俄比亚航空公司先进的波音 787 客机内，同行的陆女士很有感触地说：“我于 1974 年在虹桥国际机场候机楼当广播员的时候，上班时经常播送上海出发至国内外各地的航班信息，其中包括上海飞往亚的斯亚贝巴的航班信息。没有想到，今天自己终于坐上了这趟航班！”

在亚的斯亚贝巴机场候机楼转机的等待时间里，以及在飞往开普敦的航班途中，同行的新闻记者和摄影师出身的江女士已经拍摄了一组很有特色的非洲女子美发的摄影作品，有短短的卷发、耸立的爆炸式、密密麻麻的小辫式，立即吸引了大家的眼球。

“彩虹之国”——南非

南非共和国（简称南非）是位于非洲南部的国家，有“彩虹之国”之誉。南非是世界上独一无二的拥有三个首都的国家：行政首都（中央政府所在地）为比勒陀利亚（现已更名为茨瓦内），司法首都（最高法院所在地）为布隆方丹，立法首都（国会所在地）为开普敦。

南非共和国位于非洲大陆的最南端，介于南纬22° 至35° 和东经17° 和33° 之间，陆地面积为1219090平方公里，相当于荷兰、比利时、意大利、法国和德国五国面积之和。南非的东、南、西三面被印度洋和大西洋所环抱。

南非是非洲第一大经济体，是非洲经济最发达的国家，人均生活水平在非洲名列前茅，工业体系是非洲最完善的，深井采矿技术位居世界前列，矿产是南非经济主要来源。南非是世界最大的黄金生产国和出口国，也是世界主要钻石生产国，产量约占世界的8.7%，约占世界毛坯钻石贸易的60%。南非的国石为钻石，可见钻石在南非的地位。

失去在大西洋上空遨游的机会

我们旅游的第一站就到了开普敦。开普敦是南非的第二大城市，因著名的“好望角”而更受青睐，被评为全球十大旅游城市之一。

开普敦西部濒临大西洋特布尔湾，南部插入印度洋，其宁静美丽可与旧金山相媲美。这里属于地中海气候，雨量充沛，空气湿润。

这里是欧洲殖民者最早登陆的地点，是南非历史最久远的城市，又被称为“母亲城”。市内有很多殖民地时代的古老建筑，以爱德华式与维多利亚式的房屋居多。位于大广场附近、建于1666年的开普敦城堡是市内最古老的建筑，当年其材料多来自荷兰，后用作总督官邸和政府办公的地方。整个城市景观与人们一般印象中的非洲荒原大相径庭。

开普敦是个大都市，道路交通平时经常堵车。我们去的当天，是总统大选日，各单位放假一天，让选民参加各自选区的投票，所以街上车流稀少，节约了不少路途花费的时间。从我们个人而言，都很想去看看这一难得的当地选民投票仪式，可惜当地导游只是按旅行社的行程线路按部就班实施，我们只得作罢。

整座开普敦城市环绕地标“桌山”而建。桌山海拔高度 1086 米，桌山自然保护区拥有 2000 多种濒临绝种的原生花卉、植物，还有约 150 种鸟类，还有括岩兔、狒狒、狸猫等小型野生动物。山顶如桌面一样平坦，好像是用刀削平似的，被近乎直角的峭壁所包围。

登往桌山的缆车因在维修，这个旅游项目暂停，所以我们改去了信号山。信号山海拔 346 米，因正午时鸣炮而得名。其另一端因外形像“狮子头”，又被称为狮头山。

旅游车一路开到山顶上。在一块平坦的空地上，一顶顶滑翔伞载着游客从山上起飞，每顶滑翔伞乘坐 1 名教练和 1 名游客，两三个工作人员簇拥着教练和游客用力将他们推出，教练驾着滑翔伞飞向空中遨游。这是我第一次近距离看到滑翔伞起飞时的过程，十分好奇。大西洋上空布满了五颜六色的伞面，蔚为壮观。

我们沿着山的四周兜玩了一圈，多角度俯瞰了开普敦市容、眺望茫茫大西洋和远观著名的“桌山”全貌。

抵达了好望角

在开普敦的那几天天气晴朗，我们先后游览观赏了海豹、企鹅和鸵鸟，并登上了好望角的山顶，一睹大西洋和印度洋汇合处的风采。

我们是在豪特湾上的游船，出发去大西洋游览海豹岛。港湾内停着许多游船，码头上摆地摊的大都出售具有南非风情的商品，如挂毯、木雕制品等。还有群众艺人演出队卖力地跳着当地舞蹈，迎接进港的船只，希望游客能给些小费打赏。

港湾内风平浪静，我们的游船驶出 20 分钟后，大西洋一望无际，船随着波浪颠簸不已，最剧烈时倾斜达到 45 度，令胆怯者魂飞魄散。

海豹岛是个孤岛，因岛上为数众多的海豹和海鸥而闻名。孤岛上光秃秃的礁石上聚居着成千只软毛海豹，它们或在海里游弋猎食，或在岛上休息睡觉。我们的游船与岛间隔十多米巡航，能近距离清晰地观察到海豹的各种神态，但按规定不能上岛。不过比较可惜的是，由于边浪的冲击，船只摇晃得很厉害，要抓拍到海豹的最佳神态很不容易。

然后，我们又乘车去游览企鹅海滩。企鹅海滩位于开普敦至好望角的路上，离安静的西蒙小镇不远。来到企鹅海滩，可以看见成群的企鹅在海水中冲浪、戏水、觅食，或是在沙滩上享受阳光，憨态可掬。它们好像穿着黑色的燕尾服、挺着圆圆鼓鼓的白肚皮，像绅士一样，或排着整齐的队伍立正，或大摇大摆地行走，或躺在沙滩上戏耍。这个被称为“漂砾”的小海湾，是非洲唯一可以近距离观赏到企鹅的地方。

名闻遐迩的好望角位于非洲最南端，意思是“美好希望的海角”。1488 年葡萄牙航海家迪亚士在寻找欧洲通向印度的航路时到此，因多风暴，取名“风暴角”。但从此通往富庶的东方航道有望，故又改称好望角。好望角航线历来是世界上最繁忙的海上通道之一，有“西方海上生命线”之称。

在苏伊士运河 1869 年开通之前的 300 多年里，好望角航路成为欧洲人前往东方的唯一海上通道。苏伊士运河开通后，这条航路的作用虽有所减弱，但仍然是欧亚之间不可或缺的重要通道，一些巨轮还必须从这里绕道，每年仍有三四万艘巨轮通过好望角。

好望角正位于大西洋和印度洋的汇合处，强劲的西风急流掀起的惊涛骇浪长年不断，这里除风暴外，还常常有“杀人浪”出现。这种海浪前部犹如悬崖峭壁，后部则像缓缓的山坡，波高一般有 15 ～ 20 米，在冬季频繁出现，还不时加上极地风引起的旋转浪，当这两种海浪叠加在一起时，海况就更加恶劣。这里还有一股很强的沿岸流，当浪与流相遇时，整个海面如同开锅似地翻滚，航行到这里的船舶往往容易遭难，因此，这里成为世界上最危险的航海地段。

进入好望角区域首先有一处标志性的木头铭牌，长5米多，宽约40厘米，左边用英语写道：CAPEOFGOODHOPE，THEMOSTSOUTH-WESTERNPOINTOFTHEAFRICANCONTINENT（好望角，非洲的最西南端）。右边用阿非利卡语（南非荷兰语）表达了同样的意思。中间的一块木牌上标志出该位置所处的经纬度：18° 28′ 26″ EAST，34° 21′ 25″ SOUTH。许多游客都会在此留影纪念，证明曾到过好望角。

我们手脚并用地从光溜溜的岩石上攀跃到了悬崖的尽头，感受惊心动魄的一幕：脚下惊涛拍岸，汹涌的白色浪花持续不断地冲向悬崖，足足有好几米高，震耳欲聋。有一对青年男女站在悬崖石上，激情相拥，似乎让好望角见证他们的山盟海誓！

好望角自然保护区面积达7750公顷，是一个植物和动物宝库，这里拥有最古老、完全处于原生态的灌木层，绽放着被称为芳百氏、普罗梯亚木等各种植物；南非羚羊、长颈鹿、斑马、狒狒、鸵鸟、鸬鹚、黑鹰等稀有动物及飞禽都在这里幸福地生活着。政府对好望角自然保护区提供了最严格的保护——这里除观光游览车以外，任何汽车禁止入内；这里的一草一木一砂一石都是自然遗产，哪怕带走一段枯树枝、一枚小石子都是违法的。

好望角观景台在迪亚士角山顶上，1500年，“好望角之父”迪亚士再次航行到好望角，却遇巨浪而葬身于此。1849年，在迪亚士角山顶上设置了一座灯塔。因为好望角经常有雾，不能很好地发挥它作为灯塔的作用，老灯塔于1919年废弃。尔后被用作观景台，是好望角的标志性景观。

从海滩至观景台有条石头台阶小道，老灯塔上有一个指示牌，上面标注了此地与世界各著名城市之间的距离：如至北京 12933 公里，至纽约 12541 公里，至悉尼 11642 公里，至伦敦 9623 公里，至巴黎 9294 公里，至阿姆斯特丹 9250 公里等。在登山的过程中，移步换景，到山顶上再俯瞰好望角，全没有了之前惊涛拍岸的惊骇场面，岬角在大洋之中似乎显得很平静。我们远眺印度洋、大西洋的交汇处，水天一色，海阔天空，不禁令人心旷神怡、思绪万千。

好望角作为非洲的一个标志，是环球旅游爱好者必到的地方。俗话说：到南非不到开普敦，等于没到过南非；到开普敦不到好望角，等于没到过开普敦。

独特的新鲜感受

从开普敦乘坐航班往北飞行两个小时到达南非最大的城市约翰内斯堡。

约翰内斯堡成立于 1886 年，原是一个探矿站，随着金矿的发现和开采发展为城市。附近 240 公里地带内有 60 多处金矿，周围还有众多工矿业城市，约占南非工业总产值一半。

约翰内斯堡是一座充满生机和活力的城市，到处都散发着都市气息，但它仍保留着 19 世纪 80 年代淘金棚户区原始的一面。两大贫民窟——索维托和亚历山大内，都是非常简陋的平房或铁皮房，生活费用极为低廉。各个社会阶层都有自己相对的居住街区：黑人区、白人区、贫民区、富人区。中等经济收入以上的居民区内都有围墙、铁栅栏，围墙上装有铁丝网或铁蒺藜，聘请了专业的保安人员，以保平安。我们先后就餐的几家饭馆，都有保安人员在门口守护，并再三关照大家饭后就在旁边的超市逛逛，不要远离。有家饭馆因为保安人员休假，等我们食客一进门后，服务员赶忙就把铁门关上，以确保安全。

到南非肯定要去野生动物园看看。比林斯堡野生动物园是南非第四大野生动物园，占地面积500多平方公里。野生动物园实行的是准军事化管理。荷枪实弹的警卫，戒备森严的盘查，让人顿生探险、猎奇，甚至莫名的兴奋、冲动与神秘感。园方要求每位游客签署一份“生死状”，游客必须严格遵守各项规定，以避免承担重大伤亡事故的责任。

据说观察野生动物的最佳时候是早晨和黄昏，这也是摄影的最佳时刻。我们早上8:15就乘坐动物园预约的越野敞篷车出发了，天刚蒙蒙亮，荒原和高坡上冷飕飕的，我们每人将车上预备的毛毯披上，方能抵御一阵子寒冷。汽车开了半个多小时，还尚未见到动物的踪影，我们心中嘀咕：是不是动物们还在睡觉呢？

直到见着100米外草丛中的2只长颈鹿后，我们才开始兴奋起来，司机则配合我们的摄影视角，车慢慢地往前一点点移动，直到完全没有了树木的障碍，于是我们可以全视角地尽情拍照。

此后，我们相继目睹了在自然野生状态下的“非洲五大兽”——狮子、大象、非洲野牛、犀牛和花豹，还有斑马、大羚羊等11种野生动物。这样的幸运在一般游客中是很少见的（大部分游客只能看到六七种野生动物），这得归功于司机发现后及时停车并指点给我们看的，并耐心地让我们拍照。有一群大象笃悠悠在河边嬉戏，距离我们足足有1公里远，不是司机指点根本无法看清，我是依靠长焦距相机才得以拍摄到这群可爱的大象的。

南非之旅有着超高的性价比，住的是四星级宾馆，吃的有中餐、西餐和海鲜。大家连呼：值得，值得，值得！

作　　者：锐超
现居住地：贵州
年　　龄：46岁

318骑行
——景在眼前，梦在远方

这是“中国的景观大道”，这是“一条比记忆还要长的路”，这是从上海人民广场到西藏中尼友谊桥的318国道。这世上值得我们不畏艰辛和磨砺去面对的路真心不多，走上了318国道，你才能体会到什么叫作“朝圣者般的孤独”。

一路走来，遇到很多人，而每个人踏上这条路的理由都不尽相同：有的人像运动员，为了证明自己可以更快地到达终点；有的人像行僧，独自踏上这段苦旅；而更多的人是希望自己的青春不留遗憾……我应该是什么都没有，只是想像徐霞客一样出发！

骑行途中，无论是在山涧面对着贡嘎雪山泡着野温泉；还是在乡间小镇惬意地泡在pub里；或是

看过新都桥那一路不真实的云与山……总觉得一路上的付出得都有些虚幻。直到到达折多山之巅的时候，才恍然觉得，也许这是一趟朝圣之旅！

住在然乌仙湖上的小店里，出发的一路上都是雪山，密林，灌木，被云缭绕的山……恍惚间会搞不清楚到底是骑行在川藏线的路上还是漫步在日内瓦的某个小镇里。之前还在遗憾没有很好地观赏贡嘎雪山，而现在却站在海拔 5000 多米的另外一座山上，不是雪山，是冰山。

早上从 4000 多米的海拔的地方醒来，总是不怎么清醒，行进了大概四五十公里的时候渐渐清醒过来。在往前骑行的时候眼前的一切又让我迷失在现实与梦境之中，至于手机捕捉到的画面，能有我真正看到的 10% 就足矣……

我的川藏之旅还在继续，那些人、那些故事以及所有美好的不期而遇，都在路上。

作　　者：冯继军
现居住地：上海
年　　龄：74 岁

穿越时代！贵州红色游，重走长征路

由于红色记忆最丰富、政治会议遗址最多，贵州也成为热爱红色旅游的游客们最热衷向往的地方。遵义会议、强渡乌江、四渡赤水……这些重大历史事件给秀美贵州的山山水水铺染上一层壮美的红色。

2016 年 4 月中旬我和旅友参加旅行社组织的贵州全省特色游，我们不但游览了具有高原喀斯特地貌的荔波大小七孔，兴义万峰林和马岭河大峡谷等自然美景。还参观了贵州省西部的息烽集中营、遵义会议会址和赤水市丙安古镇等处的红色旅游景点，接受了红色教育。

那天我们旅游车从贵阳经息烽赴遵义市，途中跨越了贵州第一大河乌江，在遵义市我们瞻仰了“遵义会议”会址。当年中国工农红军长征到遵义，就在这幢主楼的楼上，原房主的小客厅里举行了遵义会议，这次会议确立了以毛泽东为代表的新的中央领导集体。

遵义会址是一幢中西合璧的二层楼房，小楼青砖红瓦垂柱，原是黔军第 25 军第二师师长柏辉章的私人官邸。大家怀着庄严凝重的心情瞻仰这幢在中国历史上起到转折作用的小楼。

第二天我旅游团一行驱车去贵州北部赤水市丙安，丙安古镇位于

赤水河的中下游，在川南与黔北交界的古道上。80 年前于 1935 年 1 月红军四渡赤水时，红一军团第二师和师团部曾在丙安古镇扎营，保证红军顺利首渡赤水，取得了战略性的胜利。因此丙安也是全国百大红色旅游经典地之一。

我们一进镇口就看见赤水市人民政府立的“丙安红军渡口”的石碑和红军吊桥。吊桥下的赤水河将镇一分为二，古镇在河西，吊桥是古镇老乡出行的要道。丙安古镇建在赤水河畔陡峭的岩石上，离河滩有 10 余米高，寨门旁“红军客栈”吊脚楼倚靠在苍劲古朴的黄桷树旁。

下桥后从古码头的石阶梯往上走，穿过拱形石门，见到一条长满青苔窄窄的石板街，街两旁都是昔日四渡赤水战役中红一军战士的一间间驻地，现在却是背篓的乡民采购日用品的商铺客栈、饭店和供乡民品盖碗茶的茶馆。

丙安的石板路、长青苔的旧瓦旧墙、崖壁上吊脚楼和背篓的乡民，隐约渗透着历史的沧桑……当年红军四渡赤水河的首渡处——丙安古镇渡口，给我们留下红色的记忆，久久不能忘怀！

作　　者：潘桂春
现居住地：广东
年　　龄：53 岁

西藏，是远方，更是故乡

2015 年 9 月是退休后的第一次旅行，我和我先生俩人找回到的不仅是生活的乐趣，更是一个更好的自己，看见一个更辽阔更鲜活的世界慢慢在眼前铺展开来。此后的一年间，我们断断续续又去了东北黑龙江看冰雕，去了北京爬长城，也去了杭州见西湖。但是无论走到哪里，始终最挂念西藏，想念那里风轻云淡，伸手可摘星。想念那里山清水秀，随处都是画。这片圣土，不知不觉已经在我心底里，成了永远的乡愁。

——题记

三毛曾说世界上总有那么一个地方，当你听到它的名字时，就知道自己属于这个地方，像是前世记忆似的乡愁。

重新热爱上旅行是在 2015 年退休之后，也得益于我丈夫和女儿的支持，令我看到了更大更美好的世界。2015 年年初，刚退休的我正处于更年期，从一位忙碌的职工人士变成悠闲的退休人员，习惯了奔跑的人，一下子停了下来身体和心理都面临各种不适应，总觉得莫名的头疼腰骨酸痛。后来看医生，医生叮嘱我去找点事情做，心情不浮躁，病情才会好转。这件事更是令我坚定了要去旅行的决心。

早些年就一直很想去西藏，但耽于工作时间，家庭压力，一直没能如愿。但西藏这抹乡愁却始终萦绕在我的梦里，不曾消磨半分，一想起这个梦将要实现，整个人都兴奋起来。

出发西藏前查阅了不少攻略，为了增强体质，抵抗高原反应，出发前认真锻炼了两个月身体。

终于等来了初秋 9 月，和我先生约好了要挑战 54 小时火车硬座，从广州到拉萨铁路全程 4980 公里，全程靠着意志力硬撑坐着。我心里默许这 54 小时是一种对圣地的渴求，是一个神圣的过程，就像佛教信徒们从遥远的故乡开始，不惧千辛万苦，三步一磕，直至拉萨朝佛。只是我们的方式不同。

在火车上的时日，感觉男人与母亲就是这世界上最伟大、最了不起的人，尤其是在火车硬座车厢里，我们随处可见，男人把自己的位子留给身旁心爱的女人，自己站着，而母亲把膝盖给她的孩子作垫。由于过于疲累，这 54 小时，我几乎是一路昏睡过去，一天才吃得下两口饭，身体的不适让我自己都觉得撑不到西藏了。也或许是人渴望的力量足够强大，又或许是先生照顾得无微不至。直到西宁一带，原本谈笑风生的车厢都开始安静了下来，大家的高原反应开始加剧，而我还是一如既往地平静，贪婪地看着眼前的一切。

这条铁路堪称中国风光最美的铁路，这一路贯穿了南方的秀丽，西北的苍凉，高原的壮美。

2015 年 9 月 3 日下午 5 点，Z264 次列车终于抵达拉萨站，刚下火车的我们有轻微高原反应，不过拉萨的平和能抚慰这一切。这座城市，从我下车的那刻起就给我一种祥和温暖的感觉。不觉得陌生，好像是已经住在我心里很久，而今天我终于能触摸到她。

在旅馆休息了一晚上，9 月 4 日元气慢慢恢复，拉萨的魅力也足以平复头晕气喘。

第一天，慕其盛名，我们先来到布达拉宫广场，拉萨的天气很好，阳艳，天蓝，风轻，仿佛伸手就能摘下一朵云。

下午，在一个藏族餐厅吃饭时，对面坐着一个来自厦门的大姐，第二次来西藏，一个人，她告诉我这里的藏族同胞，特别是老一辈，每天的工作就是礼佛念经，不会有太多烦琐的杂事。

在拉萨待了两天，也走大街小巷也吃街头小食。拉萨的大小寺庙，我们也进去过，或许不是信徒，自身感知不够深，但是氛围感受很浓，同样是烟烛佛像，同样是信徒口里的念念有词，但是我知道不同的是每个人心里对佛的祈求。

9 月 5 日晚上拉萨下了一场雨，拉萨的雨多下在夜间，是因为夜深人静，特别自在写意。

9 月 6 日，早上 6 点起床，出发去当雄县的纳木错。早上 5 点出发，直到 10 点到达目的地，比去鲁朗的山路还要颠簸。因为一路的山路崎岖盘旋，再加上当地海拔 4700 米，同行的一位香港的中年妇女，梦想了千万遍要亲眼看看圣湖纳木错，不料身体不适，一路颠簸使她高原反应严重，只能瘫坐在车上吸氧，最终未能亲临圣湖。

纳木错的湖面辽阔似海，云彩蔓延在青绿色的湖水上，湖水与迎面寒风皆冰冷刺骨，却丝毫未减她唯美圣洁的气质。

归程恰逢西藏自治区成立50周年，到处安检，限速。回到拉萨已是晚上八九点，一身疲惫极其辛苦。

9月7日，出发去有西藏江南之称的林芝。绕了10小时的山路，晚上十点多到达林芝。

9月8日，出发去鲁朗，一路上风光旖旎。终于到了鲁朗小镇，有瑞士花海之称的特色小镇，却因为我们来的季节不对，花海林海都还在沉睡。于是感受到了一个清冷的鲁朗。

只好在山间小路上，眺望雪山，听经幡随风摇曳的声音，看牛羊若无其事地嚼草，过了一个安逸娴静的午后。

在路上折腾了些时日，9月10日又重回到拉萨。途中路过罗布林卡，看少年画里的夏宫，春意盎然。

西藏的景点特色明显，或宗教，或天然美。走人文景点几乎都会遇到宗教，从佛教徒那我能感受到一种灵空出世之感，感悟到其中的平和与神圣。

9月12日，最后一天待在拉萨。布达拉宫是必去的，也在那终于看到仓央嘉措的寝宫，即使是一路气喘吁吁蹬到宫顶也值了。关于他的传说种种不一，仍改变不了我对他诗歌的喜爱。

吃藏餐是在玛吉阿米餐吧，期待已久。

餐后，在八廓街散步，也有藏族同胞用着不大流畅的普通话和我们聊天。我们静坐在街边坐凳上，看人群川流不息，看转经筒的旋转，也看佛教徒们三步一叩五步一拜，想象他们前世今生来世的故事。

佛曰，前世五百次回眸才换得今生一次擦身而过。我想我们与这座城的缘分也一样，幸得我先生和我一样对圣地的深切眷恋，幸得前世无数次的回眸，今生我们才有缘到此一游。

2015 年 9 月 13 日，我们带着无比留恋的心情，一遍遍回望拉萨。再见西藏，希望今生还有缘踏入这片圣土。

作　　者：罗克平
现居住地：上海
年　　龄：65 岁

新西兰米尔福德峡湾，天地间，岁月永恒

在新西兰南岛，有一处 200 万年前的冰河运动与切割而产生的深邃峡谷，这便是宛如仙境的米尔福德峡湾。它是新西兰规模最大并且保存最完美自然景观的峡湾。也是世界著名的自然奇观，米尔福德峡湾以及周边的峡湾国家公园于 1986 年被列入了《世界遗产名录》。

从皇后镇到米尔福德峡湾距离约 280 公里，4 小时的车程。沿途行车可以欣赏峡湾国家公园内的壮丽景致，通往峡湾的道路两旁覆盖着原始冷温带雨林，其中主要树种是银山毛榉，叶子如指甲般大小，树干长有银白色的树皮。沿途还有峡湾国家公园内最大的天然草原、埃格林顿山谷、镜湖、诺布斯平原。

米尔福德峡湾位于南纬 44°　39′　00″，东经 167°　54′　00″，形成于冰河时期。码头中心停放着几艘游船，分别属于 3 家游轮公司。游船行程 1 小时 45 分钟，船上的广播有英语、法语、汉语、日语等讲解，根据团体游客的国籍提供对应的语言广播。船上提供免费自助午餐和饮料，游客可以在舱内边饮食边观景边聊天，很舒适悠闲。

我们惊喜地看到大自然鬼斧神工的杰作——陡峭的悬崖，壮观的

飞瀑，湍湍的冰河和茂密的雨林。游船沿途有辛巴达溪谷、米特峰、仙女瀑布、海豹岩、斯特林瀑布等景点，峡湾水面与山崖垂直相交。其中米特峰海拔1692米，是直接从海上拔起的世界上最高的独立岩块。米特峰因形状类似冠帽状，又被命名为“教冠峰”。在所有的山涧几乎都能见到大大小小的瀑布，在峭壁上，大小瀑布叮咚或者轰鸣，汇成动听的天然交响乐。最著名的瀑布是苏瑟兰瀑布，总落差达580米。在峡湾内荡舟，看到的是群山合围，峭壁万仞，飞瀑流泉，冰川滢滢，给人以无限美感。

刚才还晴朗万里的天空，突然下起了阵雨。米尔福德峡湾每年有200多天的雨天，年降水量最高多达7米，是世界最潮湿的地区之一。风平浪静时，米尔福德峡湾宛如一面镜子。大雨滂沱时，四处皆是飞流直下的瀑布。由此形成的无处不在的瀑布以及与之相称的曼妙的薄雾，以及雨后绚丽的彩虹，使得景色更加瑰丽。

从米尔福德峡湾返回皇后镇有直升机。机场就在峡湾码头中心附近，机场上停放着4架直升机。我们乘坐的是小松鼠机型，我坐在第一排的飞行员旁边，乘客一共6个人。我们戴上了耳机，传出来飞行员对话的声音。直升机是腾空直上的，速度很快，直到直升机超过了山的高度，在4100米的高度往前平稳飞行巡航时，我才轻松下来了。

放眼望去，南阿尔卑斯山脉、瓦卡蒂普湖、米尔福德峡湾、米特峰等无限风光尽在脚底下，一览无遗，视野广阔。我们不停地全角度地摄影、摄像，很爽！这种刺激的体会难以言表……

直升机停在群山巅峰的山顶上，我们与年轻的法国籍飞行员在直升机前合影。飞行员与我们同行的一对85岁的老夫妇热情地说：“您们两位是我飞行中接待的最年长的客人！”

我们在山顶上尽情观览四周、拍照，心旷神怡，南阿尔卑斯山的壮丽景色尽收眼底。我们以蓝天白云、峡湾和阿尔卑斯山脉为背景，在山顶上留下了11位乘坐直升机的旅友合影照片，非常难得和珍贵！

作　　者：章胜利
现居住地：浙江
年　　龄：73 岁

一个来了就难以忘怀的地方，美丽的西双版纳

西双版纳是我们伟大祖国西南边陲的一块美丽神奇的土地，这里的每一座山、每一条河、每一丛树林、每一片云海，都有着优美的神话传说，都蕴藏着最美的诗篇。

为了探奇猎胜，圆我数十年的版纳梦，我于深秋时节踏上了这块神奇的土地，像梦幻一般，我领略到它旖旎的民俗风情。

我到橄榄坝的那天，导游告诉我来得正是时候，西双版纳一年中的雨季刚刚过去，橄榄坝就像水洗过一样，越发绿得耀眼了。

100 多个傣族人的寨子散布在那儿，简直就像一只栖息在澜沧江边的绿色孔雀。簇拥在周围的椰子树、槟榔树、芭蕉树和柚子树的叶子深深浅浅，重重叠叠，疏疏密密，就像是孔雀翠绿的羽毛。虽说是深秋，这里依然一派绿意，仿佛是一年中的第二个春天。

不过，与绿色相衬的还有星星点点的红色、黄色和棕色，你看，鲜红色的芭蕉花正在怒放；金色的柚子、香木瓜都成熟了；香气袭人的缅桂花也绽开了黄色的花朵；还有棕色的椰子，此时已是挂满了枝头。它们把橄榄坝的绿衬托得格外幽深、格外剔透、格外诱人。

我漫步在澜沧江边，隔江眺望：远处，青山如黛；稍近处，连绵起伏的山峦一片树海，有松、柏，还有小竹楼；再近处，直到澜沧江岸，是常青的灌木丛。那远山、近峦和岸边的灌木丛，极有层次地将倒影投入江水里，把整个澜沧江都染绿了。这时，太阳已经西斜，到了收工的时候了。随着一串串清脆的歌声，傣家姑娘三三两两，身着色彩缤纷的筒裙，从江边走来，把你的心激荡起层层涟漪，不一会儿，姑娘们溶入暮霭中，唯见村寨中升起了缕缕炊烟，此时我似乎感到这袅袅炊烟也带着绿色的光环，富有诗情画意。

景真八角亭，是西双版纳重要文物。位于景真一个名叫景代的傣族寨子后面的山包上，山下四围是傣家的竹楼。当你站在亭前举目四顾时，就会看到东南面是碧涛流水的流沙河，据说《西游记》里的沙僧就在这里待过，河上有一座小桥，闻名于世的《葫芦信》悲剧，就发生在这里，美丽善良的景真公主就是在这里殉情的。八角亭西面是碧波荡漾的景真湖，《召树屯》故事里的孔雀公子楠木诺娜七姐妹，传说在湖里洗过澡，遇上王子召树屯。

八角亭建于傣历一千零六十三年（1701 年），已有 310 余年历史。亭子系砖木结构，是八角形，高 22 米，亭身有 31 面，32 个角，每个角都盖着板瓦，每层屋脊上都有着各种形状大小不一的陶制品，墙壁涂有金粉，印有各种图案和动物，那镶嵌着的玻璃镜不时在艳阳下闪光。八角亭的偏厦，自下而上，层层收缩，重叠美观，直到顶端，错落有致，别具一格，亭顶边沿挂有铜铃。

据传这座八角亭是佛教徒们，为纪念佛祖释迦牟尼而仿照他戴的金丝帽台“卡钟罩”建筑的。在古代，它是个议事亭，在傣历每月十五和三十两天，景真区的佛教徒集中亭内，听高僧传经和商定宗教重大事宜。八角亭以其雄伟的姿态，屹立于流沙河畔，成为西双版纳的名胜。

傣族男女青年谈恋爱的方式也挺别致。他们既可以在幽静、凉爽的竹楼凉台上谈，也可以在篝火映照的纺线场上谈，在热闹的丢包场上找；既可以在赶摆路上互诉恋情，也可以在田间地头以及砍柴、看戏时，相互表露爱慕之情。

清代柯树勋写有“抛球”诗：“时样衣衫趁体艳，绣球抛物早春天。邻家姐妹同声贺，恰有多情美少年。”抛球就是傣族青年男女的丢包。

丢包是一种娱乐、体育活动，也是他们选择对象的传统方式。每当傣历新年来临时，姑娘们便会精心制作一种菱形的花布包，内装棉籽，它的4个角缀有缨须，正中缝有一根两尺来长的提绳。有的包上还绣有各种花纹，姑娘们把自己的理想和愿望都绣进了包里。

节日一到，姑娘和小伙子们穿着漂亮的衣服，相约来到广场或开阔的地上。男女相距二三十米，双方用菱形布包对掷。开始大家都输了，就得向丢包人敬献鲜花或其他礼物。后来，青年们就有目的地挑选人了。当姑娘看中自己喜爱的人时，就把心爱的布包掷给他，对方接住了，就意味着他也喜欢她，这样，两人对掷起来，然后相约退出活动场所，到村前寨边或僻静地方相互倾吐爱慕之情去了。

今天丢包，在很多地方仍然是爱情的信物和媒介，但不少地方，只是一种纯粹的新年的游戏了。在茶楼酒肆，傣族姑娘跳舞时，趁你不留意将小花包丢入你的怀里，笑而不语，意趣横生，让接不着的人看着眼馋，直咽口水。

这里记述的仅是西双版纳风情中的一鳞半爪，在这片富有魅力的土地上，到处都充满情趣又令人神往，要探求它、认识它、记录它，就必须亲临其地，去品味，去欣赏。

到西双版纳去！这确是旅游的最佳选择。

作　　者：罗克平
现居住地：上海
年　　龄：65 岁

卢塞恩湖畔的冰雪奇缘
——铁力士雪山

瑞士的铁力士雪山，又称铁力士峰，是阿尔卑斯山脉著名的风景区，海拔高达 3238 米。山顶被积雪覆盖，冰雪终年不化，山上有万年冰川。铁力士雪山是欧洲目前开发最完善、也是最有名的旅游景点之一，已成为度假和滑雪爱好者的首选。

各个旅行社在西欧游线路瑞士雪山的安排中，要么是铁力士雪山，或者是少女峰雪山，它们都是属于阿尔卑斯山脉的山峰。少女峰是阿尔卑斯山的最高峰之一，海拔 4158 米，绵延 18 公里，宛如一位少女，披着长发，银装素裹，恬静地仰卧在白云之间，故美其名曰“少女峰”。每个景区都有各自的“抢眼球”的亮点：铁力士雪山因“全球唯一独创的 360 度高山旋转缆车”和“欧洲海拔最高的悬索桥”而闻名，少女峰雪山的亮点则因“欧洲海拔最高的火车站”而闻名。

我们的行程原来安排是去少女峰雪山的，而最终确定的是铁力士雪山。对我们没有去过的人来说，去哪里都是一样的。但对一起同行的旅友陆女士来说她则眉开眼笑，因为她之前去过了少女峰，她的心愿就是去铁力士雪山。

从卢塞恩乘坐景观火车约 1 小时就可以到达铁力士雪山脚下的美丽的英格堡小镇，乘坐大巴要一个半小时。英格堡在德语的意思是“天使之乡”。它是个典型的瑞士小镇，草坪、湖泊、雪山、牛羊、布满鲜花的木质屋舍，如画一般美丽。加上小镇里有很多天使的塑像，所以它被称为“天使之乡”名副其实。

英格堡小镇面积 74.8 平方公里，位于卢塞恩湖以南的上瓦尔登州，周边是伯尔尼州、下瓦尔登州和乌里州。19 世纪开始，英格堡成为世界知名的度假疗养地。英格堡·铁力士山滑雪场是瑞士十大冬季滑雪场之一。

英格堡于 19 世纪末兴起了健步和山地运动，1903 ～ 1904 年的冬季，英格堡有了第一个冬季运动会。1912 年，建起了第一条从英格堡通往铁力士山上的牵引式铁道。1927 年，瑞士的第二条缆车建成。1967 年，通向铁力山主峰、海拔 3020 米处的缆车开通。之后，安装了世界上第一架 360 度旋转缆车，成为游览铁力士山的一大特色。包括旅游业在内的服务业为英格堡小镇贡献了 3/4 人口的就业机会。

要登铁力士雪山了，导游把车票发给每个人时，再三关照：车票不能遗失，中途要转两次车，都是要验票的，每次坐缆车前要刷车票上的密码自动门才能打开。从英格堡缆车站上铁力士雪山要乘坐三段缆车，全程约 45 分钟到达山顶。其间转换 3 种不同的登山缆车，分别为包厢缆车、巴士缆车和高空旋转登山缆车，沿途景观随着高度的上升而变化，从碧绿的山谷直至白雪皑皑的冰峰。

第一段是从海拔 1000 米的英格堡到海拔 1800 米的特里布湖，该缆车可坐六人，就像我们国内面对面坐，每排 3 人的包厢缆车一样。沿途还可以见到绿色的矮灌木。需要学习初级滑雪的游客在这里下车。到第二级缆车站时，需换乘巴士缆车，可乘坐 80 人，沿途基本无植被，只有裸露的棕灰色岩石和少量冰雪，抵达海拔 2450 米的史坦德车站。我注意到：这里每一个车站都明显地标志着海拔高度的数字，随着不断往山顶行进，我看后自然会产生一种自豪感和兴奋感！

第三级缆车站换乘高空旋转登山缆车，全世界仅两条缆车线上有，均为瑞士人的作品，这组旋转吊车是于 1992 年 12 月正式通车，是极富创意的世界首创。这时，进来了一批滑雪者，他们身着滑雪服、头戴滑雪帽、眼戴滑雪镜，携带着滑雪板、滑雪杖，一进车厢内就带来了一股强劲的活力。值得一提的是，缆车的门外专门有安插滑雪工具的地方。缆车开动后，车厢能够 360 度地旋转，悠然旋转攀升，仿佛乘坐直升机的感觉。缆车运行时，沿途能全视野地欣赏铁力士雪山终年不融的冰川、皑皑的白雪以及壮观的冰川裂缝等自然景观，直达铁力士雪山的巅峰。山顶缆车终点站的海拔高度为 3020 米。

铁力士雪山的山顶缆车站的底层为连接山下的缆车站口的出入处、纪念品商店和冰洞。此冰洞是天然形成的一条长长深入山体的天然洞穴，内壁终年覆盖有厚厚的冰层。沿梯而上，第二层有食品店，最上层直接通向山顶的积雪平台。

一出门，我们立刻快步冲向雪地，尽管看不清哪儿是路，在雪地中挪步艰难，但每个踏入雪地的人都仿佛被冰雪“激活”了一般，笑颜绽放在脸上，欢笑声回荡在雪山之巅。好像只要踏入了雪山，无论什么年龄的人都会回到那个无拘无束的童年，三五成群的游人嬉笑着摆出各种“Pose”，尖叫着互相用雪球打着雪仗。同行的有一对老夫妇，男的 83 岁，女的 81 岁，精神抖擞、饶有兴趣地在雪山上合影。更夸张的是，一位 50 多岁的女性，多次躺着、卧着在雪地中摆出各种姿势拍照，完全顾不得寒冷和严冻。我们拍摄的一张合影照片还被上海电视台的电视画面所转载。听说，还有人脱光了上衣不畏严寒地在雪山上拍摄裸照，那反差和刺激就更大了，画面也更精彩！我也相信会有这样的勇士尝试。我遇到了来自山东济南的一支老年艺术团的舞蹈队，兴致盎然，热情奔放，我就用专业的相机帮她们拍摄了一些欢腾跳跃的场景。整个铁力士雪山的“雪世界”，俨然一派欢乐天堂的景象。

放眼望去，天际屹立着皑皑的雪山冰峰，巍峨的雪山直插天空，雄伟而壮观，美得无法用言语形容。

来自世界各地的滑雪爱好者们从山顶上沿着曲折的雪道呼啸而下，欢笑声沿着山坡余音缭绕，望着他们远去的优雅背影，我们这些“旱鸭子”很佩服，不禁竖起了大拇指。英格堡·铁力士山滑雪场是瑞士的十大冬季滑雪场之一，也是距离苏黎世、巴塞尔、卢塞恩最近的滑雪场。有 30 多条滑雪道，绝大多数的地形适合中级和初级的滑雪者，配有超过 20 条铁轨和滑雪升降机。20% 的坡道是留给滑雪高手和单板运动员大显身手的，其中包括了直达山谷的 12 公里的坡道，落差达 2000 米，急速体验让人难以忘怀。

看到滑雪者们的矫健身影，我不禁想道：现在我们大多数人对旅游的体验大都仅仅是“到此一游”，而“旅游 + 体育”的体验则更完美，例如在铁力士雪山的“旅游 + 滑雪”，到马尔代夫的“旅游 + 潜水”，到新西兰的“旅游 + 蹦极”等。而我的一些爱好打网球的朋友，则在旅游中到澳大利亚、美国夏威夷等特意增添了“旅游 + 网球”的项目，也是一种新型的体验。

而我，从自身的实际出发，开展了“旅游 + 文学”的体验，多了一个目标，倒也收获多多。

山顶上人太多，于是我独自一人往雪山的前方随意走去。走了 100 多米后，没有想到在右方竟然看到了一座悬索桥，这就是凌霄岩道悬索桥，宽 1 米，长 140 米，跨越 500 米的深渊。桥面铺满了雪，晃晃悠悠的，也被称为瑞士“最惊悚的吊桥”。在桥上，是欣赏阿尔卑斯山脉的最佳独特的视角。空灵之中透露出几分清冷之气，俯视群峰，满目皆是四处流泻的旖旎景致，不同角度的雪峰呈现出了不同的雪姿，有的像是翻滚着的汹涌怒涛，有的像是坐佛，有的又像是一头威风凛凛的雄狮。雪山之巅安静得听不到一丝声音，但处处是美景，似乎在不经意间将一泻千里的奔放和宁静优雅的气质袒露展现在我的面前。

位于铁力士山上海拔 3040 米的凌霄岩道悬索桥是欧洲海拔最高的悬索桥，建成开放于 2012 年 12 月，以纪念铁力士山上的第一条缆车线建成 100 周年。

我在悬索桥伫立良久，其实也就十来分钟，思绪万千也罢，思绪凝固也罢，心灵受到的巨大震撼和洗礼那是肯定的：在浩瀚亘古的大自然面前，我们普通人只是一位匆匆的过客。如何使自己的人生更有价值更有质量，包括对社会、对事业、对家庭、对他人，能站在铁力士雪峰的山顶上，我感到自己是幸运的、幸福的！

作　　者：曹海燕
现居住地：江苏
年　　龄：42 岁

蓝色星球上最后一片净土，翻山越岭只为看你

在川西，有一个美得惊世骇俗的地方，它的名字，叫稻城亚丁。一个人一生中至少去一次的圣地。亚丁，不仅有壮丽神圣的雪山，还有辽阔的草原，茂密的森林和碧蓝的大海，雪域高原最美的风景都汇聚于此，保持着地球上近乎绝迹的纯粹，被誉为“蓝色星球上的最后一片净土”。

向往已久，这个 7 月，终于成行。然而 7 月是雨季，周围的朋友都叫我期望值不要太高。其实只有独自旅行时，才能听得到自己内心深处的声音。它会告诉你，这世界比想象中更宽广。所以一个人背包去旅行，除了追求美景，也是去寻找未知世界与更好的自己。

踏上著名的318国道，路上骑行与徒步的驴友随处可见，有时在休息点，情不自禁地对经过的骑手说一声“加油”，便会收获一个个爽朗的笑脸。看着他们的背影感受这一路跋涉，真心佩服他们追逐梦想的执着和勇气！果然，途中雨水与塌方不断，慢慢地适应高原反应，海拔渐高，空气也越发通透，翻过折多山后，天渐渐地放晴了！天空湛蓝，白云朵朵，牦牛点缀在草原间闲庭信步，这就是我最爱的高原——博大宽广，不疾不徐，我觉得，这不失为人生极好的状态！

在稻城休整了一夜，由于是夏季，看不到金色的稻城，于是隔天一早，直奔亚丁保护区。亚丁的三座雪山：仙乃日、央迈勇、夏洛多吉，南北向分布，呈品字形排列，统称“念青贡嘎日松贡布”，意为：终年积雪不化的三座护法神山圣地。藏传佛教称其为“三牯主雪山”，是藏族同胞心中的神圣之地。

换乘景区的观光车进山，听司机说，亚丁连续阴雨，今天刚刚放晴了！大巴转了数不清的弯道之后，突然看到夏洛多吉，（藏语为“金刚手菩萨”）耸立在眼前！海拔5958米的山峰似雄健刚毅、神采奕奕的少年，第一个欢迎我们！一切的幻想，终于在看到实实在在的雪山之后化为掩饰不住的激动，原谅没见识的我，可是第一次看到雪山哦！过不多久，央迈勇，像极了娴静端庄，冰清玉洁的少女，矜持地傲立于天地之间。

下车徒步进入海拔4200米的洛绒牛场，满目苍翠，鲜花遍地，雪山环抱，三座雪山峰形各异，但都洁白无瑕，一尘不染！世上居然会有如此纯净之地，我深深地震撼着，不停地按着快门，贪婪地从每一个角度拍摄着雪山，却又对每一张照片都不满意，总觉得言语与相片无法描述心中的感受！

趁着阳光尚好，决定登山，去看一看传说中的牛奶海和五色海。

牛奶海，海拔 4500 米，传说每年春暖花开之时，湖水会像牛奶一样洁白如琼浆，并因此得名牛奶海。纯净的湖水给人以平和安宁的心境，而湛蓝的海子并不透明，显得神秘莫测。

上山的路，崎岖不平，也并不宽敞，混合着登山的徒步爱好者，也夹杂着骑马的游客。海拔一点一点升高，我走一段休息一下，慢慢调整节奏和呼吸。几百米的落差，虽然在平原徒步不算什么，可是第一次在高原，对自己也是一个挑战。快到牛奶海了，转过一个山坳，温度已经比山下下降了一些，风很大，速干衬衫贴在汗湿的身上凉凉的，我赶紧穿上羽绒服。乌云渐渐布满了空中，早就听说 4500 米牛奶海到 4600 米五色海天气多变，没想到还真遇上了。远远地看到一条小路直通海子，我不禁加快了脚步，这时候，居然，下冰雹了！不过此刻，轰隆的雷声也阻挡不住登顶的喜悦，当扇贝形的牛奶海就在眼前，碧蓝的雪水平静无波，周边环绕着乳白色，仿佛一颗蓝宝石镶嵌在雪山丛中！掬一捧圣水，洗一颗凡心，这一路攀登的艰辛，瞬间都值得了！

走过稻城亚丁，遇到的是太过丰富乃至震撼人心的风光。走过大山，经过湖泊，在至纯的风光中遇到至善的文化。行走在天地间，壮阔的风光让人体会到自己的渺小，在感动中重拾至真的自我。

作　　者：宁资虎
现居住地：湖南
年　　龄：54岁

十二日游记，告诉你一个真实的俄罗斯和北欧

莫斯科的早晨

我躺在莫斯科号称最高档的宾馆里的床上倒时差，国内是上午十一点过五分，莫斯科是清晨六点过五分。我的眼睛呆呆地望着天花板，心绪莫名其妙地飘忽不定。窗外一抹晨曦不知不觉地爬上了我的眼睑，我移步来到窗前，看着窗外的天空，低低的云朵在慢慢地涌动，好像是一个下雨的天。

在上小学时我就一直向往莫斯科郊外的晚上，然而，俄罗斯海关人员对我行李的野蛮行径，以及莫斯科旅游公司来接团的大巴司机用一双愚蠢的眼睛盯着导游忙上忙下而无动于衷的行为，扰乱了我的心情。晚上十一点钟我们到达宾馆，我的腿因为痛风还不能随意走动，莫斯科郊外的晚上，我没有办法像曾经向往的那样，去静静地欣赏。

宾馆富丽堂皇的外表与非常一般的室内设施相比，相差非常大。不知这间宾馆是五星还是四星，房间里没有电视机，只有一个非常普通的电脑。我不懂的是，高大的俄罗斯人为什么把宾馆房间里的床安

排得那么窄小？因为房间里没有烧开水的设备，卫生间里没有地漏，所以烧水靠自己带的设备，洗澡也要非常小心……

我不是一个纯美主义者，我来到梦寐以求的地方，肯定不是以审美的态度来对他们的建筑及室内设备指指点点，而是因为发自我内心的那个完美的梦。我是奔着奥斯特洛夫斯基的《钢铁是怎样炼成的》而来，那是因为儿时在少儿连环画上就认识了它；我是冲着肖洛霍夫的《静静的顿河》河水的激昂而来，因为它躁动了我的青春。我想感受高尔基《母亲》的温情，因为我同样有一个慈祥而伟大的母亲；我想体会列夫·托尔斯泰《安娜·卡列尼娜》故乡泥土的芬芳，因为向往那里面散发出来的浓浓的生活气息；我更想寻味心中完美诗人普希金的《曾有一个人，爱我如生命》的诗中意境，因为那时的我情窦初开……

我的同室伙伴起来了，俄罗斯旅游行程正式开启。

"深夜花园里四处静悄悄，只有歌儿在轻轻唱，夜色多么好，令我心神往，在这迷人的晚上……"莫斯科郊外的第一天晚上，是我枕着这首美妙动人的歌词带着疲惫的身心在梦中慢慢体悟。清晨，是一天美好的开始，是失去希望的重生。我清醒地意识到，我必须拾掇起

一个愉悦的心情，重新开启寻梦心扉，但愿俄罗斯之旅会圆上我追寻了几十年的梦！

俄罗斯印象

从踏上俄罗斯这块粗犷的土地，至今已经是第三天了。三天来我们忙于穿梭在教堂、沙俄皇宫、艺术馆、人民英雄纪念碑广场以及宝石购物店之间，人累得要死，却没有真正享受到属于我们自己想要得到的能放松心情的自由的时间和空间。

我想静下来思考，但来去总是那么匆忙，那么好吧，趁着早点起来的一丝丝空闲时光，我来用自己浅显的知识，以这三天在俄罗斯的所见所闻，不知天高地厚地从经济、精神文化生活、自然环境与文学艺术等三方面谈谈我对俄罗斯的印象。

俄罗斯经济的根底应该比中国雄厚得多。从莫斯科和圣彼得堡的建筑来看，他们的建筑光从表面就能看出非常讲究质量和艺术。俄罗斯的建筑显得厚重结实，大多数建筑高度都在七层左右，基本上重要街道旁的每一栋房子都有人物雕塑形象以及体现该栋建筑特色的艺术表现形式。经济形式不同于中国的另一个表现形式是在街上跑的汽车。在莫斯科和圣彼得堡大街上看到的汽车，50% 以上为日系，30% 以上为德系，本国产的微乎其微，而且基本上为旧车，这在俄罗斯进口汽车税非常低廉的情况下，是我们不可想象的。

俄罗斯人民大多接受过高等教育，街上很难看到不文明的行为和听到不文明的语言，户外看不到大型广告和乱七八糟的商业宣传活动，人与人之间相互谦让彬彬有礼，人们的业余生活也非常健康。然而，有一点值得我们中国男人骄傲和庆幸的是，据在俄罗斯生活了六年的美女导游讲，俄罗斯美女喜欢中国男人，因为中国男人不但勤劳而且会体贴照顾人，有责任感。俄罗斯有不少男人懒散小气喜欢酗酒，并且还有不少家庭存在家暴现象。导游说，如果俄罗斯青年男女一起出去，男人是不会请客买单的，基本上是 AA 制，尚若有某女青年忘记给钱，哪怕数额再少，第二天，这个男青年一定会来找女青年要回去。

俄罗斯是一个资源大国，更是一个森林大国，森林覆盖率世界排名靠前。从莫斯科到圣彼得堡的 8 个多小时的火车旅途中，我坐在车窗旁沿途观望，树木连着树木，森林接着森林，延绵不绝。莫斯科和圣彼得堡城市中，无论你走到哪里满眼都是一片翠绿，树林的密集度不会低于衡阳市任何一个公园。青草绿树的环绕让俄罗斯人民真正充分地享受到了大自然给予人类的恩赐。

俄罗斯也是一个具有非常深厚文化底蕴的国度。1000 多年的古文明历史，造就了俄罗斯人民刚强坚毅的性格，他们自尊、自强，从不屈服外族压力。俄罗斯民族对世界文明文化的杰出贡献，可以从他们层出不穷产生世界影响力的顶尖人物中窥见一斑。像著名诗人普希金、叶赛宁、车尔尼雪夫斯基，著名绘画大师伊里亚·叶菲莫维奇·列宾、希师金，雕塑大师阿尼库申，著名文学家托尔史泰、契诃夫、高尔基等。俄罗斯的教育也是世界一流。位于圣彼得堡的列宾美术学院与英国皇家艺术学院、法国巴黎艺术学院、美国加州艺术学院并称世界四大美术学院，莫斯科大学、高尔基文学院享誉海内外。俄罗斯的艺术作品珍藏量和艺术文化馆数量在世界上也是最多的国家之一。

在俄罗斯短短的三天时间，我接触到俄罗斯文明仅仅是九牛一毛……我热爱这片纯净的、无污染的、绿色的土地。

匆匆而过的芬兰

芬兰是这次俄罗斯北欧四国之旅的北欧第一站。昨天晚上从圣彼得堡乘远洋万吨级客轮经过 13 个小时航行，于芬兰时间早 8:30（北京时间 13:30 分）左右抵达芬兰首都赫尔辛基西码头。

一下船，旅游公司安排的大巴已在码头等待，导游马不停蹄地带领我们乘车转船直接前往芬兰堡参观，然后继续教堂—吃饭—购物—

公园—教堂—购物—广场乘车。我现在坐在大巴车上，身心疲惫头脑眩晕，不知车停后是先参观教堂还是先看公园广场或者吃晚饭。但有一点我们非常明白，当天晚上8点钟之前，我们必须坐在开往瑞典首都斯德哥尔摩的远洋客轮上，因为行程规定安排好，今晚的时光属于这艘客轮。

在中学学了历史、地理后，我就知道北欧是一个好地方。这片被森林覆盖的广袤的土地，能引发人们产生无限联想，它是一个生产童话和仙境的地方。随着年龄增长阅历的积累，我越来越向往这片风光无限山水相连，富饶美丽多情女子遍地的地方——因为我深信好山好水好空气，滋润出来的绝对是美丽大方、风姿绰约多情的妖娆女子。

剔除坐车参观吃饭，我在芬兰能近距离亲近到芬兰人民的有效时间，仅仅只有三五小时。当远洋客轮靠近芬兰海湾时，我就努力尝试回忆我曾经的向往，我苦苦地追逐我已渐行渐远的梦。

我在回味，我站在芬兰堡的山顶上，眺望芬兰湾来来往往的帆船，找寻那熟悉的过去。我一边听着导游讲解芬兰人民的昨天与今日，一边用热切的眼光在过往的芬兰姑娘身上，追寻联想我那梦里腼腆的北欧女郎身影。然而，我还来不及闻到芬兰泥土的芳香，也来不及接收北国森林的清新气息，导游就在催促着我离去……我想静静拥抱芬兰秀丽山水于怀中，无奈，柔情似水的心被无情的大巴碾压稀碎，我的躯壳只能随之匆匆而去……

再见了，美丽富饶的芬兰；再见了，我那年少青春冲动的梦；再见了，我那想见而未能见到的腼腆多情的妖娆姑娘！

瑞典过客

这里湖面总是澄清，这里空气充满宁静。

瑞典维京远洋客轮经过一夜的海上航行终于在清晨6:30左右将我们载到了森林之都——瑞典首都斯德哥尔摩。瑞典是北欧四国中面积最大、人口最多、森林最广，也是经济实力在世界上排名靠前，福利最好的国家。全国森林覆盖率66%，伍佰的歌虽然唱的是挪威的森林，用在瑞典也是再好不过。

在芬兰，导游将我的梦摔碎。而当瑞典斯德哥尔摩的导游将我们拉到皇后岛时，我忽然觉得，我那一丝魂牵梦绕的思念情怀应该就会在这里出现。皇后岛是瑞典皇室领地，皇宫是参照法国巴黎的凡尔赛宫设计建造而成，皇宫前坪是巴洛克风格的园林，园林有两面紧紧地靠在风景如画的梅拉伦湖旁。皇宫后坪连接皇家花园，花园绿树成荫。湖水中小天鹅、野鸭及各种叫不出名的野鸟在一起自由嬉戏。湖水、绿树、草地、花香、野趣加上各种宫廷建筑，十分和谐天然一体，漫步其中让我感觉从没有见过比这更舒畅的亮丽景色。走在皇后岛高大的树木林荫道中，微风夹着花香附和着树叶清香迎面扑来，新鲜空气沁人心脾。当然，最令我向往和陶醉的是导游讲述发生在皇后岛上，王子与他的情人——平民女子恋爱的浪漫故事。

瑞典的导游是一个在斯德哥尔摩生活了十多年的中国贵州留学才女。她不是专职导游，但她是一个非常敬业的导游，正因为她不是专职，她才会摆脱专业导游解说的固定模式，解说得更有韵味。她的知识面非常广博，在皇后岛上她不但将王子与平民的恋爱故事讲得栩栩如生，而且将瑞典皇室近几代皇帝皇后的故事描述得淋漓尽致，就像发生在我们身边一样。皇后岛的风景就是因为她的介绍，让我们离去时还在产生无尽无穷的遐想。

斯德哥尔摩市政厅是市政府办公的地方，也是斯德哥尔摩市教会

高级神职人员举行礼拜仪式的地方，市议会重要议政会议也在这里举行。一年一度的瑞典诺贝尔奖在此颁奖，为诺贝尔奖获得者举行的宴会也在此举办。同时，更为重要的是，一年四季，如果没有特殊情况，那么，世界各地的旅游者都可以在这里参观，并且他们互不干扰。这一切，以及市政厅的历史、建筑结构，装修风格，以及诺贝尔奖举办时各种准备细节等，特别是我感兴趣的市政厅二楼用马赛克装饰的金碧辉煌的舞会大厅，它们的来历和其中发生的故事，我们这位导游才女都能细致地解说，各种相关的知识她也能娓娓道来……

两个项目参观结束后，3 个小时过去了。我没有仔细研究我们这次的旅游行程，没想到的是，我们这次过往瑞典的落地停留时间比芬兰还少(返回时还会到瑞典斯德哥尔摩飞往北京)。领队在催促大家抓紧时间上车赶路，接下来我们要坐八九个小时车程赶到挪威奥斯陆边境小镇住宿，中餐只能在行程中途解决。瑞典导游又接到了另一起中国旅游团队，她在向我们挥手再见……再见了，我们的智慧女性导游，虽然我们只相处了短短的 3 个小时，但你清脆悦耳的声音，你的博学，你对导游工作认真负责的态度，将会继续地留在我们的心中……

挪威随笔

芬兰是当之无愧的千岛之国，与芬兰相比，挪威被称为万岛之国，因为挪威的岛屿数比芬兰的岛屿还多得多，为世界第一。

挪威也是一个森林王国，在北欧国家中，森林覆盖率仅次于瑞典。但相比瑞典，挪威山高林密，所以世界著名的文人和歌手都喜欢拿挪威森林作为创作的灵感，因此，才有了传唱世界各地，由著名歌手伍佰作词作曲并演唱的经典歌曲“挪威的森林”。

挪威位于斯堪的纳维亚半岛西部，东与瑞典接壤，西邻大西洋。挪威国土面积 38 万多平方公里，人口 500 多万，首都奥斯陆。丰厚的石油资源和矿产资源助力挪威经济，使得挪威的人均 GDP 北欧第一，人均幸福指数世界前三，并且从 2001 年起连续六年被联合国评为全球最适宜居住地区，从 2009 年至 2013 年连续获得人类发展指数第一的排名。

在挪威待的两天里，第一天的行程与瑞典类似，首先参观首都奥斯陆市市政大厅，然后参观皇宫。奥斯陆市政大厅也是诺贝尔和平奖颁奖地。挪威与瑞典、芬兰、丹麦均为君主立宪制国家，国王是国家的权力象征，也仅仅是象征。因为国王不参与国家的政治、经济等具体行政管理，国家一切权力归民主制选举出来的参、众议会。从我们参观过的芬兰、瑞典、挪威三国来看，普通百姓都能近距离接触到王室和国家权力机构，因为一切权力来自民众，所以，民众的监督权和自由权都能得到充分保障。

我认为挪威向来自世界各地游客展示的值得骄傲的旅游资源，不在它的森林，北欧森林太过普遍；也不在它那些古朴而又毫无动人故事可言、没半点独特之处的城堡，因为，第二天参观的阿克胡斯城堡确实寡淡无味。它的骄傲应在排名世界第一，全长 24.5 公里的洛达尔公路隧道和全长 205 公里全世界最长、最深的松恩峡湾。

洛达尔公路隧道位于我们住宿地莱尔达尔小镇宾馆至松恩峡湾的中途。昨天从奥斯陆乘大巴经过 6 个多小时到达莱尔达尔小镇，今天早晨又是约 1 小时车程经过洛达尔隧道到达松恩峡湾。洛达尔公路隧道为双向单车道，隧道道口极为普通，隧道内空间显得较为狭窄，设备非常简陋，我没有看到有什么特别之处。因为，我们中国到处都有现代化施工建设出来的隧道，这样的隧道除了长一点外，其他的与中国隧道相比就会显得特色不足。

坐游船看松恩峡湾花了两个多小时。松恩峡湾景色确实迷人，山绿，水清，因为与大西洋相连，深达上千米的水呈现出浅黑色，但水质绝无半点杂质。在峡湾水面与湛蓝色的天空之间，不时会看到一缕缕云彩在飘荡。它们时而汇聚变粗溶入水中，时而随风蹿上山峰，然后，像有一双无形的手将它们揉面团似地揉成一缕彩带，彩带上升慢慢地与天空洁白的云团相接，一刹那，云、天、水相接的美妙景色会撞碎你柔软的心，你的身心也好像被溶进云彩。

峡湾的两岸是高耸的大山，大部分高山的半山腰以下是茂密的树林，山与山之间是大片的绿草，绿草之上是挪威的本地居民。居民的房舍非常精致，家家门前都有成片绿地，地面上是小汽车和房车，水岸旁摆满了小快艇。此情此景，目光所及仿佛步入仙境。

挪威是一个经济非常发达，高福利、高税收的资本主义国家。整个国土都是风景迷人适合居住的地方，生活在这里，成为他们的法定居民无疑是一件好事。但从另一个角度来反向思考，你如果不是在这里工作，而且你不年轻，那么，我认为它再好、再美也只能适合我们作为匆匆而过的游客，而绝对不能当作自己的生活归宿……

因为北欧四国的高福利、高税收政策，使人民的福祉权利得到极大的保障，但这些措施的实施又从很大程度上促进了人民的高消费。例如：在国内卖 3 元一瓶的可口可乐，在挪威任何地方要 25 元人民币，一瓶水要 20 元。在国内最便宜的钥匙扣，2 元一个，这里要 40 元，如果想吃米饭，一般情况下买不到，就是买到了，不合口味且价格吓死你。所以说，如果谁想到北欧自由行，一定要考虑到花费的问题，以免出现资金不足的情况。

挪威以及北欧其他国家，因为纬度高，每年冬期达到四五个月之久。冬夏时间长，春秋时间非常短暂。夏季是北欧最美好的时光，而漫漫的冬季来临时，白天有光线的时间有时仅仅只有五六个小时。长达近半年的时间难得见上阳光，天气寒冷出门不便，人们长时间憋闷在家里，非常容易得忧郁症。这也是北欧国家人们虽然富裕，但也是忧郁症患者较多、自杀率较高的原因。

说到美景，如果你想象自己是突然空降在挪威最美丽的松恩峡湾，你不知道你处在挪威，那么，你会发现这里的美景比不过湖南的张家界，四川的峨眉山、九寨沟，云南的大理等。你也会发现这里的水湾远不如广西桂林的阳溯，湖南郴州的东江湖……那么曲曲弯弯富有情趣和故事。你认为挪威的山水美，除了它确实美之外，另一方面是因为它处在我们千里万里的异国他乡，具备了异国情怀而使你忽略了我们自己身边祖国的美。

到目前为止，我已游历过了 23 个以上国度，看到了许多异国他乡的美。异国他乡的美丽风情和文化给我带来许多益智的享受和心灵的洗涤。但是，仔细地回味除了文化差异，世界上任何国家的自然美景，在我们伟大祖国都能找到更好的。

丹麦情话

从挪威首都奥斯陆市出发，经瑞典著名港口城市赫尔辛堡，坐 20 分钟轮渡穿过厄勒海峡到达了美丽的丹麦小镇赫尔辛格。中餐后，旅游大巴再继续南行，终于在历时约 9 个小时，在丹麦时间下午 6:20，停靠在丹麦首都哥本哈根城市中心——安徒生童话公园门口。

丹麦是俄罗斯北欧四国游最后一站。也是我此行最为期待的国度。因为，我童年的幻想，一直以来向往世界的梦想，就是从安徒生童话开始。

丹麦是北欧四国国土面积最小的国家，面积仅相当于瑞典的十分之一，但她的人口却有560多万。11世纪至16世纪，丹麦是北欧最为强盛的国家。那时，丹麦海盗令欧洲大陆沿海居民闻风丧胆，直到现在欧美小说及电影大片还经常采用丹麦海盗题材。丹麦首都哥本哈根市一直是北欧的政治、经济、文化艺术及商贸中心。

丹麦是一个议会制君主立宪国家，也是一个高度发达的资本主义国家，社会福利制度体系非常完美，曾在联合国组织的世界上156个国家幸福指数评比中，获得第一。丹麦不但是欧盟成员国之一，而且也是北约创始人。与别的北欧国家不同的是丹麦王室非常强势，王室在经济上掌控了国家许多命脉资源，在政治上对国家行政权力也有较大影响。

从旅游大巴车上下来，在去餐厅的路上，我们整个旅行团队成员都感到了丹麦与其他北欧国家的许多不同。首先，丹麦的街道马路就与别的国家不一样，他有专用的自行车道。一路上，街上骑自行车的人数远远超过汽车与行人的总和，有点像我们国家的七八十年代，举目沿马路望去一片骑自行车人的海洋。其次，丹麦的建筑风格情趣浓厚。街道两旁的店面设计和建筑群体设计看不到重复色彩和重复单一的设计艺术理念，许多设计构思充满儿童卡通般的乐趣。导游告诉我们，在丹麦，相邻建筑绝不允许用同一色彩，外在表现形式也绝不允许雷同。

丹麦是一个喜好运动的国度。国家鼓励人们购买自行车，提高购买汽车的门槛和税率。据丹麦官方统计，丹麦全国共拥有自行车约800万辆，包含婴幼儿及七八十岁以上的老人在内，丹麦人平均拥有自行车1.4辆。丹麦人民热爱运动，无论何时，在公园和街旁的绿色风光带，你都可以看到跑步的人，有时你甚至能看到家庭妇女推着婴儿车或幼儿车在跑步。

丹麦人民平均受教育程度较高，人们普遍爱好文学艺术，崇尚高雅品质生活。漫步哥本哈根市步行街，你可以看到街面有许多咖啡店，店面的街头旁摆满铺着洁白桌布、放着鲜花的桌椅。市民悠闲地喝着咖啡，有的三三两两在轻轻私语，有的在静静地看书。丹麦人好静，对待陌生人礼貌、热情。但有一点令我不习惯而感到困惑的是丹麦女性抽烟的比例远远高于男性，可能是因为受到她们敬仰爱戴的玛格丽特二世女王爱抽烟的习惯影响。站在哥本哈根的步行街上，望着过往的满脸洋溢着幸福表情的丹麦青年男女，我心里非常羡慕又非常嫉妒，而就在此时，走来几个嘴上叼着香烟的少女，我的心情不由得又灰暗起来。

丹麦玛格丽特二世女王是一个非常博学而且有志向、有魄力的女性。她为丹麦的政治、经济、文化发展做出了巨大的贡献，受到丹麦人民的一致拥护爱戴，是一个不可多得的好女王。

丹麦人民非常尊敬和爱戴他们的女王。从丹麦整个国家祥和民主的气氛以及自然环境建设保护等方面来看，我是非常喜欢这片景色优美迷人的国土，喜欢安徒生大师为全世界人民，特别是少年儿童，带来无穷欢乐、无尽想象、无尽幸福感的童话世界。

从瑞典首都斯德哥尔摩搭乘下午 5:10，中国国际航空公司 CA912 航班回北京。据机场广播告知，因天气原因航班晚点半小时起飞。自 9 月 12 日从家出发，到今天已经整整 13 天了，我的心早已飞回祖国。

作　　者：程穗平
现居住地：上海
年　　龄：64 岁

走进丽水，才知道世间竟有这么美的世外桃源

5 月初，微风轻拂花开四溢，到处都有一种暖洋洋的感觉。风和日丽的一天我和先生一起随着假日列车参加了这次“同程旅游”的丽水旅游之行，说是“文明出行”，在上车的一刻立即体现出来，工作人员贴心送上一个小小的环保袋，加强了人们的环保理念。

整个旅游是在轻松愉快中开始的，初夏的季节，晨风微微吹来，沁人肺腑，从进入丽水就感受到一种淳朴的宁静，下了火车，立即出发去了泾河梯田景点，山里的光照较晚，淡淡的阳光，就像一层薄纱，为那层层的梯田披上金闪闪的光彩，一眼望去宛若仙境缤纷多彩。目光远眺，缕缕炊烟缓缓地从村落中飘出，细细的田埂上游客慢慢地走着，悠闲而快乐。虽不见牧童横笛坐牛背的情景，路边的黄牛昂首站立着，似乎融入这一片宁静祥和的氛围中感受此刻幸福的时光。难怪很多年前，一首《走在乡间的小路上》会那么地受人喜爱，简单的生活本来就是人们的向往。

沿着小溪走去，眼前的一切仿佛很眼熟，这地方的风土人情，村落的结构和我先生的插秧落户的江西山区竟是如此的相似。高低错落

的崎岖小路，时起时落的青山溪水，古老的水车吱呀吱呀在转动着，冬暖夏凉般的建筑是干打垒土房，就连屋角溪边石上晒着的蔬果都一般的相像，油然而生的亲切感，在内心深处强烈唤醒。虽已过去了将近半个世纪，但是记忆是那么的强烈，现在这等房屋当地村民都鲜有入住了，然而只有你真的身临其境，才能体会对故乡对岁月的一种回味和留恋。

先生对悠悠的茶香非常痴情，不时地提醒我去看看哪里在妙制茶叶。之所以我用了“妙”字，区别在于我们现在所喝的茶因为市场需求的缘故，多数以上是烘制出来的了，然而眼前却是格外的景致。真是手工炒制出来的绿茶，从采摘到完全炒干，都是一个个辛苦的劳作人一步步按照工序辛苦妙制而成，其香味、色泽和平常所喝全然不同。先生和我曾都有幸做过一段时期的茶工，能体会其中的辛苦和劳累。妙炒出来的绿茶土纸一包，放在干燥处，经茶水泡出后茶叶依然碧绿如青。

和先生寻味找去，在土楼的深处终于遇见正在妙制茶叶的基农。娴熟的加工手法，制作茶叶的过程就像电影回放一样展现在我们的眼前，生动而有趣。好茶的制作过程，对火候的要求相当地高。但眼前这位娴熟的工人，却给我的感觉是那么的自然，那么的小心翼翼，每一个动作都像是在起舞而不是无聊的工作。原来这才是茶道，中华文化真是源远流长，让人深深地敬佩。

在茶叶的香气中，我们迎来了第二日的黎明。行程安排大木山茶园，

对我而言完全是全新的体验。方圆几千亩的茶园一眼望去，碧绿的一片片，赏心悦目心情不由自主变得轻松和自在。闻着茶香已舌下生津，心里的压力渐渐放下，疲惫尽褪。远处高山流水，衬托着茂盛的茶园，恰如身处世外桃源之中，不能不让人流连。

丽水的茶园已经成产业化，多种的经营模式和健康发展，形成了规模化生产，据说丽水的茶场已居亚洲第一。既环保又经济的模式为爱上喝茶，爱上旅行的我们，献上了美丽的风景，健康的人生和别样的感受。

古树竹林，青山绿水，养育着一代代丽水人，淳朴的渔乡文化体现了那里人的底蕴，十里古堰画乡却把人带进不同于茶园的意境。画乡既保留了原生态的痕迹，小桥流水，参天高大的古樟，亭台楼阁，贞节牌坊，众多的画室、画扁，偶尔还可遇见酒吧，歌厅等现代的文化元素，当传统和现代文明都在这里重合和冲撞时，爆发出强大的生命力，让你不免沦陷于这样的魅力中。随着经济的发展，人们对文化追求的不断提高，古老的文化还是很完善地保留下来，这才是丽水的颜色。

地处浙江西南边陲的丽水，除了清纯秀丽的山水，绵延起伏的竹林和纵横密布的川流，还有让人垂涎欲滴的山珍美味，珍品红谷，山溪小鱼，泥鳅，豆腐米果，透着原生态的美食，为旅途生活增添了不少的乐趣。

丽水之行只是短短的几天，但每天的行程都已深入我心，脑海之中犹如一幅美丽的山水画，虽无华丽但却回味无穷。一次旅行，一次体验，更多的是去寻找我们曾经经历的、路过的，在旅途中珍惜。

作　　者：陈氯
现居住地：江苏
年　　龄：60 岁

游山玩水增长知识，遇好导游旅途愉悦

退休之后，我们进入了人生的第二个春天。拥有大量的休闲时间可供随意消遣，如果还不抓紧这有限的美好时光享受人生，那不就亏待了自己！

我喜欢旅游，于是我和家人、同事、同学结伴，先后游览了欧洲的德国、法国、瑞士、意大利和东南亚的泰国还有我国的台湾、香港、澳门以及海南等地方，欧洲的古典建筑让我陶醉；泰国的芭堤雅海浪沙滩、阳光明媚，蓝天碧水，沙白如银，椰林茅亭，一派东方热带独特风光，是良好的海滨游泳场。海上滑水、冲浪、滑降落伞等水上娱乐活动新奇刺激，给人流连忘返的感觉；美国的布莱斯峡谷国家公园，其独特的地理结构，由风、河流里的水与冰侵蚀和湖床的沉积岩组成的红色、橙色与白色的岩石形成了奇特的自然景观，被誉为天然石俑；而黄石公园被称为“地球上最独一无二的神奇乐园”。园中的气势宏伟的老忠实间歇泉、五彩斑斓的大棱镜彩泉、奔流直下的黄石瀑布、壮丽的黄石大峡谷、美丽的猛犸温泉，给我留下了深刻的印象。此外，黄石公园里居住着大量的野生动物，见到最多的是成群的美洲野牛，

时常还能看到麋鹿和羚羊。台湾的日月潭是台湾岛上唯一的天然湖泊，其天然风姿可与杭州西湖媲美，真是美景如画。海南的三亚，蓝天碧海，椰树婆娑，繁花似锦；在香港，我们走星光大道，游紫荆花广场，看美丽的维多利亚港，在澳门，我们参观大三巴、大赌场……

我广游了世界，扩大了视野，增长了见识，娱悦了身心，其乐无穷。而祖国大自然里鬼斧神工，不能不令人感叹：我国的山山水水也是那么的美啊！

九寨沟和黄龙，这是我早就向往去的地方，这次我对几家旅行社的行程和报价进行了比对，最后我选择了同程旅游。来到了美丽的黄龙和九寨沟，给我的感觉是这两个地方都很美，特别是它的五彩池、五花海和美国的黄石公园的大棱镜彩泉、猛犸温泉景色有相近之处。从成都到九寨沟、黄龙来回车程就需要 2 天，在九寨沟游览虽然有园区公交到大部分的景点，但还有的景点不能到达，如果你要去游览就必须步行，这次我步行了近 25000 步，游览大多数的景点花了近 9 个小时；黄龙游览是缆车上去，步行下来，游览了 8 个景点花了 5 个小时，共步行了 7 公里。

虽然这两天的行程确实很累，但当我把拍摄的美景通过微信和家人、同学、朋友分享时，得到他们的点赞和赞赏，心里美滋滋的，一切的劳累都抛之九霄云外了。

这次旅游给我印象最深的是四川同程的王学刚导游，他是我这几年旅游以来碰到最敬业的导游，他不仅把四川的风土人情给我们介绍得很详细，如羌族、藏族，回族等，使我们增长了许多知识，而且他还时时处处为游客着想，如九寨沟游览下来他考虑到游客累了，要增加营养，特意去买了两样熟菜，给我们加菜（共 4 桌）；每天还提供我们游客每人一瓶水和一个苹果，当有的游客提出这青苹果不好吃，他又重新买了红的苹果分发给大家；而当黄龙游览下来有部分游客有高原反应，或者大部分游客受凉之时，他就在第一时间通知饭店为我们准备好姜汤，在我们到达饭店时就能立即喝上。后来当他得知由于姜汤烧的时间过早，已经不热了时，他又重新让饭店再烧姜汤给我们喝。当一天的疲惫之后喝上这样一碗热腾腾的姜汤，身体感觉暖暖的，舒服了许多；饭后王导还为有高原反应的老同志刮痧，来减轻他们的不适；在行程中的第五天晚饭是吃火锅，他考虑到有的游客还穿着去黄龙时准备的厚衣服，短袖的衣服在行李箱时，他又不怕麻烦让我们先入住酒店，先换衣服，然后再集中去火锅店，让我们有足够的时间尽情地享受四川火锅的美食，而不是按照常规，从黄龙下来直接去火锅店；

最后一天由于游客返回飞机的时间不一，他还为晚回的游客准备了就近景点的卡片线路图，供游客参考游览。一路上他讲得最多的一句话就是“你们有困难第一时间打电话找我，我会马上出现在你的面前，帮你们排忧解难”，他是这么说的也是这么做的；在告别时他还送我们每人一份四川火锅底料，让我们带回去和亲朋好友共享四川火锅的美味，有这样的王导给我们做导游真是游客的幸运，这次旅游真的很愉悦，在此我代表我们这个团队的游客说声：“谢谢你——王学刚导游，你辛苦了！你不愧是一个好导游！”在和我们团队告别后，他又马不停蹄地去带新的团队。

在我有生之年，我还会根据自身情况与条件，和我的家人及亲朋好友结伴旅行，还会选择同程旅游来走遍世界各地，游览祖国的大好河山，欣赏鬼斧神工的美景。

作　　者：黄召能
现居住地：四川
年　　龄：53 岁

新疆之行，许我一个魂牵梦绕的惊艳旅程

不到喀什不算去过新疆，不到新疆不知道祖国之大，喀什——一座充满古文化气息与异域风情的南疆城市，来了以后才知道为什么会有这种说法。

这是我第二次踏上这个城市，因为第一次来的时候天气不好，只是很随意地在市区逛了下香妃墓，老城，艾提尕尔，东湖，这次终于有机会深入地游一次喀什。本次线路沿着中巴友谊之路，向着塔什库尔干一路前行，最终目的地是中巴界牌。由于自己不太熟悉线路，果断的跟团，时间很紧凑，主要在车上欣赏沿途风景，在几个特别的景点才下车停留一会儿。

第一天，6:00 起床，和朋友早早地来到出发地点，坐上大巴，大约 8:30 出发，前往最西边的县城——塔什库尔干。一路走一路听导游介绍。由于此路是通往巴基斯坦的唯一一条道，路况只能用烂、险、忙、堵来形容了。

一路堵一路看，下午了，终于到达第一个下车欣赏的景点，红山。周围的是红色的高山，路边便是河床，听说每年 10 月份，在这里捡玉

的人很多。导游说这里的山富含铁矿石，所以呈现红色，草草地拍了几张，又上车继续行进了。一路上穿梭于大山峡谷之间，师傅车技杠杠的，给 32 个赞。

不过行驶不久后，便被堵在路上了，听说是泥石流把路堵了。此时的我，只好望着各种大车小车排成的长龙发呆，下车路边溜一会儿又被寒冷赶回来，大山上温度好低，虽然太阳高照，却依旧没有暖和的感觉。

等了一个小时，路终于通了，继续前行，下一站，白沙湖。正值风口，下车才感受到风力大到要把人吹倒的程度。拍了几张照，因为风太大和天气太寒冷，不得不又上车。导游说回来的时候我们再在这里停留。

上路后，我们就慢慢地向冰山之父——慕士塔格峰靠近。来到卡拉库里湖，雄伟的慕士塔格峰倒映在卡拉库里湖，景色迷人，拍照也是美美哒。没见过大山的我，这次完全长见识了，一路过来，红山，雪山，美破天际，和平时看到的都市繁华完全不同。

半个小时后继续上路，一路上继续欣赏慕士塔格峰，公格尔九连峰，此行完全不是上车睡觉，下车拍照，因为一路美景让人完全没有睡意，舍不得闭上眼睛错过路上的美好。

快 8 点了，也就是说，除了中途的短暂停留，我们已经在车上待了 12 个小时了，终于从喀什市里到塔什库尔干县城，中途一路几乎没有人烟，偶尔才会遇见修路工人搭的帐篷。这里已经是海拔 3000 多米，温度也较低，但是不是内地那种干冷，所以没穿好多也受得了，在帕米尔高原，一抬头，一睁眼，就是美景。

师傅在高原上的湿地公园——金草滩停下了，虽然已经 8 点过了，但是这里天还没黑。在这里停了 1 个小时，时间比较充足，沿着桥廊，走走停停，一路拍照，一路欣赏，还遇到了赶着羊群回家的塔吉克族牧民，很淳朴。

随后，晚餐时间到了，大家自由安排，于是我们决定去尝尝高原

牦牛肉火锅，一路问一路寻，幸运的是当地居民都非常地热情。找到店里，人真多，运气好最后一桌，正好和同路的拼了一桌，味道没有我大四川重口味火锅好，不过在高原上能吃到这个味道，也算满足了，毕竟在车上吃了一天的干粮。

吃饱了，在超市买点第二天的干粮，回到酒店，收拾完已经 12 点了，躺下立马进入梦乡。高原的晚上温度 2 摄氏度左右，睡着不冷不热，很舒服。一天的旅程终于结束。

这是一场魂牵之旅，路上的风景让我毕生难忘。

新疆，如果有时间一定要再来一次。

作　　者：柴桂芝
现居住地：江苏
年　　龄：84 岁

八旬老人游三亚，四世同堂享受旅行乐趣

我姓柴，今年 84 岁了，孙子现在是同程旅游的一名员工，大学的时候孩子也是因为热爱旅游才选择的这个专业。那时候每年寒暑假闺女会带着一家人出去旅游，最近一次也是几年之前了，去的三亚。

闺女和女婿考虑我辛苦了一辈子，没坐过飞机，打算去澳大利亚看移民的外孙女之前，带我出去玩一趟，考虑到天气寒冷去过个暖冬，决定在 1 月底去趟三亚，带着我孙子和重外孙一起，也算四世同堂一起出游了。

头一次坐飞机，也没什么不适，不过心底其实挺开心的，一把年纪了，好歹体验了一次坐飞机的感觉，哈哈。到了三亚已经是晚上，直接住的酒店。当地的酒店条件还挺好，早餐自助餐也很丰盛。

第二天去的分界洲岛，在海边走了走，我老家是烟台的，从小在海边长大，后来又到了洛阳，再到泰安，也是很久没有看见海了。海南的海跟我印象里的不太一样，很蓝，很美。我也会经常看看当时拍的照片，孙子比我高那么多，也是从小一点一点长那么大的，时间过得多快啊你说，一转眼比我高了，也懂事了。

我是属猴的，闺女也是属猴的，那时候去的这个南猕猴岛，挺有意思的，到处都是小猴子，还有个演出，当地的游客素质挺高的，看我上了年纪，还给我让了个前排的座。年纪大了腿脚也开始不好了，但是在这里走走倒也没感觉累。

坐缆车看这些渔船的时候，让我想起了年轻时，在海上出海打鱼的日子。那时候吃的都是海鲜，螃蟹、虾、牡蛎，蛤蜊，真是吃不够啊。

即使到了现在也是爱吃海鲜，就是牙不行了，螃蟹什么的都啃不动了。还记得那时候跟孩子说自己喜欢吃鱼头，鱼头有滋味，把鱼肉都给老头和孩子吃，不打架。吃了一辈子鱼头了，到现在吃鱼也是爱吃头，习惯了。孙子也常说我，鱼头有什么好吃的，他哪懂啊！哈哈。

后来去的天涯海角，年轻的时候总是说，老了一定要来看，这一次终于来了。风景真是挺美，人也不少，都是排队拍照的。导游路上也介绍说，海南这边产水晶，闺女还给我买了个黑水晶的手链，说对老年人身体好。无论真的假的，都是孩子一片心意，出去玩也是图个开心，喜欢什么就买吧，好不容易去一趟。

后来还去了个热带雨林，导游也挺负责的，路上都很照顾我这个老太太。年纪大了，也没什么事了，孩子们该上班的上班，该毕业的现在也毕业了，孙子在同程做旅游我也挺支持的。重外孙也在国外上小学了。一家人都挺好，小日子过得都很美满。趁着还能走，多出去走走。孙子跟我说，超过 80 岁了同程就不收了，现在有个百旅会，84 岁的能要吗？闺女还打算让我去澳大利亚看看重外孙，不行了，上了年纪后太远的也不愿去了。等着让孙子带着他奶奶在近处转转吧。

也希望同程旅游能够越办越好，让老年人也享受享受旅游的乐趣。

作　　者：周娟英
现居住地：浙江
年　　龄：50 岁

江郎山之行，感悟人生先苦后甜

江山多胜景，我辈复登临。

一个好名字，占尽风光。盛名之下，实景确美。

选了一个阳光好到可怕的八月天，明晃晃的太阳下睁不开眼。一个是免门票，第二自然是人少，这么大热的天想要检验毅力确实是一次好机会，走到太阳底下，已是勇气，烈日下做个飞檐走壁的蜘蛛人更是不易。

江山是浙江地界，自然久闻其名，自从 2010 年作为“中国丹霞”的系列提名地之一列入世界自然遗产名录，更是威名远扬。在微信上发了江郎山美照，朋友们都说，你才去啊？！不敢相信独行侠还没有去过。以我一贯的旅游风格，总是先走远方，剩下近地才是晚年随便走走的地方。在我的理念里面，近的地方都是天时地利工作路过之类的理由才会光临。

不说这一路上郁郁葱葱，天气预报 39 摄氏度的高温天，我们却一路向南。走过遂昌的地下石窟，洞大不说，更奇的是石壁森然，整齐划一又严丝合缝，不似人间又是人间，洞内清凉如秋，走过几号洞窟，我们已经吸足了满满的正能量；又到江山的廿八都踏过古街，看过戴笠，

吃过铜锣糕，登临仙霞关，一夫当关，万夫莫开！

江郎山三片石，据说是江山有情男望妻成石。江郎山一线天在三峰和二峰之间，仰头望天，头上的草帽一定会掉地上。一线天应该高达百米吧，我没有查过书面资料，仅凭评估师的经验而言。地面宽约 5 米，最宽处大概有 10 米吧，可以 10 人同时通过。记得福建武夷山那个一线天最窄处仅容一人过，上次我前面刚好一胖子，横着竖着就是过不去，最后花了一分钟大概是憋着一口气才勉强通过，那是以窄而名吧，两个一线天应该是各有千秋。

到了一线天，仰过头，拍过照，观光客们已经回撤，回去告诉亲朋好友，他已经到过江郎山。其实江郎山真正的征程从一线天始。一线天地面道路长达 200 多米，坡道向上，39 摄氏度高温下，走上去着实不易，汗水马上纷披全身。原以为不戴眼镜的人占着便宜，汗水会模糊镜面，看不清前方。哪里知道不戴眼镜的人才叫苦，汗水流进眼角，生生地痛。走过一线天，到了平台，烈日下窄窄的栈道悬在石壁之上，高不见顶，需要深深地吸一口气，才能继续前方的路。39 摄氏度高温已将铁栏杆晒得发烫，放不上手，小姑娘们爱惜小手，宁可手脚并用作动物状上行。这样转过一折又一折，汗水如雨，气喘如牛，心跳一定不是自己的，只是不知道为何要向上？终于到了又一个小平台，似乎走过一座小桥，应该只要两步就跨过的小桥。再向上约一刻钟，到了一个小亭子，山风劲吹，有人说这是最高峰。也许已经没有力气再看一眼山下浩渺云山，后面的人不断上来，亭子已经装不下，就赶紧让贤下山了。

上山费力气，下山费膝盖。已经严重受损的膝盖已经承受不起下山的冲击力，只能用手费力拉着栏杆以减轻对膝盖的压力，可这样的结果就是让滚烫的栏杆烧灼着手心。两害相权取其轻，宁可受烫，绝不能再让膝盖受苦，以后的日子还要靠它撑着。下到半山，回望高峰，正好是二峰和三峰间的那个小一线天，一线天上有座小桥，就是那个宽两步的小桥，原来世界这么小巧精致，颇费思量。这样大步下山，大概半小时就到了山下，重见一方蓝天胜景。小平峰在望，一脸的笑容和慈祥。

一个上午的折腾，一旦坐下来，吃西瓜就特别的甜，吃饭菜就特别的香，原来普通的呼吸也是这么舒缓和幸福。我们大可以不这么受苦受难，但我想辛苦之后的香甜也是需要反复复习的，不然我们会忘记生活中的那些甜美如饴。

作　　者：叶松
现居住地：上海
年　　龄：67 岁

撑着拐杖畅游约旦佩特拉古城

就在约旦玫瑰古城、以色列圣城九日游（以下简称约、以 9 日游）出发前的四五天，我的腰病突然发作，双脚不能着地行走了！这对我这个天生喜欢旅游的人来说犹如五雷轰顶，不知所措。

幸运的是，在一起游约的朋友的帮助下，经过民间伤科高手的妙手回春，我终于可以在临行前依靠双拐的支撑行走了。为了让价格不菲的旅游费用不致损失，更不愿失去了解约、以两国深重历史和饱览两地神奇美景的机会，于是我作出了一个大胆的决定：撑着拐杖游约、以！

约、以九日游的第二天是整个旅途的第一个高潮，也是对我的第一个严峻考验——游览约旦安曼以南 260 公里、入选世界新七大奇迹的最负盛名的历史古城佩特拉（Petra）。

进入佩特拉古城的路分为两段，第一段是一条约 1.2 公里长的大道。大道两旁是造型各异的山岩、陵墓，许多陵墓是墓穴与居所的混合体，很有人文历史价值。

引起我们新奇感的是道路右侧矗立的巨大方形石柱（Djinn Blocks）。据说，在佩特拉大约共有 25 个这样的巨大方形石柱是权贵

的坟墓，或是为当地人信奉的神灵而建，年代大致在公元前 50 到公元 50 年间；也有种说法，大石柱只是地界标志而已，过了大石柱就意味着进入了佩特拉古城的地域。

进入佩特拉古城的第二段路是全长 1.5 公里的“蛇道”，因为这段峡谷狭小且弯曲，当地人称之为“蛇道”（Siq）；又因两旁山岩是典型的丹霞地貌，颜色泛红，呈玫瑰色，又被称为“玫瑰峡谷”。

蜿蜒曲折的蛇道并不是人工修建的，而是大自然鬼斧神工形成的一条天然狭窄的山谷小径；这里的山体原本是连在一起的，后因强大的地理张力导致地表撕裂，经过年复一年的雨季洪流冲刷和强烈季候风的持续侵蚀加快裂痕下切，形成了一条冲击沟，渐渐变成今日的模样。蛇道是古代进入佩特拉古城唯一的、狭窄的峡谷通道，也成了一道守卫佩特拉古城的天然屏障。

蛇道时而宽畅，视野开阔，气势磅礴；时而狭窄，幽暗逼仄，仅三五人可通过，如一辆马车驶来，行人非要躲避不可。

由于担心乘坐马车在崎岖不平的道路上快速前行时的剧烈颠簸损伤腰脊椎，我谢绝了同伴们劝我乘坐马车的建议，坚持拄着拐杖一步一步地走完了近 3 公里的道路，一路上同伴们照料有加，还有意

放慢了前行的速度。同伴们从我的腿脚情况出发，几次劝我休息休息，或者停住，但我不忍眼前的美景，坚持拄着双拐，加速前行。

我们一路走一路欣赏风景，拍拍照片享受旅行中难得的惬意。我还抓拍到了一位兜售旅游风光图片的贝都因小孩灿烂的笑容。看，旅行不就是在不期然中遇见未知的风景和故事吗？

花了整整一个小时走完了进入佩特拉的最精彩的蛇道。当我们走出蛇道最后一段路程，一座高 40 多米、宽 30 多米，依山雕凿的宏伟壮观的卡兹尼殿堂就呈现在我们的眼前。在经历了漫长、幽深、狭窄的蛇道后，眼前这座气势磅礴、魅力四射的神殿带给我们的是强烈的视觉冲击和巨大的心灵震撼。

与一般的建筑不同，卡兹尼殿堂不是用砖瓦石块砌成的，而是 2000 年前纳巴泰人依靠原始、简陋的工具在崖壁岩石上一斧一凿地“抠”出来的。在这座举世无双、无与伦比的卡兹尼殿堂前，我感叹古人的艰苦卓绝为我们留下了这惊世的艺术品，也庆幸自己战胜困难，成了为数不多的依靠双拐走到卡兹尼殿堂前的游客。

我们又走了约1公里的路程，来到了一个建于1世纪的具有罗马风格的剧场前，这个古剧场在希腊—罗马时期的剧场遗址中论规模不算大，论气派也不奢华，然而它的舞台和有3000个座位的观众席都是直接在坚硬的山岩石中雕凿出来的，令人深深地震撼！

再向前看，很远处有一条列柱大道，大道是佩特拉新城的中轴线，两侧集中了神殿、宫殿、教堂、住宅和市场等，是罗马时代城市的政治、经济、文化和宗教中心，山顶上还有一座古希腊建筑风格的修道院。

同伴们考虑到我的腿脚不便，走过了罗马剧场一点点路就忍痛割爱，就此打住了。我们只站在高处眺望了佩特拉最精华的腹地——佩特拉新城隐隐约约的身影。

我咬紧牙关，艰难地走出了佩特拉的检票口，先期走出景区的同伴们赶紧从大巴车上搬来了轮椅车，推着我走完了最后一段路程，当我看着这些推着我前行的与我年龄相仿的同伴们吃力的样子，感动得眼睛湿润。

经过了佩特拉这样“艰难”游程的考验，约、以游程后面的游程都一一被我“征服”。约、以九日游游程除了一路上令人震撼的人文古迹和自然风光外，给我留下更加深刻印象的是同伴们处处贴心、周到的照顾、帮助，当地旅行社、机场、酒店人性化的服务。此行，美的不只是风景，还有同程旅游的每一个人的心灵。

作　　者：冷春光
现居住地：江苏
年　　龄：54 岁

难忘仙本那

仙本那位于马来西亚沙巴州南部，Sempoma 在马来语中是“完美”之意。它曾经只是一个小小的渔村。但仙本那小镇被如绿松石般的海水包围着，它和它的附属海岛就像是一个现实世界中的梦幻之岛。白皙的沙滩、高耸的椰树、五颜六色的珊瑚礁和海水中游弋着的鱼儿以及游牧于海上的巴瑶族人吸引着来自全球各地的摄影人。

2016 年 5 月，我们在马来西亚著名摄影家冯标干老师的带队下前去采风。冯老师今年已经 73 岁了，18 年来，他专心在这片海域的小岛上精心创作，倾注了自己极大的热情和执着。在冯老师的带领下，我们天天早出晚归，乘船穿梭在仙本那周边大大小小的海岛间，时而沐浴着朝霞，迎着和谐的海风；时而顶着烈日，坐在晃悠的小艇上；更多的是浸泡在齐腰的海水里，呼吸着清新的空气，兴奋而忘我地拍摄一幅幅绚丽多彩的画面，在脑海中留下一个个深深的烙印：

这里的海水因为深浅不同而呈现出好几种颜色，近岸沙滩处是白色，然后越靠近大海深处，海水的颜色也越深，从浅绿色变成绿色，再一点一点变成蓝色、深蓝色……据说这里从来没有台风和地震、海啸，仿佛伊甸园般舒适恬静。海水有10米的能见度，绚丽的珊瑚礁触手可及。而沙滩，洁白细腻，绵延数里。你不到这里很难想象到这片海域的美丽：小船漂浮于海面上的状态，好似在一个硕大的镜面上游走一样。每个小岛都独具特色，原始、风情、静谧、壮阔……

在6天时光里，仙本那不断向我们展示出它不同层次的美。我们每天早起拍摄，灵魂和双脚都穿梭在无边无际的蓝天、白云、阳光、大海，以及人们无忧无虑的纯净笑容里……

一大早，伴随着镇上清真寺里传出的悠扬诵经声，我们驾着游艇出海了。晨曦中的世界一片安宁，我们每个人的世界里都是满满的蓝色，眼睛、双手、双脚所触及的全是蓝色，而且还是最透明、最柔软的那种蓝。有时候，我们甚至会怀疑是否连吹过我们身旁的风都是蓝色的。

随着太阳慢慢升起，海面上闪出一片金光，一层层晕染开去。然后，海水由蓝变绿，没多久，就变成了翡翠一般的颜色。阳光下，海水清澈见底。坐在船上，我们能看到水蛇般起舞的绿色的水草，看到一团团黑色的海胆和黄色、蓝色的漂亮海星，还能看到巨大的石花，以及各种各样彩色的鱼儿在水底游来游去。大朵大朵的白云倒映在海面上，就仿佛是水中开出的大片大片的花。那一刻，我们就像是置身在仙境中，早已分不清哪里是天空，哪里是海水，哪里是人间。

不知船行了多久，我们的视线里突然闯入了二三十间站在大海中央的长脚木屋。它们的墙壁一般是用棕榈叶、木板围扎而成。此外，也有一些是用一两块破铁皮或废弃的波纹瓦围成的。每一座独立的木屋通常还有个露台，人们在上面玩耍、煮饭、洗衣、洗澡、晒渔网等。

木屋下面一般都拴着一条独木小船。木屋与木屋之间距离并不远，远远望去，它们仿佛是一座悬在半空的密集村落。这些木屋里没有任何多余的家具，除了锅、碗、瓢、盆等必要的生活用具外什么都没有，更不用说任何电器了。

此外，我们还发现在这些大约只有10平方米的木屋里，竟然住着十来个人。冯老师告诉我们，这里就是著名的海上部落——巴瑶族人的集聚地。由于没有国籍身份，巴瑶族人只能长期以海为家，凡是登陆任何岛屿都属违法行为。因此从某种意义上可以说，他们才是真正的海洋之子。

我们的船就快要靠近其中的一座水上木屋时，一群光着黑油油身子的孩子欢呼着跳下木板，他们有的撑着小船，有的抱着游泳圈或是塑料桶，呼啦啦地向我们的方向围了上来。见到陌生人，孩子们都显得很兴奋。我们将事先准备好的糖果散发给他们后，也许是出于感激，孩子们竟主动为我们进行了即兴跳水表演：他们光着身子，不断地爬上小船然后又跳进海里，溅起来一片片白色的浪花。而在不远处，另一些孩子正在退潮后的浅滩上捡贝壳。

在外人看来，巴瑶人是个十分神秘的族群，据说他们有数十万人之众，然而关于巴瑶人究竟从何而来，历史上却一直没有明确的文字记载。在当地人的传说里，巴瑶人最初是来自马来西亚柔佛州的渔民，他们祖祖辈辈都逐渔而迁。后来，由于历史和宗教的原因，巴瑶人在几百年迁徙的过程中产生了分化，有的上岸开荒，拥有了自己的土地，有的则一直待在海上，不仅捕鱼劳作，甚至生活起居也全部在海上完成。在这里很少见到老人，据说因为生存条件差，能够长寿的不多。倒是孩子很多，由于无节制生育，一家都会生好几个，哪怕两三岁的孩子，一点也不怕水，都敢在大海里靠一条破木船漂来漂去。

目前，尽管他们已是马来西亚沙巴州的第二大族群，人数占到了当地总人口的 13.4%，但他们的生活境况却依然比较差，除了最基本的维生工具——小船和简单的渔具外，他们甚至没有任何其他的私有财产。他们是“海上的吉卜赛人”——一群没有国籍，没有身份，也没有土地的被放逐者。

在我们这些外来人看来，当地针对巴瑶人的法律显然是一种剥夺与不平等。但对于无拘无束的巴瑶人来说，这似乎并不算什么，他们相信只要与世无争地活着，上帝就会一直陪伴在他们左右。因此，他们的内心似乎与这无边无际的蔚蓝大海一样，祥和而宁静。

巴瑶人世世代代在海上漂泊，他们的血液里有着流浪者天生的浪漫气质，对他们来说，这世界上最伟大的自然法则大概就是“自由”。这里的一切原始、朴实，孩子们很单纯，对外面的世界一无所知，他们无忧无虑地在海上追逐嬉戏，他们是真正的大海的孩子。

在仙本那的六天，我们天天在蓝天、白云、碧水中穿梭，仙本那海上那些风雨飘摇的长脚木屋，那些穿梭摇曳的小船，那些跳入蓝色海中的孩子们的剪影……一点点地刻进了我的脑海里，成为永久的记忆。

难忘仙本那。

作　　者：韩志翔
现居住地：江苏
年　　龄：66 岁

缤纷布里斯班
——追寻黄金海岸的足迹

当我们在中秋聚会时为即将出行的澳洲之行而干杯，南半球那片广袤的土地已敞开欢迎的胸怀；临出发前，当我在桂香扑鼻的秋风中采集桂花时，此时的澳洲一定是春意盎然、五色斑斓吧？如果要去追寻地球另一端的琼岛乐土，何不尝试踏入这方心仪已久的天地？

悉尼、墨尔本、凯恩斯的行程匆匆而丰富多彩，没有让我们失望。布里斯班是我们澳洲之行的最后一站，由于准备在这块澳大利亚自然资源最富饶的地方见识大名鼎鼎的袋鼠、考拉，大家自然也十分兴奋。

来到布里斯班的市区，好一片花海！那满街满树盛开的蓝紫色的花朵，就像紫色的轻纱围在新娘的脖子上，朦胧而温柔，打听后方知此树叫蓝花楹，是该市的市花。漫步在布里斯班南岸公园的紫红色三角梅组成的长廊中，宛如走进美不胜收的植物园，由于10月份是南半球的春天，这优美多姿的三角梅，在长廊里蜿蜒曲折，分明是一片上下跳动的音符，奏起了一首曼妙的春之歌。近处，年轻的父亲在鼓励幼女攀爬水池；远处，成群的幼儿园娃娃穿戴运动鞋帽，在老师有序的组织下进行着各种户外运动；公园的溪水草丛中，水鸟和蜥蜴在四处觅食。

我们在黄金海岸细腻洁白的沙滩上放飞自己的心情，阵阵的海浪轻轻拍过来，漫过我们的脚踝，浸湿我们的裤腿；成群的海鸥，迎着带有咸味的海风，翩翩翱翔，发出快乐的叫声。虽然是阴天，甚至还有点凉意，但这丝毫不影响大家的心情，在海风、海浪、海鸟的天籁之声中尽情享受这么美好的大自然环境。

在农场近距离亲密接触袋鼠和考拉，是大家期盼已久的事情。不提那最有澳洲特色的袋鼠，也不提十分精彩的美利奴羊剪羊毛表演，单说这考拉。在桉树上吃树叶时，笨拙的模样早已将大家萌倒。抱着可爱的考拉留影的刹那，那毛茸茸的小生灵乖乖地依偎在怀里，那细小的尖爪透过衣服抓在皮肤上，此时此刻，真好像抱着一个刚出生的婴儿，生怕把它弄痛似的，轻手轻脚地抚摸。

第二天，也是整个行程的最后一天，是在华纳电影世界乐园度过的。不必说那惊心动魄的超人飞车、让人尖叫连连的鬼屋；也不必说惊险刺激的赛车表演中，赛车高手的飘移神技。单是下午的华纳电影卡通游行，蝙蝠侠、超人等好莱坞电影中的角色，应有尽有，赚足了所有游客的眼球。

10天的行程，因为精彩，所以太快。收藏澳洲的阳光，收藏澳洲的特产，我们仍然飞经悉尼再打道回府。四个城市，虽都地处海边，但各自的特色给我们留下深刻的印象，让我们流连忘返。“梁园虽好终非久留之地”，此地往北，8000公里之外，同样美丽的家乡在呼唤我们这群游子的归来。

《岁月与旅行》首发式现场：同程旅游创始人、CEO
吴志祥与获奖作者代表合影

首届中老年旅游春晚节目海选现场
中老年会员表演节目《养生武舞》

首届中老年旅游春晚节目海选现场
中老年会员表演节目芭蕾舞《天鹅湖》选段

首届中老年旅游春晚节目海选现场
中老年会员表演节目旗袍走秀《中华韵》

首届中老年旅游春晚节目海选现场
中老年会员表演节目旗袍走秀《中华韵》

首届中老年旅游春晚节目海选现场
中老年会员表演节目旗袍走秀《中华韵》

首届中老年旅游春晚节目海选现场
中老年会员刘亚丽演唱歌曲《幸福的摇篮》

首届中老年旅游春晚节目海选现场
中老年会员合唱《共青团员之歌》

首届中老年旅游春晚节目海选现场
中老年会员表演节目《火凤凰》

首届中老年旅游春晚节目海选现场
中老年会员风采

首届中老年旅游春晚节目海选现场
中老年会员风采

首届中老年旅游春晚节目海选现场

中老年会员表演节目舞蹈《排舞》

首届中老年旅游春晚节目海选现场
中老年会员风采

百旅会首发团会员体验水上婚礼活动现场

百旅会首发团会员体验水上婚礼活动现场

百旅会首发团会员体验水上婚礼活动现场

百旅会简介·部分媒体报道·征稿启事

百旅会简介

百旅会创建于2016年9月19日，是同程旅游建立的中国中老年旅游VIP会员俱乐部、中国中老年品质旅游幸福生活社群，致力于为广大中老年人群提供品质旅游服务，丰富老年人精神文化生活。百旅会的品牌口号是“活到一百岁，游遍全世界”，号召广大中老年人保持积极心态，在旅游中收获幸福和快乐。百旅会于2016年9月19日正式宣布成立，无锡101岁老人刘成心于当日受邀成为“百旅会”形象大使，引起社会普遍关注。

2016年10月13日，由百旅会冠名、同程旅游和旅游卫视联合出品的《中国首届中老年旅游春晚》正式启动，这是国内首次围绕中老年群体旅游的主题开办的春节大联欢。基于百旅会先进理念和优秀产品服务的快速推进，中国老年学学会老年旅游专业委员会授予百旅会“中国老年旅游优秀品牌”称号。

健康、快乐、幸福的中老年生活是百旅会倡导的宗旨，百旅会将通过专属VIP服务、中老年专业定制旅游和组织各项活动赛事，让广大中老年用户的生活更加丰富多彩。

百旅会正式启动后，全国各地的百旅会分会相继成立，深入本土市场，让各地中老年用户在家门口即可参与百旅会丰富多彩的活动，享受到高品质的旅游服务。

新华社：全国中老年旅游服务品牌“百旅会”宣布成立

目前我国 60 岁及以上的老年人已达 2.22 亿，每 6 个中国人中就有 1 个是老年人。如何让老年人的生活更有意义？ 9 月 19 日，“活到一百岁 游遍全世界”全国中老年旅游服务品牌“百旅会”揭牌并宣布成立“百旅会”中老年旅游会员俱乐部，全力开拓老年旅游市场。

由同程旅游与中国老龄旅游产业促进委员会共同发起的启动仪式上，全国有代表性的十余位老教授、老中医专家、老将军等成为百旅会第一批顾问。

“这是同程旅游从经营产品到经营用户的一大转变，也是对旅游消费者进行社群化精细运营和服务的一次提升和探索。”同程旅游创始人、CEO 吴志祥表示，未来同程还会针对亲子、丽人等细分市场做出布局，用口碑与服务继续提升“同程旅游”这个品牌。

启动仪式上，中国老龄旅游产业促进委员会联合同程旅游发布了《中国中老年人旅游消费行为研究报告 2016》，报告显示根据同程旅游线下调查及数据库会员数据，中老年旅游者中主要以 51 ～ 60 岁这个年龄段占比最高，比例为 62%，其次是 61 ～ 70 岁这个年龄段，占比 33%。在同程旅游的 6000 多万消费会员中，50 岁以上的占比 10%，在邮轮旅游等细分产品的用户中占比接近 50%。

调查显示，在经济条件和身体条件等都具备的情况下，81.2% 的中老年受访者表示愿意去旅游。而在既往旅游消费经历的调查中，51.1% 的中老年受访者参加过邮轮旅游，参加过出境游的比例为 68.7%。总体上，中老年人的出游意愿处于较高水平。

中国老龄产业协会副会长兼秘书长曾琦在启动仪式上表示，中国国内旅游、出境旅游人次和国内旅游消费、境外旅游消费均列世界第一。在旅游发展一片大好的情况下，针对银发族的旅游产品量少同质化、中低端价位产品偏多、行程含有自费项目或购物、没有充分考虑老年人需求等一些痛点还是没有解决，无法满足老年人不断变化的需求。

自2016年以来，同程旅游开始针对中老年旅游这一细分市场进行调研，并拟依托于同程“苏州总部 + 全国六大区域”的线下布局和流量资源，发力这一细分市场，从服务、品牌和口碑三个方面，联合全国优质供应商和合作伙伴，为中老年人打造高品质、高标准和高性价比的旅游产品。其中，“百旅会”作为中老年旅游服务品牌和中老年会员俱乐部，将以创新、多样化的服务需求，满足中老年用户在旅游休闲、社交等方面的需求。百旅会的对象主要是在同程旅游注册的中老年会员，用户可享受每月一次周边放松游、每季度一次国内游主题出游以及每年一次的出境游主题出游等，并不定期进行会员联谊、节目表演和分享交流等活动。

同程旅游创始人、同程旅行社（集团）总裁吴剑表示，目前我国60岁及以上的老年人已达2.22亿，相当于每6个中国人中就有1个是老年人。如何让老年人的生活更有意义是全社会都关心和重视的问题，对银发族的关爱和重视，不仅是因为老年群体已成为旅游活动和消费的重要组成部分，也是同程旅游所应具备的社会责任和情怀。

数据显示，2015年同程旅游服务超过1亿人次，其中超过1000万人次为中老年群体，已经积累了充分的运营经验与行业资源；2016年，同程旅游“苏州总部 + 全国6大区域”中心的布局已经初具规模，预计将服务超过3亿人次。（钱春弦）

新京报 电子报

The Beijing News

2016年09月21日 星期三

22:13 辽宁：以拉票贿选案为镜鉴

报纸版面

数字版首页 > 第D06：旅游周刊·周报

同程发力中老年旅游细分市场

2016年09月21日 星期三 新京报

新京报讯 （记者曲亭亦）9月19日，“活到一百岁，游遍全世界——百旅会启动揭牌仪式”在苏州同程大厦举行，会议宣布成立“百旅会”中老年旅游会员俱乐部。这是同程旅游宣布同程旅行社（集团）和同程网络两大板块独立运营后，针对休闲旅游市场所做出的重大战略决策。会上，同程旅游正式推出“百旅会”这一全国中老年旅游服务品牌，并分别向来自大住宿、国内游、景区、邮轮、出境等数十家供应商授牌，后者正式成为百旅会的战略合作伙伴。

“百旅会”作为中老年旅游服务品牌和中老年会员俱乐部，将以创新、多样化的服务，满足中老年用户在旅游休闲、社交等方面的需求。“成立‘百旅会’是同程旅游从经营产品到经营用户的一大转变，也是对旅游消费者进行社群化精细运营和服务的一次提升和探索。”同程旅游创始人、CEO吴志祥表示，未来同程还会针对亲子、丽人等细分市场做出布

北京商报

BEIJING BUSINESS TODAY

2016年09月20日 版面导航

同程启动“百旅会”瞄准老年市场

北京商报讯（记者 钱瑜 白帆）随着《旅行社老年旅游服务规范》的实施，老年游市场再次获得关注。昨日，同程的中老年旅游会员俱乐部“百旅会”启动揭牌仪式。“百旅会”是同程旅游宣布同程旅行社（集团）和同程网络两大板块独立运营后，针对休闲旅游市场所做出的战略决策。

今年9月1日起，国家旅游局宣布实施《旅行社老年旅游服务规范》，由此也引发了市场对银发旅游的进一步关注。中国老龄旅游产业促进委员会与同程旅游在启动仪式上发布的《中国中老年人旅游消费行为研究报告2016》显示，在经济条件和身体条件等都具备的情况下，81.2%的中老年受访者表示愿意去旅游。同时，同程提供的数据显示，在同程旅游的6000多万消费会员中，50岁以上的占比10%，在邮轮旅游等细分产品的用户中占比接近50%。

不过，老年游市场存在的价格敏感、同质化严重等问题尚待解决。中国老龄产业协会副会长兼秘书长曾琦就表示，中国国内旅游、出境旅游人次和国内旅游消费、境外旅游消费均列世界第一。然而，针对银发族的旅游产品少、同质化、中低端价位产品偏多、行程含有自费项目或购物、没有充分考虑老年人需求等一些痛点还是没有解决，无法满足老年人不断变化的需求。这一问题的存在，也成为现今发力这一市场的企业急需

（《新京报》《北京商报》相关报道）

《江南晚报》：“我的世界之旅，从 101 岁开始”

无锡百岁老人代言“百旅会”，将体验邮轮旅行

（晚报记者 张庆）昨天，一条消息在朋友圈疯传：无锡百岁老人刘成心老太太受邀成为全国中老年旅游服务品牌“百旅会”形象大使，并将于 27 日开启人生第一次出境游旅程——皇家加勒比“海洋量子”号 4 晚 5 天日韩游。据悉，邀请刘成心的是同程旅游网。

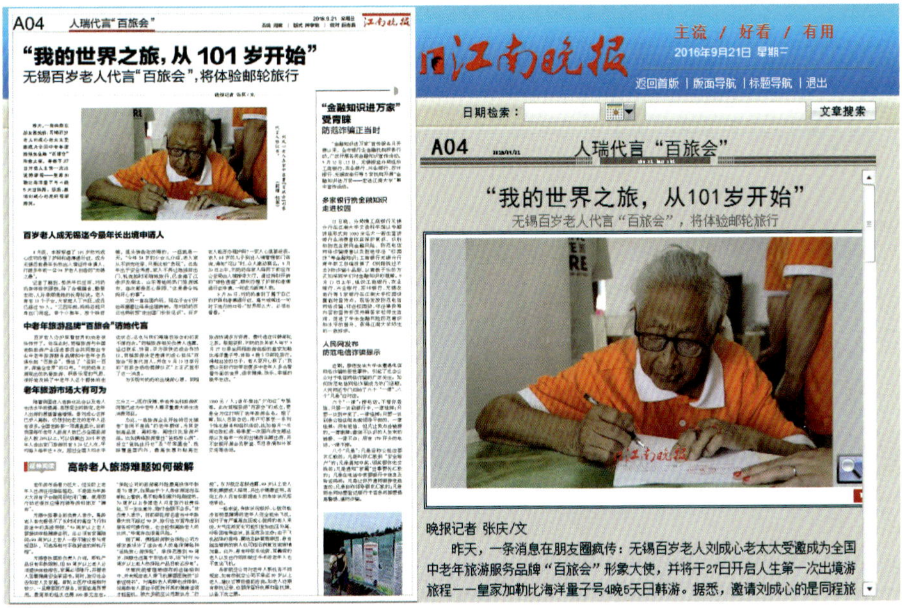
A04 人瑞代言“百旅会”

“我的世界之旅，从 101 岁开始”

无锡百岁老人代言“百旅会”，将体验邮轮旅行

百岁老人成无锡迄今最年长出境申请人

中老年旅游品牌“百旅会”请她代言

老年旅游市场大有可为

高龄老人旅游难题如何破解

“金融知识进万家”爱青睐 防范诈骗正当时

江南晚报

主流 / 好看 / 有用

2016年9月21日 星期三

返回首版 | 版面导航 | 标题导航 | 退出

日期检索： 文章搜索

A04 人瑞代言“百旅会”

“我的世界之旅，从101岁开始”

无锡百岁老人代言“百旅会”，将体验邮轮旅行

晚报记者 张庆/文

昨天，一条消息在朋友圈疯传：无锡百岁老人刘成心老太太受邀成为全国中老年旅游服务品牌“百旅会”形象大使，并将于27日开启人生第一次出境游旅程——皇家加勒比海洋量子号4晚5天日韩游。据悉，邀请刘成心的是同程旅

百岁老人成无锡迄今最年长出境申请人。8 月底，本报报道了 101 岁的刘成心成功办理了护照和港澳通行证，成为无锡目前最年长的出入境证件申请人，打破多年前一位 94 岁老人创造的“无锡之最”。

记者了解到，虽然年已过百，刘奶奶身体依然硬朗，除了合理膳食，酷爱走动、儿孙孝顺是她的长寿秘诀。老人育有 10 个子女，大家庭人丁兴旺，成员已超过 50 人。老人家从不讲究吃穿，只是比较“贪玩”。这些年已走遍了江浙沪及湖北、山东等地的热门旅游城市。

之前一直在国内玩，现在子女们开始琢磨着让母亲出国转转。而刘奶奶自己也特别想“走出国门长长见识”。8 月 20 日上午，刘奶奶在家人陪同下前往市公安局出入境接待大厅，通过特别开辟的“绿色通道”，顺利办理了护照和港澳通行证申请，一时成为新闻人物。

8 月 26 日，刘奶奶拿到了属于自己的护照和港澳通行证，高兴地喊出一句时下流行的口号：“世界那么大，必须去看看。”恰在此时，同程旅游与中国老龄旅游产业促进委员会共同推出专业中老年旅游服务品牌和中老年会员俱乐部“百旅会”，提出了“活到一百岁，游遍全世界”的口号。“刘奶奶身上展现出的热爱旅游、积极乐观的气质，很好地反映了中老年人这个群体的生活状态，这也与我们筹建百旅会的初衷不谋而合。”同程旅游相关负责人透露，经过联系、协商，双方很快达成合作协议，同程旅游决定邀请刘成心担任“百旅会”形象代言人，并在 9 月 19 日举行的“百旅会启动揭牌仪式”上正式宣布了这一消息。

为实现刘奶奶的出境游心愿，同程旅游协调多方资源，最终安排刘奶奶及其家人于 9 月 27 日乘坐同程旅游包船的皇家加勒比“海洋量子”号，体验 4 晚 5 天邮轮旅行。得知出发的日子，老人家开心极了：“我要以实际行动带动更多中老年人多去看看外面的世界，追求健康、快乐、幸福的晚年生活。”

中国经济网：同程旅游携手旅游卫视启动首届中国中老年旅游春晚

中国经济网 www.ce.cn

› 中经电视 › 在线访谈 › 人物库

网站首页 金融证券 产业市场 国际经济 时政社会 宏观经济 地方经

股市 银行 基金 期货 理财 保险 金银 食品 汽车 商车 能源 房产 医药 文化

纪念长征胜利80周年 长征路上奔小康 网络媒体"走转改"大型主题采访活动

当前位置 地方经济首页 > 即时新闻 > 正文

同程旅游携手旅游卫视启动首届中国中老年旅游春晚

2016年10月14日 09:47 来源：中国经济网

[打印本稿] [字号 大 中 小] [手机看新闻]

中国经济网北京10月14日讯 10月13日，由同程国际旅行社(集团)主办的首届中国中老年旅游春晚新闻发布会暨百旅会北京分会成立仪式在北京隆重举行。发布会上，同程旅游与旅游卫视达成战略合作，并宣布启动双方联合出品的“中国首届中老年旅游春晚”。这是国内首次围绕中老年群体旅游的主题开办的春节大联欢。

“此次与旅游卫视联合出品的旅游春晚，是继百旅会成立以来，同程旅游在服务和开拓中老年旅游市场上的又一大动作。”同程旅游创始人、CEO吴志祥表示，同程希望借此除了为消费者提供高品质、高标准和高性价比的旅游产品，还能满足中老年人在休

中国经济网北京 10 月 14 日讯 10 月 13 日，由同程国际旅行社（集团）主办的首届中国中老年旅游春晚新闻发布会暨百旅会北京分会成立仪式在北京隆重举行。发布会上，同程旅游与旅游卫视达成战略合作，并宣布启动双方联合出品的“中国首届中老年旅游春晚”。这是国内首次围绕中老年群体旅游的主题开办的春节大联欢。

会上，同程旅游宣布了成立百旅会北京分会的消息。这是继 9 月 19 日举行百旅会启动揭牌仪式后，同程旅游在全国成立的第二家分会。百旅会四川分会已在 9 月底宣布成立。

启动首届中老年旅游春晚 IP 化的内容合作

10 月 13 日下午，在首届中国中老年旅游春晚新闻发布会暨百旅会北京分会成立仪式的现场，旅游卫视董事长、总裁韩国辉与同程旅游创始人、CEO 吴志祥分别代表双方签署了战略合作协议。双方今后将发挥各自优势，从新闻宣传、栏目设计、活动组织等方面展开多方位的内容合作，共同服务和开拓中老年旅游细分市场。

作为此次战略合作的重要内容之一，同程旅游与旅游卫视在会上共同宣布，启动由双方联合出品的“中国首届中老年旅游春晚”。这是中国首次围绕中老年群体旅游的主题开办的春节大联欢，也被看作百旅会成立以来，同程旅游在“满足中老年用户旅游休闲、社交等方面的需求”上的又一重磅举动。

据了解，此次旅游春晚由同程旅游和旅游卫视联合出品，百旅会冠名。今年 11 月份起，全国 100 多个城市的同程体验店将陆续开启海选工作，海选并不局限于同程 1000 万的中老年会员，而是面向全社会。由同程旅游选拔出各地优胜的选手后，到旅游卫视的舞台上进行旅游春晚的录制。

按照进度安排，这档旅游春晚的节目将在明年 1 月 26 日面向全国播出。

百旅会落地深化社群 精细运营服务

“只有了解当前中老年人旅游消费痛点，以及老年人旅游消费行为规律，才能更好地为专业老年旅游产品及服务的开发设计提供决策参考，引导中老年旅游细分市场的健康可持续发展。”吴志祥说。

根据他在现场发布的《北京中老年人旅游消费行为研究报告2016》显示，中老年旅游者中主要以56至65岁这个年龄段占比最高，比例为42%;而在邮轮旅游等细分产品的用户中占比接近50%。在经济条件和身体条件等都具备的情况下，84.5%的中老年受访者表示愿意去旅游。

为了满足中老年人旅游休闲、社交等方面的需求，同程旅游从去年开始持续发力旅游细分市场，并率先在中老年旅游市场取得突破。在推出全国中老年服务品牌“百旅会”以后，同程旅游今天宣布成立“百旅会北京分会”中老年旅游会员俱乐部，以此为广大会员提供多样化、个性化、针对性、拓展性的产品和服务，更好的服务当地市民。这是百旅会四川分会之后的第二家分会。

“百旅会”公众号
开设“敬一丹读故事”栏目啦

《岁月与旅行》（第一辑）精选文章，由央视著名主持人敬一丹老师朗诵，请关注同程“百旅会”公众号，点击“敬一丹读故事”栏目，听敬一丹讲述那些中老年旅游的故事。

（扫一扫，立即关注）

旅行里慢慢知味　岁月里渐渐沉香
《岁月与旅行》征稿启事

路在脚下，心在路上。即便昨天的旅程已成为心中的符点，但旅行中留下的美好回忆，却总让我们不时回味在心间。

旅行让我们开阔了视野，也有了故事。一个地名、一张留影……都足以让我们回忆起这段旅行的点点滴滴……

旅行里慢慢知味，岁月里渐渐沉香。

关于旅行的故事，想让你讲给我听。

同程旅游联合中国旅游出版社举办全国中老年旅游故事大赛。届时，优秀作品将选入《岁月与旅行》一书。

您的过往和精彩人生，值得被岁月珍藏……

● 主办单位

同程旅游 | 中国旅游出版社

● 承办单位

百旅会——中国中老年旅游 VIP 会员俱乐部、中国中老年品质旅游幸福生活社群

● 专家评委会

中国旅游出版社副社长张文广

中国国家旅游杂志执行出版人王少华

中国老年报社社长助理李义军

环球老龄杂志首席编辑孙洁

同程旅游副总裁李志庄

● 奖项设置

一等奖（10 名）

包含最佳故事奖 3 名，最佳文字奖 3 名

最佳摄影奖 2 名，最感人奖 2 名

奖励价值 4000 元天海邮轮五日游

奖励价值 1999 元百旅会 VIP 会员卡一年

奖励参赛作品集《岁月与旅行》10 本

二等奖（100 名）

奖励价值 1000 元旅游卡

奖励价值 1999 元百旅会 VIP 会员卡一年

奖励参赛作品集《岁月与旅行》5 本

三等奖（500 名 ）

奖励价值 200 元参赛作品集《岁月与旅行》三本

参与奖（1000 名 ）

所有参赛者均有机会获得参赛作品集《岁月与旅行》1 本

● 文章提交要求：

1. 个人简介：姓名、性别、出生年龄、联系方式、过往主要经历。

2. 文章内容：可以是为什么要去旅行，和旅行结缘的一些故事，旅行中遇到的一些人和事，旅行对自己的人生观价值观世界观等有哪些改变等。

3. 要求内容原创，出现文字或图片盗用行为由作者本人负相关责任。与同程旅游无关。

4. 提交格式：岁月与旅行投稿 + 文章标题

● 投稿方式：

1. 联系您的旅游顾问投稿

2. 到同程旅游体验店现场投稿

3. 关注“百旅会”微信公众号，联系小编进行投稿

4. 将参赛作品发到大赛专用邮箱 blh999@LY.com 投稿

征稿时间：此活动长期有效，欢迎读者踊跃投稿。

备注：所有获奖作品版权归属作者本人与主办方，投稿作品将有机会入选由中国旅游出版社与同程百旅会共同出版的《岁月与旅行》一书，与此同时，优秀作品还将有机会登录全国各大报纸、电视台、电台（喜马拉雅 FM、蜻蜓 FM 等）等媒体。征稿内容不再另发稿费。

后　记

终于，这样一本书就在您的面前了。

这是一本关于中老年旅游者旅行的书。有关旅途的故事，有关旅行的感悟，有关旅游的人生。

这是一本中老年旅游者自己写出来的文字书，因为都是自身经历，因此也就少有雕琢。

无论是旅行情缘“我的世界之旅从101岁开始”“梦回江南我愿陪你看尽世间繁华”“从青梅竹马到老来伴，用旅行谢谢你的陪伴”等；还是岁月梦想“我希望的人生是‘在路上’”“爱她，就带她去旅行”“平凡之路上的节点”等；还是一路寻觅“大理，二十年的眷恋”“梦里水乡”“夕阳无限好，越走越想走”等；还是行走足迹“八旬老人游三亚，四世同堂享受旅行乐趣”“江郎山之行，感受人生先苦后甜”“撑着拐杖神游约旦古城”等……

没有修饰的真情实感，没有涂抹的真实历程，才会让我们看得投入，产生共鸣；读得有趣，有着互动。

这是我们编书人的期待，也是幸运。

这是同程旅游中国中老年旅游服务品牌“百旅会”系列丛书的第一辑，是我们从6000个同程会员提供的文章中选编的；今后，我们会在每个季度出版一辑。

这是同程百旅会为会员送去的一份特别礼物，这套丛书也将成为中老年旅游者的一个精神家园。

作为一家公司，在商言商，正是因为看到了中老年旅游消费市场的巨大需求和潜力，才有了同程百旅会对这个细分市场的透彻分析和高屋建瓴又细致入微的布局。

也正是因为中老年旅游的特殊性，也使我们清楚地认识到，做这样领域的商业项目，如果没有感恩之心，没有社会责任，缺少情怀，缺少敬畏，再多的金钱，再多的投入，再好的商业模式，再好的销售队伍，也注定赢不了旅游者的心，也得不到未来的市场。由此才有了百旅会一系列基于中老年旅游者特殊需求、特殊爱好的产品设计和服务流程，也才有了像百旅丛书这样的为中老年旅游者通过旅行而著书立传留下痕迹的私家花园。

旅途中，有一些事情被记录和书写并被更多的人阅读，这也是一种幸运。

本书从征稿编辑到出版面世只有短短一个半月。要感谢中国旅游出版社的鼎力携手；要感谢公司领导和为本书付出心血的项目部；要感谢为书题词献画赐予墨宝的大家。

要特别感谢“天海邮轮”对百旅会、对本书出版给予的大力支持。

最想、最应该感谢的，还是本书真正的作者，撰写稿件的这一批可爱的中老年旅游者会员朋友。因为你们的真情付出，才有了现在这本带着墨香的书得以付梓。

旅行为伴，我们的人生得以丰富多彩；读书为伴，我们的内心会更加宁静豁亮。读书、旅行，让我们一直走在路上。

同程旅游副总裁

2016 年 10 月 23 日

责任编辑：王建华　陈　冰
责任印制：冯冬青
版式设计：何　杰

图书在版编目（CIP）数据

岁月与旅行．第一辑／同程百旅会《岁月与旅行》编辑部编．—— 北京：中国旅游出版社，2016.11
ISBN 978-7-5032-5706-3

Ⅰ．①岁… Ⅱ．①同… Ⅲ．①游记－作品集－中国－当代 Ⅳ．①I267.4

中国版本图书馆CIP数据核字（2016）第268663号

书　　名：岁月与旅行（第一辑）

编　　者：同程百旅会《岁月与旅行》编辑部
出版发行：中国旅游出版社
（北京建国门内大街甲9号　邮编100005）
http://www.cttp.net.cn　E-mail:cttp@cnta.gov.cn
发行部电话：010-85166503
经　　销：全国各地新华书店
印　　刷：河北省三河市灵山红旗印刷厂
版　　次：2016年11月第1版　2016年12月第2次印刷
开　　本：710毫米×1000毫米　1/16
印　　张：24
字　　数：350千
定　　价：69.00元
ISBN　978-7-5032-5706-3